[英]罗安逸（A.S.Roe）著
沈弘 译

CHINA
AS I SAW
IT
A Woman's
Letters from the Celestial
Empire

紫禁城外两万里

一位英国女作家笔下的晚清市民生活

浙江工商大学出版社
ZHEJIANG GONGSHANG UNIVERSITY PRESS

·杭州·

图书在版编目（CIP）数据

紫禁城外两万里：一位英国女作家笔下的晚清市民生活 / (英) 罗安逸 (A. S. Roe) 著；沈弘译. ——杭州：浙江工商大学出版社, 2025.7. —— ISBN 978-7-5178-6513-1

Ⅰ. I561.64

中国国家版本馆 CIP 数据核字第 2025CP5187 号

紫禁城外两万里：一位英国女作家笔下的晚清市民生活
ZIJINCHENG WAI LIANGWAN LI: YI WEI YINGGUO NÜZUOJIA BI XIA DE WANQING SHIMIN SHENGHUO
[英] 罗安逸（A.S.Roe）著　沈弘译

策　　划	陈丽霞
责任编辑	唐　红
责任校对	夏湘娣
封面设计	尚书堂
责任印制	屈　皓
出版发行	浙江工商大学出版社
	（杭州市教工路198号　邮政编码310012）
	（E-mail：zjgsupress@163.com）
	（网址：http://www.zjgsupress.com）
	电话：0571-88904980，88831806（传真）
排　　版	有熊Imagine
印　　刷	杭州钱江彩色印务有限公司
开　　本	880mm×1230mm　1/32
印　　张	10.75
字　　数	220千
版 印 次	2025年7月第1版　2025年7月第1次印刷
书　　号	ISBN 978-7-5178-6513-1
定　　价	89.00元

版权所有　侵权必究
如发现印装质量问题，影响阅读，请和营销发行中心联系调换
联系电话　0571-88904970

原版前言

我想借此机会向那些有意或无意间帮助我完成这本书的人表达自己的谢意。

那些曾经有意帮助过我的人,包括那些允许我使用他们的画和照片的人,以及那些在无意间帮助过我的人,包括中国内地会和其他传教使团的成员,他们的殷勤好客,使我们在那些客栈条件不尽如人意的地方依然能找到落脚之地。传教士们对于当地方言和人民的深入了解,以及他们所提供的相对安全和便利的条件,也在很大程度上激发了我们的旅行兴趣。

译 序

翻译罗安逸（A. S. Roe）的中国游记《紫禁城外两万里：一位英国女作家笔下的晚清市民生活》(*China As I Saw It : a Woman's Letters from the Celestial Empire*) 对于我来说，乃是一个渐入佳境的过程。这本书采用了信札体的文学体裁，是一位英国女子于1907年5月至1909年2月在中国各地旅行时写给一位英国闺密的19封信。该书叙述详细而生动，口语感很强，读来让人颇有身临现场的感觉。

一开始翻译时，我感到有点不太适应，这主要有两方面的原因：一是因为书中有些内容我不是太熟悉，理解起来有些困难；二是因为作者的英语表达很有个性，不仅运用了大量引喻和其他修辞手法，而且句子结构有些怪，不太容易翻译成通顺的中文。作者似乎过于相信读者的能力，认为他们都懂得她的幽默和暗讽，又或者是因为信札文体带有天然的私人性，所以她很少作注来解释其真实含义。仅举一例：她在第2封信中讲到她学中文所遇到的种种困难，其中一个问题是发音类似的字词太多，令学中文的外国人望而生畏。作者给出了这么一个例句："chi chi chi chi, chi chi chi, chi chi ch'ih."作者并没有解释这句话的真实意思，只是简单地评论道："读起来是否有点结结巴巴？但它的确是一个相当合理的句子。"作为译者，我必须把这句没头没脑的话翻译出来，否则中译本的读者也会一头雾水，不知道这句话究竟是什么意思。所以我特意花了不少时间，把这句话勉强翻译了出来，并且加了一个注释：

"忌吃饥极，记雉鸡，即吃鸡。"在旧式的威氏拼音中，"chi"包含了现代拼音中的"ji""chi""zhi"这3个音。——译者注

然而，随着翻译的推进，我逐渐被书中的故事所吸引，所以翻译起来也更加投入了。最初我给自己定的任务是每天译1000字左右，但后来在译完1000字以后我觉得意犹未尽，所以慢慢地这个翻译任务便拓展成了每天2000字，最多的甚至达到了一天3500字。所以原定8个月完成的译书任务，只用了4个月就顺利完成了。

罗安逸的生平背景我们并不是太清楚。根据现有的信息，我们只知道她是一位中年未婚的英国女作家、女旅行家或探险家。罗安逸的真实形象出现在她的另一本书《中国：机遇和变化》

(*Chance and Change in China,* 1913)的一张题为"兰溪军政府公开焚毁鸦片烟具"的插图之中。

目前我们对于这位英国女作家的了解仅限于上述两部中国游记。例如她在本书的开头部分就告诉读者,她之所以能够来中国旅行,全倚仗她的嫂子凯(Kay),后者是在上海传教的中国内地会女传教士。跟罗安逸一起首次来中国的还有一位比她更年轻的未婚女伴,名为黛博拉(Deborah)。她俩在华先后访问了 20 多个城市,在中国前后总共待了近 2 年的时间。当时中国的交通、住宿和治安等,与西方相比,是相对恶劣的,外国人单独在中国旅行的条件是很艰苦的,更何况是两个单身的女性。每到一处,罗安逸几乎都是按照凯的指示,去找当地的内地会传教士。当然,并不是每个地方都有这样的条件,在有些地方,尤其是在旅途当中,她只能依靠雇来的中国管家、骡夫和船工的帮助和照顾。在一些特殊紧急情况下,她还得独自赤手空拳地去应对突如其来的挑战。

作为一位女作家,罗安逸文笔细腻、富于感性。她在书中相当忠实地记录了自己在中国各地的所见所闻,以及她自己的相关感受和评论。刚来中国的时候,她对所见到的一切都感到好奇,中国与西方国家的生活差异在她看来有时简直是不可思议的。例如在芝罘逛街的时候,她注意到每个店铺的门口都挂着鸟笼,并进一步了解到店主们这么做是为图吉利。逛街之后,他们一行六人去当地一家饭馆里饱餐了一顿,结账时仔细一算,总花费摊到每个人身上竟然还不到 1 便士!

为了顺利地旅行，罗安逸开始努力学中文，其中文姓名就是她的中文老师起的。有一次去一户大户人家做客，她想跟那家的女眷们交流一下，以便练习自己刚学到的中文，结果费了半天劲，却尴尬地发现对方一句话也没有听懂。她的传教士东道主们带她参观了登州、武昌、成都、杭州等地的教会学校和医院，这使她意识到中国正处于重大变革的前夕。在北京，她见识了一场中式婚礼，了解到算生辰八字和坐轿子过门等中式结婚礼仪。在汉口火车站的站台上，她领略到了一支湖北新军仪仗队欢迎当天从北京来汉口上任的新旅长的的宏大排场。在宜昌，由于天气寒冷，她学当地人的样子，使用炭盆烤火取暖，结果一不小心烤糊了鞋底。在长江的轮船上，她遇见了两位从四川前往汉口购买铁轨的中国工程师，得知四川省准备自建铁路。在从天津去石家庄的火车上，她目睹直隶总督袁世凯的姨太太一个人霸占了整节头等车厢，感到愤愤不平，便试图跟列车长理论，想要凭自己买的票进入头等车厢，但各种努力都归于失败，结果只好在二等车厢里将就。在平遥城里，她得知了光绪皇帝一命呜呼的消息，还听说了袁世凯也死于非命的谣言，感受到了"黑云压城城欲摧"的战争压力。所有这些细节的描写，都使读者较为真切地感受到了清末中国社会的方方面面。

在 19 世纪末和 20 世纪上半叶，书写过中国的外国女作家不在少数。其中较为著名的作品有毕晓普夫人的《长江流域及其他》（*The Yangtze Valley and Beyond*, 1899）、康格夫人的《北京信札》（*Letters from China*, 1909）、裴丽珠的《北京纪胜》(*Peking: A Historical and Intimate Description of Its Chief Places of Interest,* 1920)（该书自 1920 年出版以来，后续又增补、修订过多个版本）、谢福芸的《名门》(*Two Gentlemen of China,* 1924）等。但其中裴丽珠和谢福芸这两位作家都出生并生长在中国，熟谙中文和中国传统的生活习俗，跟中国人的交流没有什么明显的障碍。康格夫人作为美国公使夫人，身边有美国女传教士为她做翻译，所以不用下功夫去学习中文。她在华的旅行也很有限，只是在休假期间去过一次南方。她的绝大多数信札都是在北京的美国使馆官邸里写的。跟罗安逸的在华经历最接近的是毕晓普夫人，两人都实地考察了长江流域，都经历了江上的急流险滩，领略了沿岸的风土人情。然而毕晓普夫人来华时已经 64 岁，且未有自学中文的经历，旅行区域也主要局限于长江流域。

　　罗安逸的在华旅行至少在广度上超越了毕晓普夫人和上述其他各位女作家。她于 1907 年 5 月到达上海，在那儿住了 1 个月左右。然后，她去了山东的芝罘避暑，在那儿待了近 3 个月。之后，她到登州玩了一趟，随后又回到了芝罘，并从那儿前往天津和北京。在北京，她眼界大开，刚进城就遇到了街上热闹的婚礼队伍。紧接着她先后考察了北京的外城、内城和紫禁城。接着，她又在朋友的带领下，先后游览了天坛、雍和宫和大钟寺等著名景点。然后，她和黛博拉坐火车从北京来到了汉口，并在那儿雇用了一条住家船，开始了她们最危险和艰苦的一段旅程，即沿长江溯流而上，深入中国的西南内陆。当时的长江水流湍急,江上有许多暗礁漩涡、急流险滩、断崖绝壁,稍不留神,小小的住家船就有被卷入漩涡、触礁沉没,或在断崖石壁上撞得粉碎的危险。罗安逸在信中详细描写了她们在江上(崆岭滩、牛肝峡、青滩、巫山峡、风箱峡)和沿岸各地(汉口、宜昌、夔府、忠州、长寿、重庆、资州、成都、灌县、嘉定、叙府、江津、安庆)的冒险经历,并介绍了自己深入了解到的当地风土人情。

罗安逸和黛博拉两人结束了长江探险之旅后回到上海,正好又遇上了酷暑,所以她们再次前往芝罘避暑。在那儿待了2个月之后,罗安逸又开始了她的第3次旅行——考察河北(当时的直隶地区)、山西、江苏和浙江。不过这一次,她是孤身上路的,因为黛博拉回到了登州,跟她的传教士朋友们待在一起,而罗安逸则还想去更多的地方深入考察中国社会。第一站,她抵达了离北京不远的获鹿县(今属石家庄市),并在那儿首次见到了当时被西方人认为是世界上最肥沃的土壤——"黄土"。她从获鹿乘火车去了太原。在那儿她认识了一位年轻时认识叶赫那拉氏(即慈禧太后)的满族老太太,后者给她讲了许多叶赫那拉氏年轻时在家乡的故事。她从太原坐骡车去了平遥,路上历经五天五夜,由于天降大雨,道路极其泥泞,她因此受了不少苦。富饶的平遥古城给她留下了深刻的印象。下一站是太谷县,那儿接待她的是一所美国人开办的教会学校。最后,她在榆次县结束了山西之旅。返回上海的途中,她还专门访问了南京和扬州。

从上海启程回国之前的最后一站是杭州,她在杭州待了1个月左右的时间。在此期间,她又按凯的建议,坐船溯钱塘江而上,专程去兰溪访问了1周左右的时间,结识了1位在那儿做医师的内地会女传教士——"巴教士"（Miss E. J. Palmer）,后者因献身于救死扶伤的事业而在当地人民中享有崇高的威望。这次短暂的访问为罗安逸的第2本游记的写作埋下了伏笔,因为她2年后再次来华时,便以教当地富家子弟英语的名义,专门到兰溪去住了将近1年的时间,而且第2本游记中,几乎有一半的内容都跟兰溪有关。

在翻译本书的过程中,我有一种感受,作者除了文笔细腻和观察力敏锐之外,对于中国人和中国文化怀有一种友好的同情心和强烈的好奇心。乍到中国,望着城市街道上川流不息的人群,她有点蒙,但此情此景也更加激起了她想要尽快了解这些陌生中国人的愿望。罗安逸这样写道:

> 我非常希望自己也能听懂他们在说些什么——这些从我身边经过的路人。他们看人时带有一种平静的兴致,并略带一种优越感。他们中间的大多数人在拼命劳作,或背负重物,或推着沉重的独轮车,或驾驭着由两头骡子驮着的轿子。这些苦力说话不多,也许他们所说的话也不值得听。然而他们安详而睿智的脸庞却显得很有意思。如前所说,我非常希望能听懂他们在说些什么。

正是这种好奇心促使她去努力学习中文，以便能跟中国社会各阶层的人多交流和交往，并在相对较短的时间里了解了不少中国传统文化和现代文化，以及中国人的生活习俗。罗安逸在登州时，还曾资助当地教会女校中的一个"童养媳"，后者未来的丈夫因去闯关东，在东北另娶了一个老婆，所以这个女孩被婆家扫地出门，而她父母双亡，唯一在世的奶奶也不愿让她再回娘家，除非她放弃基督教信仰。当地的传教使团准备了一笔钱，以便资助她读完女校并当上教师。但是这笔钱并不足以支付她读4年书的全部费用，于是罗安逸便慷慨解囊，捐钱补上了这个缺口。这件事充分表明了罗安逸对于中国社会底层百姓的同情心和爱心。虽然彼时中国社会中仍存在大量落后和愚昧的现象，虽然作为西方人，罗安逸笔下也不时流露出带有历史局限性的认识，但其对于中国人的整体评价还是相当正面的。当她在重庆看到妇女们收集碎布头来纳鞋底时，便这样评论道："我认为他们①（犹太人）的勤俭节约和聪明才智始终无法与中国人相提并论。"她还说："中国民众具有很大的力量，并且知道如何运用这种力量。"所举例子就是重庆的衙门曾经通过了一条律法，规定凡是在重庆购买的商品，在带出城门时都得缴税。这条不合理的律法遭到了当地民众的集体抗议和罢工抵制，在各方的压力下，重庆衙门最终被迫撤销了这一律法。

1908年7月，罗安逸在写给闺密的信中提及："我最近一直在

---

① "他们"指犹太人。——译者注

自娱自乐地学习写'尺牍'。"所谓"尺牍",特指文言文的书信体,是一种文绉绉的文体。事情的起因是,她资助的那位教会女校学生6个月前用中文给她写信时用了这种特殊的文体:"师恩浩荡,幸甚幸甚,一切安好。"罗安逸为了能用中文给她回信,居然不惜花了近半年的时间来学习这种文言书信体:"'贤惠女弟子,'我写道,'览阅知悉',结语是'书短意长''不赘''即颂近安'。"这件事表明,罗安逸的中文学习已经有了相当大的进步。

这件事也从一个侧面说明了翻译此书的难度。面对原书中那些文绉绉的英语用词,我一时也不知道该如何将它们复原为中文。跟罗安逸一样,我也不得不临时抱佛脚,在查阅不少背景资料和揣摩多时之后才勉强解决了难题。但是从另外一个角度看,翻译此书的过程也是我对中国传统文化的一个补课过程。例如罗安逸给她资助的那位学生的回信信封上写的年份是"戊申",这就涉及了干支纪年法中的第五位天干(戊)和第九位地支(申),只有查阅相关资料,才知道这就是文言文中关于"1908年"的说法。另外,如罗安逸所记录和描述的长江流域的风土人情和老百姓生活习俗,有许多是我以前所不知道的,还有类似"裁缝的保护神名叫'轩辕'"等中国传统文化常识。

此外,在翻译的过程中,我保留了各处地名的旧称。稍许要提一句的是"扬子江"(Yangtze River)这个名字。扬子江原本只是指长江下游的江段,但西方人来华时,最先听到的名字便是"扬子江",因而在英文世界里,"Yangtze"便代表了整条长江。按今日的说法，"Yangtze"即为长江，但考虑到本书的成书年代与罗安逸的西方身份，我依然选择以"扬子江"这一名称翻译之。

  2010年，我在美国访学时就已经关注到了罗安逸的这本书，当时还曾写文章介绍过它，并有想把此书译成中文的念头，但由于当时自己的教学和科研任务过于繁重，再加上没有遇到合适的出版社，所以译书一事就一直拖了下来。2023年7月，我突然收到了北京一家图书公司的编辑郭时超先生发来的电子邮件，说他曾看过我的文章，一直有意策划本书的出版，问我是否愿意接翻译此书的任务。我当即回复说，只要你们能够出版此书，我就愿意来翻译。真可谓是一拍即合。在具体的翻译过程中，郭编辑也给我提供了很大的帮助，包括帮我解决了好几个地名翻译的难题。蓝狮子文化创意有限公司的编辑项侃女士对书稿进行了细致的审读与修改。此外，还有负责本书出版的出版社编辑，在此我特别向他们表示感谢。

2024年7月10日

目 录

上　　　　海（1907年5月27日）		/ 001
芝　　　　罘（1907年6月20日）		/ 017
登　州　　府（1907年9月10日）		/ 031
芝　　　　罘（1907年10月10日）		/ 049
北　　　　京（1907年10月18日）		/ 059
汉　　　　口（1907年11月10日）		/ 083
宜　　　　昌（1907年11月28日）		/ 099
在扬子江上游（1907年12月3日）		/ 109
重　　　　庆（1908年1月）		/ 143

从重庆到成都的大路上 / 155
（1908年1月）

成　　都 / 173
（1908年2月）

在　岷　江　上 / 197
（1908年2月）

安　　庆 / 225
（1908年3月）

芝　　罘 / 233

获　　鹿 / 245
（1908年9月）

平　　遥 / 269
（10月28日）

南　　京 / 287
（1908年12月）

杭　　州 / 299
（1909年1月）

上　　海 / 319
（1909年2月）

上海

(1907年5月27日)

亲爱的琼，

我们真的已经到达中国，但在这过程中经历了千辛万苦。你可以想象一下自己是乘坐《天方夜谭》中那神奇的飞毯来到这儿的。你会感到奇怪，自己来到了什么地方。穿过了一座一半由棕色泥土，一半由棕色船只（平底帆船和舢板）筑成的桥梁，你来到了一个美丽的花园，那儿有天鹅绒般的草地和色彩鲜艳的花圃，还有英国小孩和英国保姆游荡其中。这儿甚至还有穿着卡其布制服的英国警察，一时间你竟以为自己又回到了英国。

漫步在黄浦江畔树荫笼罩下的外滩，眺望江边那些豪门大宅——银行、俱乐部、海关大楼，你可以看见最新款的小汽车在街道上呼啸而过，身边的行人都是些喋喋不休的德国人、意大利人或美国人，你会以为自己身处欧洲大陆上的某个城市。然而街上也有一些你不太熟悉的景象，如日式的黄包车、中式的独轮车，以及印度锡克族的警察。

你再往前走了一段路之后，就会发现自己来到了法兰西。这儿的商店有法语的名称，人行道上也能见到法国人，街上跑着巴黎式的马车，还有梳长辫的警察，后者虽然穿着法式制服，可显然是中国人。再往前走，你就来到了中国。

顺便说一句，在桥梁的另一边，你刚开始见到的景象非常像中国，之前我忘了提及这一点。此时你会吃惊地看到那些破烂不堪的店铺、残垣断壁，以及梳长辫和穿菊蓝色布衣的本地人，后者的身影之前偶有出现，此时的人数却突然增加，把街道挤得满满当当。

小汽车已经消失得无影无踪，反而能在此见到众多的独轮车——人们称之为上海"双座马车"——这是一种典型的特征。它由一个轮子和其他很少配件组成，却能运载半吨行李或整整一家人。驾驭这种车，最为重要的事情是要保持平衡。一个常见的景象是在独轮车的一边捆着一头猪，而在另一边坐着一个或多个人，以平衡猪的重量。当独轮车超重时，推车人得紧绷肌肉，蹒跚而行。独轮车走得摇摇晃晃。你害怕它会随时倒塌，然而它却从来不会翻车。

还有那些挑夫，他们用竹扁担挑着沉重的货物，有的挑着便携式剃头店，有的挑着便携式厨房和食摊，实际上任何东西都可以用扁担挑在肩上。有人说，你只要给挑夫一根扁担和一段绳子，没有什么东西是他移不动的——只要你给他时间。在上海，人力的价钱比马还便宜，尽管马的价格已经够便宜的了。一辆满载重物的车——例如一车木料——往往是由一队肌肉紧绷、浑身冒汗的

上海的"双座马车"

中国的一个寻常景象

光背男人拉着的。

街角那些穿着卡其布制服的锡克族警察威风凛凛,身材高大,泰然自若。他们那些鲜艳的猩红色、红色和粉红色的头巾——堪称是人潮中的亮点——令人联想到矢车菊田中一朵庄严的罂粟花。这并不是说那些表情呆滞的中国人酷似矢车菊,而是他身上那一成不变的菊蓝色衣服引出了上述比喻。顺便说一句,有些中国人身上穿的并非棉布衣服,而是昂贵的绸缎衣服,但即使如此,它们最常见的也是蓝色。

人们也许会认为,这些衣冠楚楚、相貌堂堂的家伙都住在华贵大宅之中。或许他们中间有部分人确实如此。在上海住宅区确有不少豪宅供那些富裕的中国人居住,如退休的官员等,他们在英国人管理的公共租界里筑起了自己的安乐窝,以逃避继任者的敲诈。然而相对来说,在那些表面光鲜亮丽的人中间只有极少数人才能这样做。倘若留心的话,你也许会吃惊地看到某个身穿绸缎的人竟消失在一个潮湿而臭气熏天、类似于马厩后门的通道之中,并进入了一间散发着霉味的陋屋——那里或许就是他的家。透过打开的房门——正确的说法是内门——你很可能只能窥见一面光秃秃的墙壁。内门必须按照特定的角度设置,以便将恶鬼拒之门外。也许在阴暗的背景里,有好几双眼睛在向外窥视,看谁进屋了。他们就是这位锦衣士绅的家眷。

某一天晚上,我们去一个中国富人家吃饭。那一家主人的女儿是在英国接受的教育,并且是凯的朋友——你知道,凯是我的嫂子，多亏她的帮助，我们才能来到中国。当我们从繁忙的大街转了个弯，走进一个无法形容、令人厌恶的通道时，我立即联想到了马厩。中国的大部分东西都在拐角处！天色已晚，我们摸索着前进，走上了一个阶梯，又走下了一个阶梯，走过一条幽暗的拱道，又穿过一间铺了石板的院子，终于到达了院墙内的一扇门前。进门后是一个狭小的院落。客厅与院子之间用装着玻璃窗的大门相隔，其风格颇似英国那种门上加了玻璃嵌板的马车房（或者说他们只是在窗格上糊了窗纸）。

我们显然是迟到了，然而在中国，人们并不一定要准时赴宴。通常人们会在晚宴前一两个小时到达，并且在吃完最后一口的时候立即离开。客厅里因坐着人和摆着桌子而显得拥挤。我看到凯正按照一种被认可的中式风格，拱手护着她的第五根肋骨，在一位中国年轻人（这户人家的儿子）面前频频鞠躬，嘴里还不停地念叨些什么，那位年轻人也是拱着手，对她频频鞠躬，嘴里也在念叨着什么。然而作为男人，他把双手举到面前，不停行拱手礼。女眷们聚集在房间的后面，她们显然并不期望得到人们的关注，直到人们对于一家之主的行礼完毕。

最终，我们在自己的座位上款款地坐了下来——那些座位都是用红木打造的，坚固而沉重，椅背靠着墙壁。（顺便说一句，中国人非常反对我们在屋内乱摆椅子的方式。）若非凯的中文流利，会话很可能会遇到冷场，因为我们东道主的英语词汇量不太大，然而他用和蔼的微笑填补了英语词语之间出现的空隙，结果一切都很顺利。

在被请上餐桌之后，我们就没有必要再努力进行对话了。中国人在吃饭的时候一般很少有机会说话。这种晚餐使我想到了某种有趣的游戏：偌大的圆桌上放满了小人国的菜肴，其菜碟大小仿佛是玩过家家的玩具（或许比玩具要稍微大一点点），每个客人面前都放了一双筷子和一个茶匙形状的瓷勺。

幸运的是，这只是一次安静的家庭晚餐，并非宴席，所以一开始就把米饭（即我们面包的替代品）端上来了，而不是在用餐的末尾。每个客人面前都放了满满当当的一瓷碗米饭，随着米饭上桌，所有的僵硬和拘谨全都被抛到九霄云外。每个人都拿起了筷子，竞相去夹自己喜欢的菜肴，并将战利品放入自己或邻座的碗里，在这过程中，也许抢到的一半菜肴都洒在光滑的餐桌上了（但那是相当正常的）。出于礼貌，这第一口菜肴，或任何特别美味的佳肴，都是要献给邻座的。

新手勇敢地微笑着，大胆地试着用筷子去夹菜，但刚开始时那双筷子就像爱丽丝的火烈鸟槌球棒那样不听使唤。初学者通常犯的错误是把筷子捏得太紧，或是握筷子的位置太低。初学者还很难把碗里的东西吃干净。眼看晚餐即将结束，好心的朋友会把更多佳肴塞进你的碗底，激烈的抗议会被当作礼貌的感谢。但也许最困难的事情就是在吃饭时要记得发出足够的响声。喝汤时发出吱吱声被认为是充分享受美食的标志。

在那些小人国的菜碟里尽是些奇异的混合物——虾仁上涂的味道像格雷戈里大黄粉的绿色酱汁；糖醋里脊炒笋干；莲子烧火腿

和鸡肉——浓稠多汁的肉汤，而且自始至终有一种难以形容的类似捕鼠器和黑甲虫的气味，使人联想到中国街道上那种熟悉的气味。最后一道上桌的是茶——极为苦涩的绿茶，盛在镀金茶碟上一只古色古香的精致玫瑰色茶杯里。

满桌油腻的垃圾是用湿抹布直接抹到了地板上。在上茶之前，每个人都拿到了一块热气腾腾的毛巾，用以擦手和擦脸。我有时候在想，中国人是否跟日本人一样，认为外国的蛮夷"肮脏"——日本人不都认为外国人是"肮脏、懒惰和迷信的"吗？总的来说，中国人的生活方式在某些方面确实要比我们更加干净。例如吃完饭用热毛巾擦手和擦脸，你们认为这样的做法是否比较卫生？还有我某一天买到的"刮舌器"，富家子弟用它，就像我们使用牙刷一样稀松平常。另外，他们在上海污浊的苏州河中洗衣服和蔬菜，根本没有任何顾忌。还有中国人客厅的桌子底下，在晚饭之后垃圾堆积，难以描述，有时甚至在开饭前也不太整洁。

尽管如此，我还是觉得自己首次在中国人家里吃饭的经历妙趣横生，虽然它缺乏一些我听说在其他人家餐桌上发生过的辛辣细节。请想象一下一道名为"花园蚯蚓"（garden worms）的美味佳肴，毫无疑问，"蚯蚓就是那种蚯蚓"。比蚯蚓更令人无法接受的是一位中国富商在招待公司属下外国雇员的晚宴上推出的一道主菜（pièce de résistance）。在餐桌的两端各自倒扣着两只大饭盆，可以看见这些饭盆不时地隐约在动，令人生疑。当这场豪华晚宴的最后一道菜也吃完之后，主人做了个手势，让仆人撤走了那几个饭盆，一时间桌上竟挤满了生猛的小蟹，朝四面八方爬行。然而这样的情景只持续了很短的时间，那些美食家为了抢吃生蟹风度尽失，他们争相用筷子夹起那些正在拼命爬行、试图逃脱的小蟹，把这些可怜的生物在酱油（black sauce）里蘸了一下之后，便举起筷子，将这些垂死挣扎的小蟹——让我们期待灵魂的安宁——直接送进了嘴里。

顺便说一句，我忘了介绍酱油。有人告诉我，英国伍斯特酱油就是在它的基础上发展起来的，任何中国人的宴席都少不了它。它出现在每一次宴席的餐桌上，中国人把它当作调味品，认为它可以提高菜肴的鲜度。但在我看来，它只是增加了一种类似黑甲虫的气味，不过人们都说，我会慢慢习惯的。

我想每一个来过中国的人都会说这儿"人烟稠密"，尽管按照当代一位著名权威学者的说法，这个国家的人口，就其整体而言，是被极大地高估了。我喜欢盯着那些来来往往的人看。在一些很少有外国人的街道上几乎挤满了人。令人欣慰的是，在英国工人大量失业的情况下，这儿的中国人仍然能找到工作。当你注视着中国人那些神秘莫测的面孔，并且注意到他们那目的性明确的行为方式和不屈不挠的毅力时，你就会意识到他们可能会成为一股极其强大的力量，或者某一天肯定会成为一股强大的力量。无怪乎他们被称为未来的三大民族之一。西方人在中国进进出出，就像一只只嗡嗡叫的蜜蜂，焦躁不安地急速掠过中国社会的表面。不错，他们确实是采集到了蜂蜜，但是在采集的过程中也将一些蜂蜜洒在了地上，勤俭耐劳的中国人便把这些蜂蜜收集起来，脸上浮现出神秘的笑容。他可以等待时机，他充满着耐心——这是中国人的另一种特征。

今天下午，我们去中国人聚居的地方看望这些勤俭耐劳的人。我们访问了上海原来的老城区。它如今的面貌跟几百年前几乎没有什么改变，我觉得这会使人意识到，这儿仍然存在着某种阻碍进步的东西。我们在城门的外面跳下了黄包车，并在熙熙攘攘的人群里穿梭。随后，我们穿过了跨越护城壕的一座小桥，在一座庞大的黑色城门处进了城。那城门上点缀着一排排硕大的门钉，颇似诺曼人城堡的城门。那厚实高大的石砌城墙呈黝黑色，显示出岁月的沧桑。在城门之内，有身患麻风病的贫穷乞丐蜷缩在阴暗处向路人乞讨。我们进入了一个恐惧和迷信的阴森地域。

小路突然转向了左边，有一条岔路把我们引向了内城门。倘若我们是一心想捣乱的游魂的话，应该会被这个意想不到的岔路口困住，因为从理论上说，恶鬼总是径直向前飞行的。所以内城门总是跟外城门呈直角或其他角度。我们沿着一条铺着石板的狭窄通道走到了城墙的阴影之下，接着，又是一个急转弯，我们便一头扎进了一条狭窄的小巷。这儿挤满了穿着蓝色长袍的人和琳琅满目的商铺——都是小小的单层店铺，如玉器店、丝绸店、银器店，随处可见店铺的招牌、条幅和悬挂的灯笼——主要是红色和金色的。那巷子里除了人还能行走之外，几乎没有留下任何其他空间。人们会不时地相互推搡，以便让一顶轿子从自己身边抬过去——

这是一顶翠绿色的轿子,每一边都被遮盖得严严实实,谁也不知道里面坐着的是谁。

这些小店铺中的某些商品被摆到了小巷的石板路上。在饭铺,即泥地加脏桌的阴暗小屋里,烹饪是一半在店内、一半在店外的粗糙砖砌炉灶上进行的,所有的操作均在路人的视线之内。在近旁的一间染坊里,白布也是在大家的注视下被染成了蓝色。还有些店铺乍一看似乎无货可卖,因为类似丝绸这样的商品,都被放在人们看不见的阴暗库房里,用纸包裹后存放在货架上。

大部分店铺的内部异常阴暗——过于明亮是危险的,也许会招来恶鬼。把墙涂成白色则是不吉利的,因为白色是出丧时用的颜色。这些恶鬼会给店铺里的人带来无穷无尽的麻烦。学徒们在早晨卸下店铺门板时,不能在街上交谈,否则他们的说话声也会引来恶鬼。店里的算盘每天都得拿起来,并仔细掸掉上面的灰尘,以防恶鬼在那儿栖身。①过年期间,每当人们大摆筵席之时,财神(god of riches)总是受到最高的关注,因为他能给大家带来财气。

来自经典作品的一些至理名言,无疑都被认为会带来好运。几乎所有的店铺里都会写有这类金句箴言。

这个陌生城市的狭隘街道就像是迷宫里的一条小径,就在这个迷宫的某处出现了一座寺庙和一间风景如画的湖畔茶馆,在那个

---

① 参见约书亚·瓦尔(Joshua Vale)的《中国民间信仰》(*Chinese Superstitions*)。译者附注:这本书初版于1906年,记录了当时中国西南地区(以四川为主)关于生老病死、婚丧嫁娶等生活习俗中的迷信与禁忌。

小湖上还有奇妙的九曲桥——据说那就是青花瓷盘上那些图案的原始出处——然而要到达那个茶馆，我们不得不从相反的方向走，就像爱丽丝在镜子花园中所体验的那样。在中国，想要到达任何地方似乎都没有捷径，所以我们不断地拐弯，穿过那些陌生的店铺林立、人潮涌动的小巷。矮小的房屋全都挤在了一起，没有留下任何一点自由的空间。

有人提问，垃圾会怎么处理？某人回答说，根本就没有任何垃圾。在中国，只有两种东西人们会丢弃，那就是时间和羽毛。另一个人认为，是我们在街上经常碰到的那些饿狗吃掉了所有被人们丢弃的垃圾。然而就在这时，这个秘密被揭开了。有人拎着一桶恶臭的污水走了出来，将它倒入了我们正在走的这条路上的两块石板之间的缝隙之中。透过缝隙往下看，可以瞥见黑水的反光，我们这才意识到脚下其实有一条开放的污水沟。

最终我们到达了那个成为青花瓷盘图案的著名茶馆。我不需要向你描述它的样子，因为你从青花瓷盘上可以看得很清楚。它的确是如诗如画——假如这个具有宝塔尖顶的建筑物周围的水更为清澈一些，而非像羊肉汤那样浑浊。转眼间，我们就像中了魔法似的出现在城隍庙的外庭院里。这使人联想到"兑换银钱之人的桌子和卖鸽子之人的凳子"，因为那儿有算命先生、替人写诉状者、代写书信者和卖彩票之人的桌子。

在城隍庙的外殿，四大金刚的木雕彩像有着极其狰狞的面容，它们守护着通向内殿的大门。起初，在微弱的光线中，很难看清楚那个位于高高底座上,并用帷幕遮着的城隍大帝的神像。这位城隍大帝不但统治着冥间,而且间接操控了活人的命运。你必须知道,在冥间有一个与现世相对应的幽灵城市,城隍大帝率领着一帮幽灵官员统治着这个幽灵城市。人们不仅要对城隍大帝,而且要对他的随从——例如外殿的四大金刚——提供相应的尊崇,因为冥间的衙门跟现世的衙门一样,假如你想要得到官员的恩惠,就得首先贿赂官员的随从。

在穿过城市回住处的路上,我们在真正衙门的外庭院内停留了一会儿,这儿是上海知县的官邸。通过敞开的门洞,我们瞥了一眼用金色和猩红色布装饰的衙门大堂(seat of justice),后者位于一个狭长院落的深处,在特定的时间里,知县大人会在此地对送来的犯人进行审理并断案。

"盛宴上的骷髅"(skeleton at the feast)①几乎无处不在。为死人开设的殡葬店和冥器店要远比为活人开设的店铺显眼。在有些冥器店铺里,可以买到像鸽笼一般大的纸糊房屋、轿子、船只,甚至还有用色泽鲜艳的彩纸扎成,且经过巧妙打扮的纸人和纸马。

倘若想给阴间的亲戚送一顶带有轿夫的轿子,你只需买一顶纸糊的轿子,再买几个纸人,然后在寺庙里烧掉就可以了,你也可以把它们交给寺庙里的和尚去烧。

---

① "盛宴上的骷髅"(skeleton at the feast)系一句谚语,古欧洲和非洲的某些地区,人们在一些重要的宴会上放置一具骷髅,以示居安思危,不忘苦难,后多用来代指"扫兴的人或事物"。——译者注

然后还有冥钱店，店铺里挂着一串串马蹄般大小、用锡箔做成的银锭和金锭。这些也是为死人准备的，因为在阴间就像在现世一样要靠金钱来打点。每年中国人都要花费成千上万两，甚至几百万两银锭和金锭，来为死人买单；另有大量用锡箔做成的金、银锭是拜菩萨时用的。

还有要在寺庙里烧掉的蜡烛、供香、鞭炮、灯笼和纸糊的龙。然而最惹人注目的要数棺材——体积庞大、木板甚厚的棺材。在中国，最受欢迎的礼物就是棺材。

人们会以为，地狱里一片漆黑，没有半丝阳光，其实情况并非如此，阴间的黑暗程度也是会有变化的。中国有一句流行的老话是这样说的：

<blockquote>
见佛拜佛，此乃理所应当；
倘若不拜，佛也不会嫌弃。[1]
</blockquote>

然而在上海这座大城市里，旧秩序正在改变，为新秩序让出空间。下一代年轻人会敏锐地抓住学习"西学"给他们带来的机会，而在大部分情况下，这种机会只有在教会学校和教会大学里才能够得到。他们在学校里所接触到的新知识要远大于所有旧知识的总和。

---

[1] 原文为："worship the gods as if the gods were there/But if you worship not, the gods don't care."
——译者注

与此同时，迷信仍然死而不僵。人们随时随地，甚至在最不可能遇见的地方遇见它。我们在上海住地附近有一个预防火灾的瞭望塔。每当发生在当地已司空见惯的火灾时，人们就会敲响嘹亮的钟声，以示警告，而敲钟的次数通常会体现出发生火灾的区域。雄伟的新海关大楼刚建成的前三四个月里，正好遇上了一个火灾低发期。于是中国人便纷纷传说，火神把钟声错认为是火灾的警报，以为上海城里火灾频发，不需要再被打扰！当然，史书中并没有记载火神后来是怎么发现自己犯下错误的。

至此，你大概已经对上海有所了解了吧。我自己也已经准备离开这儿，去别处逛逛了。因为上海就像牧师手中的鸡蛋（the curate's egg）①，只是某些部分还不错，只能了解中国人特征的一部分。等到了中国内陆，我们会写出更有趣的文章来。明天我们将会前往山东芝罘避暑，在那之后将会正式开启我们的中国之旅。

顺便说一句，黛博拉并不想去内陆，她从来就不想去中国内陆。说到底，她当初甚至连中国都不想来。她是一边抗议，一边来中国的。然而现在她比我还享受这次旅行。当然，上海并不能代表整个中国。

你永远的，
维罗妮卡

---

① "牧师手中的鸡蛋"（the curate's egg）系一句谚语，指某物既有好的一面，也有坏的一面。——译者注

芝罘

（1907年6月20日）

亲爱的琼,

我们到这儿已经三天半了,我们是乘坐一艘德国轮船来的,而那艘德国轮船在青岛停靠了大半天,以便往船上装货物。我想你肯定知道,青岛现在已被德意志帝国侵占。它已经彻底去中国化了,但正如"小青鸟"①(the little green bird)们所言,德国在政治和商业等方面的巨大野心注定会失败。

我不能说青岛对我有特别的吸引力,它未免有点太不庄重了。道路崭新得令人发怵,马路两旁种植的小树不过是些枝叶过于繁茂的植物。街上层层叠叠的房屋全都整齐划一,厚重呆滞,而且只有两种颜色组合——黄白相间和灰中带红。然而,城市的位置不错,坐落在一个避风港湾里,街道沿着山坡起伏,使这个平淡无奇

---

① 在汉字中,"青岛"和"青鸟"两个词非常相似,作者在此是暗指本地的中国人。——译者注

的"德式"小城给人以自然美的感觉。

至于芝罘——令人耳目一新！我对它的第一印象是一个停满了船只的海港，从晃动的舷梯上奋力一跃，就可以跳到一艘摇摆的快艇上，后者把我们送到了一个挤满了一群兴奋的中国苦力的石砌码头上。这些中国苦力像捕食鸟儿般扑向我们的箱子，并把黄包车推到了我们面前，希望能从我们这儿赚些钱——这可以说是他们当天所能拉到的最大一笔生意。

然而到了外国租界之后，停满船只的港口及熙来攘往的苦力们都已消失不见。我想对你描述的芝罘是一个被湛蓝大海围绕的海湾小城市，它坐落在山脚下——那种拔地而起、光秃秃、没有树木的群山脚下。

我们受到特殊的眷顾，住在中国内地会的疗养所里。这是一座非常迷人的、带有走廊和阳台的大房子，坐落在一片山坡上，那里到海边只有5分钟的路程。房子周围有一个花园，屋后有一条小路直通山顶，穿着蓝色布衣的路人不断出现在这条小路上。

除了大海的低语声和路过的骡铃叮当声，空气中几乎听不到其他声音。倘若我是街上的中国人，我还会听见柳枝摩挲所发出的类似磨剪刀的声音和独轮车吱吱作响的"音乐"声。芝罘有许多独轮车，人们用它们运载沉重的货物，而独轮车走起来总会发出吱吱声。吱吱声带来幸运，在中国人听来这是一种悦耳的声音。失去了吱吱声的独轮车就像是一个死物。某一天，我们听见两个独轮车夫在讨论他们自己的独轮车的优点。

"啊！"一位独轮车夫懊悔地说，"我曾经有过一辆好独轮车。它能拉300斤货，并且就像一群蟋蟀那样一路欢唱。"

对于一个中国苦力来说，听到蟋蟀叫声是一年中最幸福的时刻，因为那时田里的庄稼就要成熟，收获季节将至，他终于可以暂时地放下繁重的活计，享受一下温暖的阳光。

我非常希望自己也能听懂他们在说些什么——这些从我身边经过的路人。他们看人时带有一种平静的兴致，并略带一种优越感。他们中间的大多数人在拼命劳作，或背负重物，或推着沉重的独轮车，或驾驭着由两头骡子驮着的轿子。这些苦力说话不多，也许他们所说的话也不值得听。然而他们安详而睿智的脸庞却显得很有意思。如前所说，我非常希望能听懂他们在说些什么。

作为初学者，我正在学习中文课程。虽然我开始怀疑自己不能学到任何有用的东西，但学习中文本身就像破解某种错综复杂的谜题那样令人心醉神迷。

我们的第一位中文老师，年老体衰，身穿一件蓝色长袍，其袖子长到看不见手。他的教学方法使人联想到一台留声机。某一本开蒙课本的开篇是一串最常用的词和词组，最初几个词是"我、你、他"，结尾的词是"兵丁"。我们这位矮小的老师坐在椅子里摇头晃脑，开始用深沉的声音大声朗诵，从"我、你、他"，一直读到"兵丁"，周而复始。他一开口就滔滔不绝，从不让我们有机会打断他。我们可以跟着他读，也可以保持沉默。我们无论做什么都绝对不会打扰到他。既然已不知不觉地给机械玩具上紧了发条，我们就必须等待它慢慢地停下来。可是没料到的是，这一过程竟持续了一个小时才停止。我们只约他教一小时的中文，到点之后他便突然站起身来，深深地鞠一躬，步履蹒跚地离开了房间。

我们目前的新中文教师看起来并不像那位老龄机器人那么有学问，但幸运的是，他的教学方法也不那么机械化。他身材魁梧，五官端正，举止过于谦卑，衣服又旧又破，布鞋破得不成样子，油纸伞上也尽是破洞，身上最整洁的东西就是他的扇子。他步履缓慢而沉重，重心先放在左脚，然后又换到右脚，以示举止庄重，称得上是一个有学问的秀才，并以此来弥补他贫穷的外表。他患有慢性哮喘病，有痰不往手帕里吐，而是往窗外吐，这种做法有点令人厌恶。我还认为，他只有得了感冒，才不会在上课时打瞌睡。

中国人十分看重学问。文人学者受到了普遍的尊重，但尽管如此，他们的服务报酬却低得可怜。想象一下，一位秀才每天教一小时的中文，一个月得到的报酬只有区区6先令！

我们学习中文进展缓慢，不知道该责怪自己，还是该责怪教师。要知道，没有一个活着的中国人能够"认识"全部44000个汉字，想到这一点，我们心里有了些许安慰。顺便说一句，"认字"（recognise character）就是能把这个字读出来。然而除了认字之外，中文习惯用语给西方人带来了难以描述的困难。为了将来能用中文对话，我背诵下了这些常用的句子：

"中国话，说得来，说不来？"（Middle kingdom talk, speak get come, speak not come?）

对于这个虚拟的问题,我想象自己这么回答:

"有一点点说得来。"(Some clause words speak get come.)

我学得很慢,达不到原定的目标。

至此,我想改变一下主题,因为下面这句话很容易记住,可以这样问:

"他是这里的人吗?"(He is this in of man?)

我们最好先假设有一个"他"来使得这个虚拟的问句有意义吧。顺便说一句,针对这个问题,下面的回答有点出人意料:

"他是外国人。"(He is outside kingdom man.)

令人头疼的是,当你掌握了这些短语之后,又会遇到一个更大的困难。当你说着同一句话时,往往会因为音调不对而传达了一个与原意完全不同的意思。如果你用了上升声调,而非下降声调,或是用了逐渐减弱的声调,而非逐渐增强的声调——听起来非常混乱,不是吗?——你往往就会搞砸整个对话。因一些细微的错误,你会把"火"说成"河",把"水"说成"睡",把"亚当"说成"鸭蛋"。

比如,你可能把不发送气音的字母"k"发成了送气音,如果犯了这一错误,就会把"妻"念成"鸡"。有一个故事说的是两位年轻的传教士派他们的仆人出去买鸡,但是他们把软腭音发成了硬颚音。仆人弄不清楚他们究竟想要什么,所以在外面一直转到天黑了才回家。他因为没有完成任务而垂头丧气,心里很不好受。他在外面转了一整天,竟是想为传教士买妻,而不是鸡。

汉语中有44000个单音节汉字，却只有460个不同的发音，无怪乎有大量汉字的发音是完全相同的，而且经常是连声调的变化也分辨不出来的。在"chi"这个音下面，某一著名词典列出了200多个不同的汉字。请想象一下下面这样一个句子：

"chi chi chi chi, chi chi chi, chi chi ch'ih."[1]

读起来是否有点结结巴巴？但它的确是一个相当合理的句子。

顺便说一句，我是否告诉过你，中国有敬惜字纸的传统？他们把印刷字体称作"天神之眼"（The eyes of the gods），并认为把没人要的但印有字体的废纸收集起来，拿到寺庙里去让和尚烧掉，是一件积德的事。

"名字有什么意义？"这个问题应该在中国问。例如，在脸上留下麻子的烈性传染病竟被称作"天花"（Heaven's Flowers）。这也许会使人以为它是一种美丽的标志。中国人的漂亮标准跟西方人有很大的不同。如男人长着四方脸、大眼睛、大耳朵和大嘴巴会让人羡慕。在很多情况下，中国人的鼻梁低得几乎不存在，使得一只眼睛可以瞄到另一只眼。很可能昨晚跟我们在一起的那位高官会被中国人认为相貌堂堂，但是在我看来却称不上漂亮。无

---

[1] "忌吃饥极，记雄鸡，即吃鸡。"在旧式的威氏拼音中，"chi"包含了现代拼音中的"ji""chi""zhi"这3个音。——译者注

论如何，我还是喜欢被介绍给他的。然而我的同伴 W 夫人更加熟悉中国旧习俗，中国旧习俗认为女人出现在公共场合是伤风败俗的，于是她便想说服我尽量不要抛头露面，并在官员们进场后就低眉垂眼，装作没见过世面的样子。

说到底，昨晚只是一个非正式的聚会。一位传教士最近从江西赈灾回来，受本地道台的邀请来讲述他在灾区参加赈灾活动的情况。只有本城的男性居民被邀请（在中国这样做无可厚非）参加这个报告会。

这次报告会是在一个树木繁茂的美丽花园里举行的，树上挂着鲜艳的玫瑰色纸灯笼，用以照明。当我们到达那儿时，所有的人都已经到齐了，除了那位道台——一排排表情庄严肃穆的男人，高高的额头，刮得干干净净的脸——在他们前面有一片空地，还有一张上面放着茶杯的小桌子。桌子旁边站着一位身材矮胖、戴眼镜的低级官员，他身穿绸缎衣服，笑眯眯地向大家鞠躬，并拱手向大家问好。在西方人看来，清朝上层人士的微笑明显有点做作。这种微笑是如此千篇一律和过分，以至于使它失去了普通微笑的魅力，因而更显得古怪。

这位矮胖的官员发表了一个简短的讲话，并且在等待"大人"（great man）出现无望之后，报告会便在道台缺席的情况下开始了。

"注意你的坐姿，" W 夫人对我低语道，"别傻笑，腰杆挺直，不要东张西望！"

突然从街道的方向传来了呐喊声，宣告了道台大人的到来，人群中的某处出现了很大的骚动。坐在小桌子周围的那些人安静了下来，有一位身穿猩红色号衣、头戴蘑菇状帽子的衙役（他使我联想到扑克牌里的杰克）从灯笼光线照不到的阴暗处跑了出来，跟那位矮胖的官员耳语了几句，后者顿时笑容全无，而那位衙役又跑了回去。

全体参会人员都站起身来，那位矮胖的官员赶忙前去迎接道台大人。一长队的杰克——方块杰克和红桃杰克——提着用丝绸做的红灯笼，灿若晨星地从阴暗处走了出来，并且靠边站成一排，以便作为衬托，好让那位道台大人闪亮登场。

"别看他，"W夫人低语道，"你不能让人觉得你是在看他。"如果完全听从她的劝告，我敢肯定，道台一定会认为我这个"蛮夷"根本没有风度。我后来听说，他是一位开明的道台，曾经四处旅行，并且了解西方的习俗。他朝我们的方向看了一眼，并且礼貌地鞠了一躬。然而，W夫人却不为自己的偏见感到遗憾。

"他一定已经看到了，"她说，"我们举止得体。"

道台大人的身材并不好——他弓着背，整个身体凹凸不平。但有人告诉我们，这是一种"文人"（Literary）驼背，文官的标配。他的眼睛向外凸出，这是戴深度近视眼镜造成的，这是中国高官的另一种标志。他留有浓黑的小胡子，这在中国是很值得夸耀的事，中国人在40岁以前是禁止留小胡子的，而40岁之后又很难留得成小胡子。他头上戴着一顶用白色纸板做成的灯罩形状的帽子，帽子上装饰着猩红色和黑色的流苏，还有一颗红珊瑚顶戴。

他的官袍是用淡蓝灰色的丝绸做成的，色调非常漂亮，腰间镶有珠宝的腰带上悬挂着他的扇盒。

讲话结束之后，有一位随从走上前去，用放在桌子上的那把茶壶来为贵宾们续茶，那个在桌子上放了很久的茶壶，看上去有点脏。当然，我们这些人是根本喝不上茶的，而且在我看来，我们这些坐在阴暗角落里的人也根本是无足轻重的。官员们已经开始一边喝着茶，一边跟外国人聊天了。

天色已晚，W夫人急着想要"溜走"。走到外面的路上，道台的随从队伍令人联想到一个被盖伊·福克斯游行队伍闯入的吉普赛人商队：[①]蓬头垢面的矮马站在水沟里，穿着邋遢的士兵坐在路沿石上，衙役们倚靠在墙上，轿子和中式灯笼错落有致地放置，整体构成了一幅奇特的图景。

令人奇怪的是，中国的财富总是难以掩饰贫困的氛围。规模宏大的宅院，其门楼却是破败不堪；在官员的卫队中，矮马蓬头垢面，马具上的绳索还被修补过；兵丁头戴破旧的"水手帽"；在未铺地板、只有泥地的脏乱店铺里，珍贵的精美瓷器跟最普通的陶器并排放在落满灰尘的货架上；富有的老板及其儿子与雇员们坐在同一张破旧的桌子旁，一起吃着米饭和咸菜。顺便说一句，大米在

[①] 盖伊·福克斯（Guy Fawkes, 1570—1606），天主教徒，曾在1605年英国议会召开期间，密谋用火药炸掉上议院，刺杀国王和贵族议员。但是他的阴谋在最后一刻被发现。盖伊·福克斯经审判被处死。英国人在后来每年的11月5日庆祝盖伊·福克斯之夜，用篝火焚烧盖伊·福克斯的稻草人像。——译者注

华北被视为"富人的食物",因为它必须从遥远的南方运来。

有一天,我们逛了芝罘街上许多这样"富裕"的店铺。泥泞的街道上坑坑洼洼,在低矮的单层建筑之间会偶尔出现一块垫脚石。这些店铺破旧不堪,店门全部敞开,到了晚上便封上门板。最吸引人的是水果店,我从未见过这么漂亮的水果,从未尝过这么好吃的食物。熟透了的深玫瑰色水蜜桃、金黄色的梨和深红色的多汁苹果,以及味道清淡、具有胭脂红瓜瓤和绿色瓜皮的西瓜:它们都一样令人垂涎。

不时会有一家较好的店铺,也许是钱庄,高耸于其他房屋之间,店门前还有一排台阶。透过敞开的大门,一个小小的庭院映入眼帘,庭院中央有一株开粉红色花的夹竹桃树,为这个阴暗的店铺营造出了如诗如画的环境。

在附近的一个路边摊上,有一位男子坐在那里忙着制作纸扇。他身后的墙壁上贴了一张色彩鲜艳的纸,就像是亮眼的招贴画,它被灵巧地折叠、固定后,将会成为一张扇面。在对面的一个街角,一把钉在地面的巨伞下面,有人在出售冰糖水;一位职业写信人趴在一张小桌子上,飞快地写着汉字,边上围着一群好奇的旁观者。

大部分店铺里都挂有一个鸟笼——为了运气。此外,鸟在中国还是广受欢迎的宠物。街上有许多遛鸟的人,我们可以看到一个衣着简朴的苦力轻手轻脚地提着鸟笼,或是跟熟人坐在路边,后者全都带着自己的鸟笼。这一场景看起来真是非常奇怪。在灾难深重的甲午战争期间,那些亲眼看到清军溃败的人说,许多清军兵勇在逃命时，除了身上背着弓箭之外，手里还提着鸟笼。

逛店铺逛累了，我们终于走进了一家本地的餐馆，想要尝一下中国风味的美味佳肴。我们进入了一个肮脏的黑色棚屋，里面堆满了烹饪用具，看上去就像是一个铁匠铺。穿过一个作为储藏室的小通道后，我们踏入了餐厅——一个有屋顶的小方隔间，很难称其为房屋——那儿放着两三张褐色的桌子和一些高脚凳。店小二说，他们店里以前从未来过洋人。显然，大家都觉得十分好奇。一个光着上身、满脸笑容的小男孩先过来往没有手柄的小茶杯里倒茶，作为用餐服务的开端。接着就送来了大碗的面条，这是一种本地的通心粉，当然，它要用筷子来吃。这种感觉就像是用笔杆来对付蚯蚓一般，但最终我们还是成功地完成了用餐，留下了一大堆残羹剩面，让那位光背的小男孩去收拾。吃完面之后，便开始上菜，每道菜有六七碗，菜肴的搭配很是怪异，有竹笋糖醋肉、某种霉制食物和一些来自香港的著名珍馐——一种滑溜溜、带碘酒味的海藻。我们尽可能勇敢地品尝了每一道菜肴。我们6个人在店里吃了好几道菜肴，到了结账的时候，你猜我们花了多少钱？总共才3角8分，平均每人花了还不到1便士！

这封信已经写了好长时间，但是这儿的天气变得如此酷热，使人感觉连写信的精力都被耗尽了。顺便说一句，忘了告诉你，我已经取了一个中文名字。外国人在中国都这么做，奇怪的是，你必须从"百家姓"里挑选一个你喜欢的姓。实际上，我相信有300多个姓可供选择，然而这当然也是不够用的。其结果就是有的姓在同一个地方被人们反复使用，使得地方长官和厨师或苦力，中文教师和外国人，也许全都姓"吴"或"李"，而且还不能像英国的"史密斯"或"布朗"那样再添加另一个名字或连字符号来调整。当外国人取中文名字时，他要么把自己原来的姓名翻译成中文，假如那名字是可以翻译的话，要么就选一个发音跟原来姓名类似的中文字。我自己的姓（Roe）现已被"罗"（Lo）所取代，所以此信的署名处我要用自己中文的姓来签署。

羅

登州府

登州府

(1907年9月10日)

亲爱的琼,

我们来这儿已经有一周的时间了,看到的是尚未被真正西化的中国,尽管这儿离芝罘还不到60英里①,但是走陆路还是要花整整2天的时间才能到达。幸亏我们搭上了一艘小型的轮船,所以这趟旅行只花了5个小时。我们在海边一个沙滩上下了船,前不着村,后不着店。但实际上,隐藏在城墙后面的登州府离我们下船的那块沙滩只有大约0.5英里。轿夫们踏着海浪把我们抬到了岸上,然后又抬着我们很快地穿过了一片莽莽苍苍、荒无人烟的"无人区",接着又穿越了一块高粱地,那里竖立着一些酷似牛棚的茅舍。最终,我们穿越了一个建造于公元前300年,并据说仍然维持着其雉堞原状的城楼。进入城里后,我们仿佛穿行于一个被高墙围住的迷宫之中。无论中国还缺乏什么东西,各式各样的

---

① 约96.6公里。1英里为1.61公里,后不另注。——译者注

围墙则总是不会缺的。倘若没有岩石，你可以用砖或鹅卵石来砌墙。假如连鹅卵石也没有，那还可以用黄泥和海藻，或用其他任何材料来造墙。在我看来，这些街道不过是墙壁之间的通道，而墙壁后面的房屋则隐而不见。震耳欲聋的嘈杂声也被这些墙壁所隔阻，唯一的突破口是墙与墙之间的小道。路上遇到的人寥寥无几，居民们都紧靠着墙边，从屋内凝视着我们。我们绕过一个个拐角，转过一个个急弯，突然惊奇地发现自己面对着一个小巧的英式教堂，教堂对面是一条被柳树遮掩的潺潺小溪，它与四周的围墙形成了一个奇特的对比。我们知道现在离目的地已经不远了，又转了一两个弯，就来到了布满爬山虎的围廊下的一扇门前，周围的树木遮天蔽日，有一种熟悉的家的感觉。这便是我对登州府的第一印象。

我对登州府的进一步认识来自城墙顶上。那儿有一条宽阔的、长满青草和荆棘的路。这条路是那些想要躲避狭隘街道上的气味和拥挤人群的"洋蛮夷们"（foreign barbarians）所喜欢走的。从高处往下看，你看到的不再是墙壁，而是屋顶——仿佛一望无际的"平原"，同样宽度的屋顶，同样的图案，两边从弯曲的"山脊"上倾斜下来。不时地会出现一抹深绿色，那里有几棵树打破了屋顶组成的线条，或者还能看到一个金色的粉尘云团，那里是一片打谷场，它就像古老圣经中的打谷场一样，此刻人们仍在使用2000年前的原始工具，正忙着给新收获的小米脱粒。

我们在城墙顶上一直待到了太阳下山，城墙的轮廓在西边天际玫瑰色火烧云的映衬下显得更加突兀和黑暗。北面远处的大海被笼罩在阴影之中，在我们脚下，一层薄纱飘浮在昏暗灰色屋顶的上面，使整个世界都变得模糊不清。有时，坐在女主人家阴凉的阳台上，这里离街道只有一箭之遥，我们却很难相信自己是身处大城市之中——空气中弥漫着奇异而令人难以置信的寂静。街上不断地有人经过，但我们既看不见，也听不见他们的动静。他们或许穿着布鞋，或许赤着脚，没有发出任何声音。街上并无车辆经过，而骡子的蹄子踏在尘土上，也像人们走路那样悄无声息。不时传来乞丐持续不断的呜咽声，其哀伤的音调抑扬顿挫，此起彼伏；有那么整整3个日夜，每隔一段时间，不远处的一所房子里就会传出一声声悲鸣，一个失去亲人的寡妇在指定的时间里哭哭啼啼。某些情况下，如果钱不是问题的话，她会雇人替主要的送葬者哭泣，这是丧礼上必不可少的一环。没有哭声的抽泣是不能作数的，哭声必须是响亮而撕心裂肺的，这样才能让所有人都听见，并知道是死了丈夫的寡妇在哭。

不久前，登州城里的一户大户人家发生一件令人扼腕的惨事。有一天晚上，这家的独子在睡着的时候因蚊帐起火燃烧，竟然死于这场火灾。我借住的那家的女主人跟死者的母亲及其姐妹，以及那位可怜的年轻寡妇的关系都很亲密。她们按照被社会所认可的习俗，都住在离我们住处不远的一栋宫殿式的豪宅里。

我们的女主人参加了吊唁仪式，归来之后，竟然带来了一个邀请黛博拉和我的口信。这只是服丧的第1周，但如果我们去看她，死者的母亲将会感到"非常高兴"。从我们的角度来看，这岂不是非同寻常的事情？然而，如你所知，这里的一切都有争议性，在大丧期间，人们也会谋求一定的曝光率。我们被告知，对方甚至期望我们去上门拜访的时候，身上的衣服穿得越艳丽越好。

我将会在拜访回来之后再完成这封信，因为我想你一定有兴趣知道我们这次拜访的过程。

这是我有生以来最奇怪的一次拜访。我们到达时，发现这座豪宅的大门上挂满了白色的麻布。守门人把我们迎了进去，我们默默地穿过外庭院，进入内庭院，继续向前走。

这时，房子里有几位女士出来迎接我们——她们身材娇小，笑容温和，举止轻柔，依依不舍。她们拉起女主人的手，深情地握着。她们自然是穿着丧服——最朴素的深蓝色棉布外衣和裤子，以及正统的白色丧鞋。她们带着我们走上台阶，进入房中。这位可怜的丧子母亲是一位端庄而年迈的矮小妇人，文雅而知性，穿着同样简单的蓝色衣服，可怜的小脚上穿着同样的白鞋，其缠过的小脚只有蹄子那么大，正站在那儿等待我们。她拉着我们的手——黛博拉和我的手——用同样优雅和依依不舍的方式，带我们走进一间内室——房间不大，其空间几乎全被放在木架上的一口巨大棺材所占据了，棺材前面有一张桌子，玻璃框内放着死者的照片，还有鲜花和其他纪念品。这是一个艰难的时刻，尤其对汉语知识有限的我们来说更是这样。然而，对于事物，据说中国人凭直觉就比我们了解得更多。这几乎等同于她们具有第六感。因此我们希望，尽管我们无法用语言来表达，但她们能充分理解我们的同情。

我想是出于对我们女主人的恭维——她们显然对她非常亲切。最后，我们被带进了内室，原来是这家女主人的卧室。这是一间很不舒适的居室。室内的主要设施是一张用砖砌成的炕，冬天在炕下面生火，晚上则在炕上面铺上棉被。但在白天，它被铺上了一条白色垫子，当作沙发。围绕墙壁摆放着像大风琴一样的橱柜和巨大的红木桌椅，其摆放的方式有些僵硬并显得拥挤。那张用砖砌成的床成了最不舒服的座位。我们3个人并排坐在上面，双脚悬空，因为我们坐的位置太高了，脚够不着地面。在我们身后有一扇用木头做窗格和糊窗纸的大窗户。对面有一个同样的窗。

正如你们所认为的那样，谈话过程困难重重。我们的女主人W夫人正在和刚刚出现在现场的老祖母交谈。黛博拉和我被留在了一个挤满了人的房间里，那儿没有一个人会说一句英语。我们说出了自己的"贱名"和"虚龄"，却羞于按照礼节询问别人的"芳名"和"贵庚"。我们曾试图解释为什么我们没有丈夫，但中国人是很难理解这件事的。就我而言，这很简单。她们对我表示了同情。但是黛博拉为何还没结婚——这的确令人费解至极。片刻之后，我又把教科书上的一个问题重新提了出来，这使得她们更加困惑了。

"中国话，懂得来，懂不来？"（Middle kingdom talk, understand

get arrive,understand not arrive？）

她们全都面面相觑，不知道该怎么回答。

"你在问她们是否能听懂中国话。"黛博拉对我耳语道。

唉！我本想问她们是否懂英语。幸运的是，就在这个时候，有人端来了茶，每人一杯，并递上了用梅子做馅的糕点。多亏它们打断了谈话，我喝了不少茶。可是，唉！我的杯子就像寡妇的诅咒一样，喝到最后还是满的，就像开始时一样。每当我喝上一口，女仆就会拿着水壶过来填满水杯，最后我趁女主人不注意，偷偷地把水杯放到了旁边的柜子顶上，再也不碰它。

就在这时，一支悲伤的小队伍走进了房间。这位年轻的寡妇还是个女孩，有着一双柔和的棕色眼睛和一张苍白的椭圆形脸，从头到脚都穿着白色的麻布衣，身后跟着两个分别为3岁和5岁的小男孩，也都穿着麻布衣。他们走上前来，依次跪在我们面前，在这种情况下，这种谦卑的态度显然是符合礼仪的。这两个小男孩现在是她们所有的希望。在儒文化氛围的家庭中，只有家族里的男性成员才能在祖先牌位前参加祭奠仪式。

如果小寡妇的孩子碰巧是女孩而不是男孩，那么她的生活前景的确会很黯淡。但即便育有两个儿子，她的命运也足够悲哀。无论今世还是来世，她都没有确定的希望（sure and certain hope），有的只是无名的恐惧，萦绕心头的、由邪灵和厉鬼所带来的恐怖，以及行动诡秘、力量无穷的复仇之龙（revengeful dragon）。

在接下来的100天里，她必须身披白麻布，谦卑而心情沉重地哀悼死去的丈夫，但在这100天里，还有许多事情可以做。在死亡后的第7天和第14天之间的某个时刻，已经潜入地下10至12英尺①的"七畜灵"（seven animal spirits）将会回到地面。和尚知道该何时做"头七"，以及必须为此准备一些什么样的食物。至于那些陪伴"灵魂"从阴间归来的贪婪衙役，必须让他们忙个不停。因此，要为他们提供装在罐子里的鸡蛋和一双双筷子。与此同时，死者的"灵魂"将会有时间祭拜其祖先的"灵位"，也可能会祭拜"灶神"。②

如果报酬丰厚，和尚就能以这样或那样的方式做很多事情。最后要考虑的事情就是钱——需要制作很多"金银"以供死者在阴间使用。

后来，几个女人带我们去参观大客堂和各个院落及亭子，我们来到一排长而低矮的房子前，通过打开的窗户，可以看见一些穿着白麻布衣服的男人在屋里忙碌着。他们从早到晚忙个不停，而且还要忙很多日子，为这一家死去的儿子制作锡箔纸钱。

在院子对面有一座凄凉的房子。人们特别自豪地向我们展示了其中的房间，因为它是专属于死者并用洋式家具装饰的。屋里的那些桌椅大多是按英国的样式制作的，它们都毫无章法地堆在一起，就像家具店里摆放的那样。

---

① 3.0—3.7 米。1 英尺约 0.30 米，后不另注。——译者注
② 参见约书亚·瓦尔的《中国民间信仰》。

这座大房子是由一座座围绕着庭院而建的单层建筑组成的。我们跟随着向导从一个院子走到另一个院子,她们那些穿着白鞋、被缠过的可怜的小脚痛苦地扭动着,似乎太小太弱了,无法承受身体的重量。我们被带进一个巨大的客堂,客堂建得像一座神庙,墙上有雕刻的祭坛和神祖牌的框架,大堂里摆放着用黑色漆器制作的椅子和桌子,上面镶嵌着大量珍珠母。

不时地,铺石板的院落会突然变成花园——奇特而正式的小花园,树下摆放着盆栽棕榈,粉红色的海棠、蓝白相间的金鸡菊和散发着甜香的白色番红花簇拥在用铺路石围成的小花坛里。我们的同伴采了一束鲜花,并将它们分成数量相等的3份分别送给了我们3个人,每人得到一朵番红花。显然人们特别看重番红花,它们的气味的确非常芬芳。

这时,我们的新朋友们已经不再害羞,她们鼓起勇气做了一件我相信她们整个下午都渴望做的事,那就是仔细观察我们身上佩戴的一些小饰品,并检查我们的帽子和手套。手套是她们特别感兴趣的东西。当然,她们自己并不戴手套,而且可能认为这种习俗非常野蛮,尽管她们出于礼貌,不敢说出来。相反,她们却言不由衷地说:"好看!好看!"而我——如果我知道该怎么应答的话——本该自谦地回答,承认我的这些衣饰廉价逊色,赞美她们身上的穿戴美不胜收。

最后,我们被护送回那个气氛忧郁的停棺间,去向这家女主人告别。一家人围着我们,鞠躬微笑。她们人太多了,而且长得都很像，以至于我分不清谁是谁，后来有人告诉我，我对其中一位女仆笑得特别甜。但这并不重要，因为幸运的是，我并没有向她"拱手作揖"。在穿过庭院的路上，每到一个转角，我们都会转身鞠躬，却总是发现女主人已经跟上了我们的脚步，直到最后她们走到了外门，而我们则沿着街道向后退去，仍然在鞠躬。即使是在皇室成员面前，我们也几乎不可能做得更多。

我们的访问显然相当成功。几天后我们又收到邀请，去听和尚对着棺材念经。我们不禁想知道，这口棺材还将在地面上保留多久。

附近有一座更宏伟的宅邸，属于一个官宦世家。该宅邸的主人——好像是位将军——几年前去世了。他是如此受人尊敬，以至于皇帝在他死后将他封为圣人（saint），并向为纪念他而修建的祠堂赠送了绣有华丽花纹图案的丝绸万民伞。皇家赠送的礼物中还有一把锄头和一把红色手柄的铲子，用于挖掘坟墓。但这个坟墓直到两年以后才开始挖建。他们要等到小继承人长大一点，才能让他来举行落葬的仪式。与此同时，棺材被存放在将军府中，有人说这并不令人反感，也有人说这令人反感。这可能取决于风向。

有一天，我们无意中发现自己出现在一个葬礼上，但我们并没有留下来。在一条用鹅卵石铺成的狭窄街道上，在临时搭建的草席棚下，一些穿着破旧白色麻布衣服的人正用丝毫看不出像是乐器的器具吹奏出忧郁的"风笛"声，并欢快地打着一个巨型的大鼓。一群人好奇地围拢过来，人们簇拥着从这座房子敞开的大门里进进出出，就像蜜蜂频繁进出蜂巢一样。护送我们的一位中文教师用手势招呼我们进去。

穿过一条黑暗的通道，我们发现自己来到了一个庭院里。这里已经被改造成了一个临时的厨房。到处都是炊具。粉红色的肉块和鱼块，漂浮在大盆油腻的水里，还有蔬菜，切碎后乱七八糟地堆在一起。许多厨师都在努力工作，空气中弥漫着烧焦的菜油和压扁的瓢虫的气味。

我们穿行在他们中间，穿过一个黑暗的前厅，进入一间光线昏暗的内室，人群在我们身后紧紧追赶。地板中央摆放着一个临时祭坛，上面用小人国的餐具摆放着一桌美味佳肴，前面是一个玻璃柜，里面放着一张纸条，上面写着死者的名字。靠墙的座位上坐着送葬者幽灵般的身影，他们身披白色麻布，沉默不语，一动不动；在祭坛两侧的地板上，死者的两个儿子庄严地跪着。一群蓬头垢面的小男孩——这些只是雇来的送葬者——穿着又脏又破的白麻布衣服，没洗干净的手里拿着长长的野鸡羽毛，好奇地注视着我们。如果我们愿意，我们可以穿过这个房间，装着死者的棺材就放在隔壁房间，两个房间之间的门是开着的，但我们没有进去。从我们的角度来看，作为完全陌生的人闯入亲人去世的家庭似乎是不可饶恕的。显然，在那位中文教师的眼里，这根本就不值一提。

你也许想知道我们怎么会跟一个中文教师一起上街的。在中国内陆，这样的事情是不太可能发生的。我被告知，在中国内陆，即使是夫妻也不太会一起出现在公众视野里。然而在登州府，外

紫禁城外两万里
一位英国女作家笔下的晚清市民生活

登州府的一个女子学校

国人已经生活了 40 多年了,当地人也已慢慢习惯于他们那些怪癖了。我们这位博学的同伴只是我们所借住的那个女子学校的一名教师。

不知我是否已经告诉过你,我们的那位女主人是当地一个大型美国长老会女校的校长。为了能够按照美国的方式毕业,女学生们必须完成一个为期 9 年的课程。除了"四书五经"等中国经典之外,她们还得用中文学习西学的内容——代数、几何、历史、生理学等等——其中有些学生最终也会成为教师。

这所学校与前几天我们听说的内陆省份的一所学校截然不同。作为中国上层女子就读的女校校长,她接受过良好的教育,全凭一己之力创办了这所学校。她的学生从 8 岁到 40 岁都有,其中有许多还是高官的妻子。为了表明她对西方习俗的了解,她——校长——穿了一件紫色的麻纺布外衣,腰间系着腰带(外国人总是要有腰带的,就像我们认为中国人总是有一根辫子),戴了一顶闪亮的黑色水手帽,内衬是羊毛毡,边上镶着已经凋谢的真花,最后,她那双可怜的小脚穿上了棕色靴子。

"那您会教她们些什么?"我的朋友问,她对于这种新式学校很感兴趣。

"哦,"这位身材娇小的女士胸有成竹地低声说,"她们并非真的想学什么东西,可是她们喜欢上学,她们的丈夫们也喜欢让她们来上学。"

"那么她们在学校做什么呢?"

"她们只是聊天、玩耍和抽水烟,如果发生了什么争议,她们的丈夫们会在一个类似委员会的地方坐下来决定如何解决这个问题。"

"太可惜了,"我朋友说,"您就不能敦促她们更好地利用自己的时间吗?"

"嗯,有一个学生,"这位身材娇小的女士悲伤地说,"如果她愿意,原本是可以学得很好的。她的能力很强,但当我逼她学习时,她向她丈夫抱怨说她受到了虐待,事情就这样不了了之了。"

中国对教育和任何西方知识的狂热追逐肯定有其可悲的一面。即使只是一个自称能"教英语教到字母 G"的人,也可能不乏学生。

我们那个中文教师确实是一个很有用的向导。有一天,他甚至带我们进入了一座孔庙的神圣殿堂。我们后来得知,那个地方是不准女人入内的。我们注意到,在守门人同意让我们进入之前,孔庙门前人群中有许多人颇有微词。当大门在我们身后关闭时,人们都惊奇地注视着我们。在见了其他铺石板的院落和有着拥挤建筑的庙宇之后,我们感觉这座孔庙的场地显得宽敞而富有田园气息,令人心旷神怡。一座巨大的亭子式建筑被漆成了红色,红色是所有文庙的正统颜色,此建筑矗立在绿色草地另一侧地势略高的树丛中。一群山羊在阳光下悠闲地啃着青草,一头大黑犍牛耐心地伫立在树下。

在犹豫了一会儿之后,一位孔庙的守门人终于为我们打开了大门。唉！这座暮色中的大殿里，除了墙上的灰尘和蜘蛛网及孔子牌位前的祭坛式桌子，已经空无一物，没有了通常孔庙的庄严肃穆——我们惊奇地发现自己面对着一个巨大的圣人塑像，他那发黑的脸和狰狞扭曲的五官就像一个神态威严的道教神像。而在孔子塑像的两侧，沿着侧墙排成长长一排的，是他的弟子们的雕像，虽然没有那么巨大，但也同样面目狰狞可怖。如果孔子能看到自己及其追随者的那些怪诞形象，那么他会感到多么恐怖；而这一天显然是秋季祭祀的日子，是一年中重要的日子之一。

我们前面所见到的犍牛和山羊，现在都成了这一场景中的悲惨元素。再过一两个小时，它们就会在树下被屠杀殆尽，昼去夜来，热血沸腾的人们会把孔庙挤得水泄不通。从上到下的官员都会在护卫的陪伴下聚集在孔庙之中，在欢迎孔子的灵魂来到他们中间之后，人们会把犍牛的躯体作为祭品献给孔子，而那些山羊的躯体则被分别献给孔子的弟子们。最后，当祭奠仪式结束，圣人的灵魂已被虔诚的人们鞠躬送走，那些作为祭品的牛肉和羊肉将被参加仪式的官员们按照其等级和地位分而享之。而这一切都是以那位谴责献祭、反对偶像崇拜的导师的名义进行的。

今天下午，我们应邀前去聆听僧人们在棺木前诵经。如此奇特的场景！停棺间的大门敞开着，前面的小院子也盖上了屋顶，挂满了蓝色、银色和其他颜色的精美挂饰。在又长又窄的桌子旁，坐着11位剃光了头发、穿着宽松的灰色粗布长袍的僧人，他们翻动着面前桌子上的大部头书籍，但似乎并没有在看那些书页。他们用单调的声音吟诵着单调的词语，其中一名僧人敲击着一个葫芦形的木鱼头，用不着调的笃笃声来掌控诵经的节奏。佛经中的部分词语来自印度的巴利文，在场的所有人也许根本听不懂，而坐在我身边的该家女眷们，则饶有兴趣地对我外套上的辫子和发卡的样式进行了细致的审视，以此来消磨难熬的时间。

在灵堂和棺材之间摆放着一张桌子，桌上摆放着十几道美味佳肴。每一道菜肴都并非为活人烹饪，而是为亡者准备的！在一个靠外面的院子里，有一张桌子摆在一个卷轴的前面，卷轴上写着亡者及其儿子和其他继承人的姓名及对他们的描述，在两大碗撒了面粉和小米的熟菜之间，放着一幅地藏王的画像。这一家的女主人解释说，这些食物将会被拿出去并撒落在街道上，以供阴间那些到处游荡的乞丐灵魂享用。她坦承这些食物实际上并非被亡者享用，而是被活物，也许是作为清道夫的流浪狗，给吃掉了。

但是这并没有关系，她说道，意义只是象征性的，通过在街道上遍撒食物，那些孤魂野鬼肯定是可以从中获益的。她不知道这究竟是怎么做到的，但事情就是这样！

我曾听人说过，中国人是为亡者而活，而不是为生者而活。这一点时刻提醒着人们。在离芝罘不远的地方，有人在冬天活活冻死，而他们的房屋下就蕴藏着大量的煤炭。他们之所以守着煤炭还被冻死，就是因为不敢惊动地下那些死魂灵。中国人反对建造铁路也是出于同样的理由，尽管这种反对在一定程度上已经被克服，但在许多情况下都是这样的：

> 那抱怨自己违心的人，
>
> 仍会秉持同样的观点。①

许多的不幸都被归咎于外国蛮夷引入的"火车"（fire carriages），难怪进步总是那么缓慢。

走回家时，我们经过了城市的一条主干道，这里不再有寂静的灰墙，街边画着一条长长的色彩模糊的双线，敞开门面的小亭式商铺前挂满了红色、猩红色和金色的招牌、灯笼和卷轴，一座色彩艳丽的凯旋门（实际上是一座牌坊）从街道的一边跨越到另一边，它由蓝色、绿色的琉璃瓦和镀金雕刻物件组成。我们脚下的人行道是由磨石和鹅卵石巧妙地镶嵌而成的，历久弥新。

一队衣着怪异的人从我们身边走过，他们是身披麻布、正要去参加葬礼的送葬者。我们想到了《圣经》中的旧时代，想到了商品的交易场所、紫色细麻布的卖主、铜和明亮的铁器皿、钱庄和那些"在天平上称银子"的人、在底维斯门前的拉撒路和骑驴的旅行者，以及在市场之外更开阔的地方，"耶布斯人的打谷场"和"黄瓜园里的小屋"（在这里则是"西瓜园"）。这一切全都历历在目，就像在上千年前那样栩栩如生。但即使在这座诞生于公元前300

---

① "He that complies against his will/Doth hold the same opinion still" 出自英国诗人塞缪尔·巴特勒（Samuel Butler, 1612—1680）的著名讽刺长诗《休迪布拉斯》（*Hudibras*）。——译者注

年的城市里，人们也能感受到变化。

走出古老的街道，我们进入了校园，那里有 40 多名中国少女，她们是按照美式教育培养的学生，正以世界上最强的求知欲来汲取西方的知识。一位年轻的访客正在阳台上等着我们。他原本是中国海军的一名军校学员，但由于拒绝"崇拜"孔子，他不得不放弃自己的职业生涯，目前在登州的洋人手下从事教育工作。他英语说得很好，但是我们之间的会话不得不戛然而止，因为有一个使者冲进房间，告诉我们，本来我们准备明天搭乘的轮船现在已经提前到来了。所以我给你的下一封信将会从芝罘发出。

匆匆，
你永远的罗

芝罘

(1907年10月10日)

亲爱的琼:

我从未遇到过像登州府那么难离开的地方。然而,我们已经成功了,我们又回到了芝罘,准备踏上前往北京的旅程。因为我们的时间整整晚了1周,我们将在汉口与一些朋友会合,他们答应护送我们溯扬子江而上,前往内陆西部。

我们花了1周时间试图搭乘一艘轮船,但没有成功。我猜测这背后有仆人在捣鬼。当时,W夫人正好觉得自己孤单,就想留我们再待一段时间,以便可以陪陪她。于是,忠心耿耿的仆人们便决心使出各种手段来阻止我们离开。我们甚至安排了一个人守在城墙上,一旦看见有轮船停泊在海湾里,就马上通知我们。他当然是按照指示给我们带来了消息,但他迟了一步,所以该消息毫无用处。还有一次,我们甚至已经带着行李坐轿子来到了城门口,可此时一名信使跑来告诉我们,说轮船已经开走了。

最终,我们战战兢兢地决定从陆路坐骡轿出发。这时仆人们再次出面阻挠。他们说，此时正是麦收季节，根本就找不到任何骡子，因为它们全都在地里干活。

然而，W夫人派了她最得力的仆人洪定清（Hun Ding Jing）陪我们去，并且严厉地要求他，无论发生什么事情，一定要找来一顶骡轿。

第2天早晨，果然有一顶骡轿出现在了门口。这是一个你无法想象到的最古怪的交通工具——在一前一后两头骡子之间用杆子吊着一个巨大狗窝或第欧根尼浴缸。圆拱形的轿子顶部是用草席做的，轿子的底部则是木板。然后洪定清在轿子底部铺了厚厚的垫被和枕头，使得那骡轿的外表更像是在狗窝里铺设的一张床。其他行李——现在，你应该记得，我们除了箱子之外，还随身带有铺盖、厨具、食物和灯——也都被打包，有的放在轿子上，有的则由一头骡子驮着。另外还有一头骡子是洪定清的坐骑。

第一次进那个奇怪的骡轿可谓轻而易举。我们像两只巨大的圣伯纳犬一样爬了进去，然后尽力转过身，脸朝外面。关键时刻到了，附近每一个身体健全的人都伸出了援助之手。他们兴奋地大叫着，把现在已经很重的"狗笼"抬了起来，并试图把连接骡轿的两根杠子巧妙地套在两头骡子的马具上。这两头骡子一丁点儿协调性都没有！当后面那头骡子静止不动时，前面那头骡子就想往前走，反之亦然。叫喊声和吆喝声越来越大，轿子似乎随时都有坠地的危险。想象一下黛博拉和我在里面那种局促不安的感受！但突然间，这些东西就像变魔术一样滑到了合适的位置，骡子也被

一顶从登州府出发前往芝罘的骡轿

安全地固定住了。

我们出发了,但花了好长时间才学会如何在骡轿里坐下来。对那个骡轿来说,我们似乎太大了,不得不像动物园小笼子里的蛇一样互相缠在一起。后来我们终于发现,正确的姿势是盘腿坐下,或者像佛像那样端坐。我们注意到,在路上碰见的那些旅客也是用这种方式坐在骡轿里的。我感觉坐在骡轿里颠簸得很厉害。我相信坐骡轿会使某些人晕车,而且这种颠簸使得阅读、写字,以及其他那些需要坐稳了才能干的事情变得几乎不可能。

放眼眺望,远处的景色很单调——一条崎岖的小路(按正式的说法应该是大路)穿过绵延数英里的平原田地。它们让人联想到一个巨大的私家花园,园中不时散布着一些住处——低矮的茅舍建筑,四周围着一些杂乱的树木。在大约走了50华里(约17英里)以后,我们突然停在了一家客栈外的乡村街道上。街上和客栈里一下子就挤满了人。我们的轿子被从骡背上抬了下来,在这种情况下,我们以尽可能庄重的方式爬了出来,伸伸懒腰,站直了身体。哦!在"狗窝"里蜷缩了16英里之后,我终于松了一口气。

洪定清变身成了一名司仪。他请我们到客栈里休息,并在前面引路,扛着我们的垫被和枕头,大模大样地走在街上。我们跟着他穿过客栈厨房(在这片"事事相反"的土地上,客栈厨房一般都在院子的正前方,而非正后方),穿过一个挤满了人和牲畜的院子。院子的四周都是客栈的卧室,我们被领进了另一侧最豪华的客房。它让我联想起没有家禽和栖木的大型禽舍。时间和烟雾把墙壁涂成了黯淡的黑色，羽毛状的花边蛛网装饰着橼子。在最里间两个砖砌的炕上，洪定清铺上了我们的垫被，他还在木箱上——这是房间里唯一的其他家具——摆上了纸马桶盖、洗脸盆、肥皂和毛巾等，其心灵手巧堪比一个训练有素的女仆。W夫人好心地为我们提供了冷鸡和肉冻作为午餐，因此我们幸运地不用再去品尝客栈厨房里的"美味佳肴"，因为我们在经过那个厨房时已经闻到了它们的气味。

休息了两个小时后，我们又上路了。偶尔，我们试图通过步行1英里左右的方式来改变一下乘坐骡轿的单调。但遗憾的是，进出骡轿一点也不容易。奇怪的是，骡子特别不喜欢站着不动。无论如何，要以一种自然的方式下骡轿是很困难的：你必须向后倒着退出去，收拢裙子，然后跳落到路上。骡轿就像水中的小船一样起伏不定。它在某些方面与船并无二致。骡夫会不时地提醒我们要向右移动一下，或向左再移动一下，以便对骡轿的重心随时做适当的调整。

当我们到达晚上休息的地方时，天色已经暗淡下来。中国人总是不愿意在天黑后出行，害怕"无间地狱"里的恶鬼跑出来四处游荡，把自己当作替死鬼送入阴间。我们从一个大拱门下走进客栈院子，洪定清走上前来，带我们走到一扇马厩门前，门边是我见过的最好和最脏乱的猪圈。说它"好"是因为，这些小猪并没有像其他地方的猪一样，浑身沾满黑泥，脏到与环境浑然不分。这扇门通向卧室！这内屋或多或少是我们之前遇到的"禽舍客房"的翻版。外面的房间里有一部分是鸡舍和牛栏。不过，这里还有一张桌子，洪定清在桌上摆放了我们的晚餐，客栈的厨房为我们提供了茶水——滚烫而苦涩。

院子里挤满了客人和猪、骡子、鸡等牲畜家禽。我们在暮色中的院子里徘徊，最后来到一个黑色的小厨房外。厨房就像一个刚刚清空了煤炭的煤仓，里面有几个女人正在工作。一盏小灯——一根灯芯漂浮在散发着恶臭的油碟中——映照着一个女人，后者正从一个冒着热气的敞口铜器中舀出一桶桶肥皂水般的液体。我问她这是否就是"开水"，她回答这是"吃的"。那屋里似乎有很多人，大部分人围绕着砖砌的锅灶和几乎看不见的炉火在做饭菜。晚饭后，洪定清铺好了床，我在床上撒了基廷粉①，以防万一。嗨，这并没什么用处。那些小生物，尤其是会"嗡嗡"叫的蚊子全都在嘲笑那基廷粉，吵得我根本就睡不着。当敲门声传来，洪定清宣布"天亮了"这一不受欢迎的事实时，我仍睡眼蒙眬，简直睁不开眼睛。

我们事先商定，天一亮就要出发，显然连早饭也吃不上了。骡轿已经准备好了，行李也已经打包，随时准备出发。洪定清在一个饼干筒里装了点肉夹馍，让我们带着路上吃。我心里一沉，

---

① 一种杀虫药剂，由一家名为托马斯·基廷（Thomas Keating）的药店于19世纪发明并销售，因而得名。——译者注

意识到昨晚当他试图向我解释此事的时候，我过于自负在学汉语方面的进步，竟抢答了句"好"。这妥妥是个骄兵必败的范例。我当时知道他是在说今天早饭的事，但他还没有说到要点，即我们要在路上吃一种类似于火腿三明治的干粮。我们还有 26 英里的路程要赶，所以有点不太值得花时间在客栈等待一顿不太可能及时提供的早饭。至于那些要走 26 英里路的骡夫，他们甚至连肉夹馍都吃不上，只能吞咽一些小干饼来充饥，似乎靠这些就足够了。

在海边一个荒凉的山谷里，我们长途跋涉，疲惫不堪。最后，我们来到一条宽阔的河边，河上有一艘摆渡船。骡夫脱掉了大部分衣服，放下了狗窝前的蓝色帘子。他跳进没膝深的河里，又蹚进更深的河里，骡子跟在他身边蹚水。水流汹涌而过，溅起的水花打在轿子的两侧。如果骡子开始游泳的话，轿子很快就会被淹没——然后呢？我想象着那艘摆渡船会赶过来救人；然而从帘子的下面向外窥视，我们意识到最危险的时刻已经过去，过了不久骡子就踏上对岸的沙滩，很快我们又回到了耕种的田地上。当我们接近芝罘的郊区时，菜地的面积显著地减少，而树林则变得更多、更加茂密。在下午一两点钟的时候，我们到达了芝罘的外国租界，途中没有任何停顿地走完了 26 英里的路程，而从登州到芝罘这整个旅行的全部花费（我想你们一定有兴趣知道）只有区区 13 先令。这些钱就是用来租 1 顶轿子、4 头骡子，雇用 2 名骡夫，以及 3 个人在客栈住一晚和洪定清购买两天食物的全部费用。

在中国，钱少肯定也能办大事。这使我联想到了"童养媳"

这件事。我想我还没告诉你，在登州的时候，我当了一名"童养媳"的监护人。"童养媳"这个称呼在中国北方是指在未来公婆家里长大，准备在这家的儿子长大成人后给他当妻子的姑娘。这是娶妻最便宜的一种方式。只需付一小笔钱就可以把这个小姑娘从其父母家买过来，使她从小就成为其未来丈夫那一个家庭的成员。如果她碰巧是个能干的女孩，他们通常会以这样或那样的方式让她干很多家务活。

我监护的"荣花"（Glory Flower）是一位特别能干的姑娘，按中国人的方式算是虚岁21岁，按我们的方式算则是20岁，因为中国人是按照春节这一天来计算年龄的。因此，假如一个婴儿是在除夕夜里出生的，那么在其生命第2天的早晨他就已经是虚岁两岁了。

可怜的荣花流年不利。一来二去的，她未来的丈夫就像现在中国北方很多年轻人所做的那样，受高薪的诱惑，去闯关东，据说还在满洲娶了另外一个老婆。"童养媳"荣花遭到了遗弃。她自己的亲人们大都已去世，而她的婆家想把她扫地出门。她唯一在世的奶奶也不愿意让她回娘家，除非她愿意重新再去拜菩萨并不再读教会女校。她若再读四年的话，就可以从女校毕业并当上教师。当地的传教使团愿意为她出一笔钱，以支付大部分的学费，只需要再加一点钱，就可以帮她交完学费。正如我在前面所述，在中国钱少也能办大事，荣花有点难为情地接受了我的资助。

明天我们将出发去北京，并从那儿经汉口去更西边的四川省。

直到数月之后,我们才能够回到海边来。如果你不再收到信,那就意味着发生了灾难——我们没法列举发生灾难的原因,只是悲观地认为,目前中国正处于一个动荡不安的时期。在该国的一个地方,人们正在反抗新的鸦片税;在另一个地方,人们正在反对教育改革,教育改革导致了旧学校的消失,而新学校也没有出现,因为官员们把钱都装进了自己的腰包。

此外,去年8月,一颗彗星出现在夜空。一连两个晚上,天上都有明亮的彗星划过,至少我听说是这样。我听说,彗星在中国被视为凶兆。慈禧太后希望派出士兵去惩罚这颗彗星!但庆亲王劝她别管这件事,因为在目前的国情下,军队开枪可能会引起人们的骚乱。

我将从北京给你写信,暂且搁笔。

你的,
维罗妮卡

北京

(1907年10月18日)

亲爱的琼，

目前我们身处的地方也许是中国最有趣的城市。我们乘轮船一直到天津，总共花了大约 30 个小时，其中有 2 个小时是在河边等潮水涨起来，另外 6 个小时是在你所能想象到的最沉闷的乡村里度过的：沿着一条褐色的河流，在平坦的褐色河岸之间蜿蜒前行，不时有泥堡和泥屋点缀其间；还有一个完全由泥土建成的狭长城镇；卡其布色的低矮房屋杂乱地排列着，看起来就像泥滩上的火山爆发。

起初我以为这个地方就是天津，现在我知道自己犯了一个大错误。西洋化的天津实际上是在 1900 年义和团运动之后重新建设起来的。它仍然生猛，完全是崭新的，尚未建设完毕。在这里，装点门面的手段是如此流行，那些 1900 年前后发了财的人在砖瓦和灰泥上挥金如土。一些气势恢宏的欧式建筑挤进了最好的街道，那儿还有一些"合格的建筑"用地。从商业角度讲，这个地方的重要性与日俱增，但是，我真高兴能远离它！

我们乘坐火车从天津出发前往北京，很早就出发了，但在火车站被告知，我们去得太早了，还不能给行李贴标签！带仆人的旅客（我们没带仆人）往往把行李放在三等车厢，让仆人亲自照管，而不是放在行李车厢。三等车厢看上去就像是敞篷牛车，乘坐在那些车厢一定很不舒服。在我们二等车厢的尾部有一节靠煤油炉来进行烹饪的餐车。然而从身边旅客们身上漂亮的丝绸衣服来判断，他们似乎属于富裕阶层，而且几乎都是男子。少数军官身着亮蓝色西式军装，头戴奶酪切片形的德式军帽，辫子在军帽下显得有些多余（de trop）。

我们到达北京那天正好是个吉日。为什么吉利我不知道，但是城里的新郎和新娘们似乎都想趁这个吉日举行婚礼。我被告知，吉日大都是在秋季，因为在这个季节人们会有更多的时间来办婚礼。街上不时有婚礼队伍经过，人来人往，显得热闹非凡。想象一下，身着奇装异服的人排成两列长队，他们的绿色长衫在风中摇曳。人们手持长长的红杆，红白相间的灯笼巍巍地挂在杆顶。那些举灯笼者一点也不机灵。他们蓬头垢面、神情沮丧、摇摇晃晃，让人想起伦敦的三明治店老板。乐师们在乱糟糟的人群后面，敲着镀金的大鼓，吹着类似小号的乐器，随着队伍走来，发出低沉的铜管哀鸣——这是最悲哀的声音，但可能与被人抬着坐在红色轿子里的新娘前往未来家园时的心情是相吻合的。毫无疑问，她吓得浑身发抖，几乎都快窒息了。我曾经听说过有这么一位新娘，当人们最终打开她所乘坐的轿子的紧闭门帘时,发现她竟然已经窒息而死。

虽然婚礼在中国被称作"喜事",即欢乐之事,但从新娘的角度来看,往往不是这样的。她实际上可能是被一个自己从未见过的男人用钱买来的。很可能这个男人在这件婚事上也没有选择权。这桩婚事是由他的亲戚们,也许是算命先生,给安排的。一旦算命先生发现,未来新娘和新郎的"八字"(即他们出生的年、月、日、小时)不合或过分契合,那么这桩婚事便立刻会被认定为不可能。然而,假如一切都被认为是吉利的之后,算命先生就会选择一个"吉日",新郎除了付给新娘父母的礼钱之外,还要送上新娘的嫁衣和一整套装饰品。

有些地方仍然保留着一种可怕的习俗,可怜的小新娘在婚后的头三天必须坐在一个房间里,成为众人目光的焦点。来到这个房间的每一个人都可以对她评头论足,无论是说好话,还是说坏话。而且人们可以对她恶意中伤,出于礼节,她却不能微笑或皱眉,更不能回嘴。可怜的女孩通常看起来处于最糟糕的状态,因为婚前她的刘海又直又厚,呈流苏状,而在婚礼前夕这些流苏却要被彻底剪掉。

回到北京,我多么希望你能看到它如诗如画的街景。但假如你想这么做的话,就得趁早,因为这儿就像其他地方一样,新事物正在取代旧事物。场面之壮观,简直无以言表。商店里挂着红灯笼和镀金卷轴,楼上(如果有的话)装饰着开放式的花架,让人联想到镀金鸟笼的侧面；街上的小贩穿着蓝色长袍，蹲在他摆满了商品的魔毯旁；果蔬摊上，金灿灿的柿子和深红色的辣椒闪闪发光；穿蓝色、紫色、淡紫色或灰色长袍的男人们在人群中穿梭不停；满族妇女们身着雍容华贵的深色丝绸长袍，头戴民族头饰——展开的黑色翅膀和鲜艳的人造花。宽阔的大路上挤满了各种奇形怪状的动物和车辆，从我们熟悉的人力车到北京骡车都有。后者就像一个装在大轮子上的大箱子，箱子上安着一个艳丽的菊蓝色的车盖。在下雨天，除了车篷之外，还有一个蓝色的遮雨篷，但车篷遮住的是车，遮雨篷遮住的是骡子。然后是驴子——非常漂亮的动物——有些驴子全身漆黑，身披天鹅绒马鞍和华丽的饰品；还有腿短尾巴长的蒙古矮种马，骑起来气势威猛。有时，其中一匹矮种马载着一位穿着飘逸长袍、头戴官帽的骑者，以极快的速度从你身边飞驰而过。这是来自皇宫的信使，他带来了重要的消息。一辆欧洲汽车不耐烦地打着响鼻，[①]因为有一辆牛车拦住了去路，那只牛在一片混乱中显得严肃而冷静，一长队高傲的骆驼傲慢地迈着仿佛是弹性橡皮做的脚从我们身边走过，既不向右看，也不向左看，显然它们对于现世之俗务丝毫不感兴趣，正一步步地走向来世。

最奇怪的是，街上突然出现了一台来自西方的巨大火车头，它

[①] 19世纪末20世纪初的汽车只安装有手动操作的气动式喇叭，故此处作者比喻为"打着响鼻"。——译者注

紫禁城外两万里
一位英国女作家笔下的晚清市民生活

驻京英国公使馆的大门

让我们想起了小人国中的格列佛,它喧闹着冲进了拥挤的人群。在一个角落处,有一个男人在给街上的土浇水,用一个大木勺从一个大桶里向外舀水,并将水一点点地洒在路上——每次就那么一勺。

内城中有些街道特别宽,它们使人联想起大教堂中的通道,这些通道往往是一条宽阔的主干道,两边各有一条支路,支路与主干道之间隔着一块空地、一条深沟或一排摊位。偶尔主干道上会出现一座牌坊。在西方人看来,这座雕刻很精美的汉白玉牌坊是为了纪念1900年被刺杀的德国公使而建立的。然而中国人相信,这个牌坊是为了纪念那次刺杀行动。

在外城,街道非常狭窄,房屋都挤在一起,而且色彩更加艳丽。我去那里试着挑选一些丝绸,结果玩得很开心。街道只是一条通道,街上挂满了色彩缤纷的卷轴、旗帜和店铺招牌,而那些店铺本身则因遍布镀金雕刻而显得金碧辉煌。它们还都是些怪异的小店铺,令我联想到小时候的那些敞开大门的玩具店,店里有一个绿色的小柜台,绿色小柜台后面是一排排整齐的抽屉和架子,有一个衣着整齐的蓝色花布小人蹲在柜台前面的地上,或者僵硬地坐在椅子上,手里拿着长长的烟斗。这样的小店铺有很多,但通常它们很少或根本没有为过往行人展示什么商品。在一个柜台后面,站着许多穿着随处可见的蓝色棉布长袍的年轻人,他们对现在或将来的顾客都没有什么特别的兴趣。在后面的架子上,可能有一卷又一卷精选的丝绸,都小心翼翼地藏在纸里。这需要耐心和大量细致的解释,才会有人有足够的兴趣来不厌其烦地向你展示任何值得一看的东西。也许在这个礼仪之邦,你可能无意识地用了对中国人来说缺乏礼貌的措辞,于是,你得到的回答往往是否定的,而你所希望的东西很可能一直都在那里,用纸包裹着。

外城在内城的外面,而在内城里面还蛰伏着一座紫禁城。这个神秘的权力居所被封闭在宫墙后面——宫墙是"干涸的鲜血颜色"——站在宫墙外的人看不见紫禁城中的景观,除了极少数人,所有人都被禁止进入皇宫,但皇帝的权力却主宰着整座城市,给所有的黑暗悲剧都笼罩上了一层阴影,而这些悲剧有一半永远都不会被人知晓。

皮埃尔·洛蒂(Pierre Loti)[①]对紫禁城的内部进行了描述。他是1900年八国联军侵华时的随军记者。当时慈禧太后和年轻的光绪皇帝逃走了,皇城被清军放弃,皮埃尔·洛蒂在一个被废弃的宫殿内居住了一段时间。他描述了半掩映在巨大的柏树和杉树林中的古老寺庙、闪烁着金黄色琉璃瓦的梦幻宫殿、曾经开满玫瑰粉色花朵的著名莲花湖,以及"洁白而孤独"的白石桥。

突然,他在一片树林中发现了一座监狱般的堡垒,该堡垒有"血红色"的双层城墙围绕,护城河宽90英尺,里面长满了枯萎的芦苇。这就是年轻的天子(Son of Heaven)光绪皇帝常年居住的紫禁城,但它实际上就是他自己皇宫里的一座"监狱"。

[①] 皮埃尔·洛蒂(Pierre Loti,1850—1923),法国小说家、旅行家。——译者注

皮埃尔·洛蒂描绘了皇帝寝宫的一幅阴郁的图景——室内阴暗的光线，糊着窗纸的窗门紧闭，壁龛窗上挂着代表夜色的暗蓝色窗帘，卧室里没有椅子，没有书本，只有灰尘和几个红木柜子，柜子上有一些顶着玻璃球的装饰品"沉思地站立着"。空气中弥漫着"茶叶、枯萎花朵和旧丝绸的气味"——他把这个寝宫称作"一个巨大的坟墓"。

黛博拉和我在围绕着那血红色宫墙散步时，瞥见了远处一座宫殿屋顶上闪着光芒的金黄色琉璃瓦。我们很想透过宫门的缝隙窥视一下紫禁城内部的景色，但是刚走到离宫门还有20码[1]处时，一名全副武装的士兵走上前来，专横地挥手要我们离开。

今天早上，我们遇到了一个颇为阴郁的场景，令我们回想起了紫禁城这座神秘的皇宫。

当我们坐着黄包车沿着北京一条主要的街道前行时，正好遇上由一群手持脱鞘大刀的士兵护送的一个由骡车组成的押送队伍，顿时街道被堵得水泄不通。究竟有多少北京骡车我不知道，反正是一眼望不到尾，而且每辆车上都载有死囚——那些死囚戴着手铐脚镣，正被押往杀头的刑场。说来也怪，有些囚犯居然把头伸出骡车，好奇地瞪着我们这些"西洋蛮夷"。在这些北京骡车的后面，有一个可怜的不幸囚犯，已经被折磨得不成人样，竟被装在箩筐里抬着！这真是一支令人忧郁的队伍！尤其是当人们意识到，这

---

[1] 约18.2米。1码为0.91米，后不另注。——译者注

些死囚中几乎有一半是完全清白的。不过,让人惊叹的是,那些伸长脖子看我们经过的人,在死亡面前显然是无动于衷的。据说他们在被处决之前,经常会用鸦片来麻痹自己,或者喝酒来使自己酩酊大醉。

现在的残忍程度还是要比古伯察神父(Abbé Huc)[①]的时代稍低一些,因为据古伯察神父的描述,他曾经看到一些囚犯的手被钉在了车上——在送这些囚犯去接受审判的路上,捕快们忘记了携带镣铐,就索性把囚犯的手钉在了车上!

最近,官方还对惩罚罪犯的措施进行了一些修改。最可怕的处死方式凌迟,已经被废除。过去被大清律法判为凌迟致死的罪犯现已被改判为问斩,而原来要被问斩的罪犯现在被改判为绞刑,原本要施以绞刑的罪犯现在被改判为流放。中国人宁愿被勒死,也不愿被砍头。他们被一种恐惧所困扰,害怕自己在来世投胎时会以无头的状态出生。这正是死囚所害怕的事。因此,死囚的亲属会跟着行刑队伍来到刑场,并在当局允许的情况下,把砍下来的头颅缝回到尸体上去。

我们是从天坛回来的路上遇到这支死囚队伍的。我认为凡是去过北京的人都不会不去一趟天坛,尽管我知道你对寺庙不感兴趣,但我还是想要跟你聊聊天坛。它绝对是独一无二的——世界

[①] 古伯察神父(Abbé Huc,1813—1860),法国传教士,曾于1839年来到中国,著有《鞑靼西藏旅行记》(*Souvenirs d'un Voyage dans la Tartarie, le Thibet, et la Chine pendant les Années 1844, 1845, et 1846*)。——译者注

上没有任何地方能与之媲美。它应该跻身世界奇迹之列,当然它也是中国的奇迹之一。从内城到达那里,我们的黄包车要走很长的一段路,穿过作为最漂亮城门之一的前门,经过顶上可以并排行驶6辆以上马车的城墙,进入外城,穿过拥挤的街道,直到我们发现自己的黄包车是沿着一条宽阔的黄沙路前行。这条御道是天子在一年中的夏至、冬至和立春那三天的必经之路。按照习俗,天子应在天坛的圜丘上祭天。当皇帝经过时,就像戈黛娃[①]夫人骑马穿过考文垂的街道那样,所有的人都"必须待在屋子里,并且关好门窗"。

在我们的两侧,巨大的公园沉睡在高高的围墙后面。用黄沙铺就的御道向前延伸着,似乎没有尽头。然而,突然间,那一长溜笔直的墙壁被一座寺庙的大门所打断。穿过寺庙的大门,我们的黄包车驶上树下长满青草的小路,穿过寂静的公园。但在下一个门前,我们不得不下了黄包车,步行走完剩下的路。一伙中国看门人拦在了入口处,索要金钱。幸好我们的同伴能用北京话跟对方进行争辩。在经历了一番激烈的讨价还价和支付了一大笔费用之后,她终于设法让对方把门打开了。

我们都满怀期待。现在,我们终于可以看到那些过去耳熟能详却从未见过的汉白玉建筑群了。在我们面前,汉白玉台阶上矗

[①] 戈黛娃(Lady Godiva)是英国11世纪的麦西亚伯爵夫人。传说她为了说服丈夫免去强加于平民身上的重税,不惜裸身骑马绕行大街。——译者注

紫禁城外两万里
一位英国女作家笔下的晚清市民生活

北京天坛的祈年殿

立着一座圆形神殿。神殿由各种颜色的琉璃砖瓦砌成，显然这就是"祈年殿"。天子要先在这里祈祷和冥想，然后再登上圜丘去朝拜上天。这座光芒四射建筑的内部装饰极其简洁，只有皇帝的宝座、一个雕刻精美的屏风和一张乌木茶桌，除此之外别无其他。

我们又从祈年殿中走了出来，回到了阴暗朦胧的柏树林中，回到了松香弥漫的氛围和近乎死亡般的寂静中。我们不停地往前走，有几个沉默的中国人在前面给我们带路。我们走了一段路后，突然眼前一亮，出现了熟悉的血红色墙壁，墙壁顶部镶嵌着耀眼的琉璃瓦，有蓝色、绿色和黄色，但主要是蓝色。当我们走近时，那扇破旧的拱形门打开了，我们穿过此门，进入了一座"圣坛"。"太阳在其轨迹上俯瞰大地，没有什么人类用双手建造的事物能达到像北京天坛那样崇高的意境。"一位研究中国事物的权威人士如是说。

我该如何向你描述圜丘呢？它巨大无比！底层宽210英尺，顶层高90英尺。它孤傲地矗立着，顶上除了天空什么也没有，周围除了草地什么也没有——这座巨大的圜丘是由光滑的汉白玉砌成的，像冬雪一样洁白，层层升起，呈环形圆坛状，上面还有雕刻精美的栏杆。我们沿着汉白玉台阶拾级而上，站到了最顶端的露台上，这里是一片开阔地，中央有一块圆石，是皇帝跪拜至高无上之神的地方。

然而，即使是现在的礼拜形式也是对古老礼拜形式的一种侵蚀，因此，青草、杂草和小树都从祭坛的汉白玉石板和汉白玉台阶的缝隙中钻了出来，还有青苔和地衣附着在雕刻精美的栏杆上。

马丁博士①将皇帝的祭天仪式称为"地球上仍在执行的最古老仪式"，关于这一仪式"已经有4000多年的文字记载"。无论过去的仪式是怎样的，至少现在的祭祀仪式显得有些烦琐。在祭坛脚下的大篝火上，不仅要像古犹太时代那样献祭动物，还要献上大量华美的锦缎，并将一块美丽的蓝玉（象征天堂）投入火中。在各位已故皇帝和天神的牌位前，人们焚香点灯，摆上美味佳肴。

这些在现在看来有些粗鲁的仪式与周围庄严而虔诚的气氛显得格格不入。从圣坛出来，我们又进入另一个围墙内，参观了"皇穹宇"。这个圣殿位于一个白色大理石的三层平台上，殿内存放着已故皇帝的牌位。圣殿屋顶盖满了闪闪发光的蓝色琉璃瓦（还是象征着天），内部则是精美的金色和红色漆面。除了围绕墙壁四周摆放的用雕刻木框装饰的已故皇帝神祖牌，殿内几乎没有其他物品。顺便说一下，这些只是复制品，那些真正的神祖牌都保存在后面一个封闭的圣殿里。

我们重新穿过寂静的柏树林，经过无数大门，直到最后一扇大门在我们身后"砰"的一下关上。我们曾16次不得不掏出钱来，才能够顺利通过。不过，多亏了我们那位会说中文的同伴，在需要付一块大洋的地方我们只需付一角的硬币就行了。

---

① "马丁博士"即丁韪良（William Alexander Parsons Martin，1827—1916），美国基督教新教北长老会传教士。——译者注

从天坛的汉白玉祭坛下来之后，雍和宫就像是一个档次降了好多的地方。雍和宫也是一个皇家寺庙，那儿的建筑顶上也有代表皇家的金黄色琉璃瓦。据说天晴的时候，这些琉璃瓦也会闪闪发光，但它们更使我联想到黯淡无光的黄赭石板。铺了石板的庭院周围那些巨大建筑因500年岁月的磨损而显得破旧不堪，木雕梁托上的红色油漆（由猪血调制）正在脱落。喇嘛们不断地从角落里冒出来，紧随我们的脚步，挡住我们的去路，喋喋不休地向我们要钱。

灰尘和污垢随处可见，尤其在那些价值连城的古老景泰蓝花瓶和昏暗中隐约可见的脸部发黑的怪异神像上。雍和宫最引以为傲的是一尊高达70英尺的镀金木质巨型佛像。有一个楼梯通向佛头后面的一个柱廊，但我们被警告不要上去，因为喇嘛们会用一种令人不快的小手段把你反锁在上面，目的就是勒索钱财。

我们正准备撤退时，一个看不见的号角忽然发出了低沉而悠长的轰鸣声，宣告了喇嘛首领也就是活佛的到来。刚才缠着我们喋喋不休的喇嘛们都躲到了墙壁后面和角落里，尽量不让别人看到他们。活佛是一个中等身材的人，脸庞瘦小而黝黑，表情疲惫而忧伤，他径直地向前走着，既不向右看，也不向左看。他穿着一件陈旧的紫红色长袍，袍子松松垮垮地缠绕在他身上，还戴着一顶奇怪的喇嘛帽。这顶帽子是用羊毛做成的，形状像一个巨大的鸡冠。有两个喇嘛高僧紧随其后，跟他大概有一两分钟路程的距离，他们看上去要比活佛更为世故。他们毫不掩饰对"洋蛮夷"的兴趣，上下打量着我们。

紫禁城外两万里
一位英国女作家笔下的晚清市民生活

北京雍和宫门前的牌坊

过了一会儿，小喇嘛们出现了，年龄不一的男孩们穿着各种黄色长袍——从几乎崭新的到破烂不堪的——当然，他们也不可免俗地戴着鸡冠状喇嘛帽。孩子们乱哄哄地一窝蜂跑过庭院，在活佛刚才走进去的寺庙外面排起了队。

透过打开的门，我们可以瞥见那些身着华丽喇嘛袍的高僧来来回回地走动，在单调的诵经声中举行某种繁复的仪式。过了一会儿，那些小喇嘛也加入进来。可怜的小喇嘛永远献身于这种生活。有人告诉我，蒙古族的每一个家庭都被要求送一个儿子去当喇嘛，因此有源源不断的小孩加入喇嘛的队伍。

在来信中，你说很想知道我们在北京究竟会住哪里，因为北京唯一对外国人开放的旅馆，其费用是如此昂贵。直到最后一刻，我们才知道凯有朋友在北京，她把我们介绍给了她的朋友们，所以我们现在跟她的朋友们住在一座漂亮的中式老房子里，我想连中国人也会称之为"殿堂"。但即使在这儿，也跟其他地方一样，留下了1900年那个时期的痕迹。这座豪宅是某种"赔款"，清政府为了赔偿被义和团夷为平地的一所教会盲人学校，将它移交给传教士们。而那些盲人学生的命运又如何呢？除了有两人成为乞丐，逃到了满洲地区，其他盲人学生都没能逃脱悲惨的命运。那两个逃走的盲人学生已经回到了这座重开的盲人学校，正帮忙训练新招收的盲人学生。

这所盲人学校的创始者和中国首个（也有人认为是最好的）盲人教育制度的开创者正通过一如既往辛勤而耐心的工作，将其卓越的才能贡献给他为之奋斗了大半生的盲人教育事业。然而1900年的悲剧已经在这一事业上留下了难以磨灭的印记。

这所教会盲人学校是一个围绕庭院而建的五进四合院,房屋顶上有众多精美雕刻。有的院落因有花圃而显得明亮,有的院落还有奇形怪状的假山,在这儿,小人国的山丘、梦幻般的桥梁和岩石嶙峋的山谷构成了一个虚拟的世界。大门和看门人的小屋都在神秘的拐角处和侧面的通道里。由于特殊的中式"含蓄"(indirectness),我们不得不通过一条不必要的迂回路线进入这个四合院。

我们的宫殿式住宅通向一条时尚的街道,然而,在恶劣的天气里,这条街道因到处是深水和更深的淤泥而几乎无法通行,而且,满大街都是蛋壳、土豆碎屑和烂蔬菜。

西式的公使馆区、路缘石和修剪整齐的槐树、深红色的火车站、欧洲银行、美国商店,事实上,这些改良过的街景与古老的北京和谐相处,正如汽车与蓝色顶篷的骡车和裹着天鹅绒坐垫的驴子和谐相处一样。

每个人都说,北京有一个伟大的未来。虽然很少有中国人会承认外国人已经到北京来安家落户,但有很多人愿意接受并渴望利用外国的火车和电气。与此同时,我们站在英国公使馆操场尽头布满弹孔的围墙外,一遍遍地读着铭刻在墙上的一句话"千万不要忘记",但目前暂时还没有这种危险。

我很高兴地说,还有很多老北京的景观留下来了。大钟寺坐落在内城之外，其周边的乡间依然保持了原貌。

大片平坦的菜地，像托普西①一样简单"生长"的道路，没有树篱，几乎没有树木，没有房屋，只有偶尔在墙后看到的一个"牛棚"，而这个外表似"牛棚"的地方实际上却是供人类居住的。我们骑着有天鹅绒坐垫的毛驴，时而在路上，时而偏离道路——道路与旁边的田野没有太大的区别——骑了6英里，最后穿过一个巨大的洋葱园，直奔寺庙。至于是否存在一条更便捷的道路，这仍然是个谜。

你得知道，北京的那口大钟是中国的一个奇迹，也可能是世界的奇迹。但对于旧时代的中国人来说，中国就意味着世界——他们称之为"天下"（Tien-Hsia,）（按字面意义，就是"天底下的一切事物"）。

大钟据说有14英尺高，看上去好像还不止，上面还刻有80000汉字的佛经。它是世界上最大的一口铜钟，并非指被铸造出来的铜钟，而是指真正被挂起来用的铜钟。唯一可以撞击此钟的人就是天子本人，天子会在大旱之时来到大钟寺，敲钟祈雨。按照习俗，他将跪在地上，直至天上降雨为止；史书上并没有记载他究竟有没有这样做过。和尚告诉我们，皇帝今年去过大钟寺，就在几个月之前。他们向我们展示了专门为皇帝准备的套间，跟寺

---

① 托普西是美国小说《汤姆叔叔的小屋》中的角色。在小说中，当被问到是谁造了她时，托普西表示"我想我是自己长出来的，我不相信有谁造了我"。——译者注

庙的其他某些部分相比较，这个套间显得尤其整洁干净，几乎可以说是耀眼夺目，满屋的白纸、白漆，以及绣有精美纹饰的白色丝绸卷轴。我们在寺庙的外庭院里跳下了驴子，并被带到了内庭院，进入一间装饰得非常精致的客房里。和尚请我们喝茶、吃撒了小米的咸饼。炕上摆放着用精美蓝色丝绸缝制的棉被。乌木架子上还摆放着无价的古董瓷器，那些都是明代皇帝赠送的礼物，沿着墙壁还摆放着乌木的座椅和有精美雕刻图案的"嫁妆"木箱，以及（在中式房间里非常罕见的）一面大型立式镜子。在这面镜子前面，先是住持的仆人，然后是住持本人，两人都试戴了陪同我们的一位英国青年男子的帽子，并欣赏了戴这顶西洋帽子的效果！那位住持是一个很重要的人物。按照惯例，他属于一个影响力很大的家族，并且掌管着周边很多地区的寺庙。他的衣着打扮完全不像和尚，身穿一件漂亮的蓝色绸缎长袍、一件黑色锦缎马褂，还穿着一双白鞋，这也许意味着他正在服丧。他亲自陪我们参观钟楼。沿着布满灰尘、摇摇晃晃的楼梯，我们来到了一个狭窄的木制平台上。从这里我们可以俯瞰那个巨大青铜怪兽的顶部，上面覆盖着500年的灰尘。顶部正中央有一个非常小的洞，暗示没有戒心的游客可以将其作为铜钱的合适去处。一枚硬币若准确无误地投掷进洞里，就会敲响铜锣并发出声音。然而，不用说，人们不停地在投掷硬币，可是那铜锣一次也没有响过，倒是站在下面的那些寺庙下人却在不断地收集铜钱。

住持骄傲地领我们参观位于另一座楼上的藏经阁，他显然在那儿藏了不少珍贵的书籍。唉！整个藏经阁都摇摇欲坠，随处可见灰尘、书籍、破旧的墙纸、腐朽的木制品、破损的地板——恰似"褐色的尸堆"（one brown burial blent）！[①] 透过打开的窗缝，蜘蛛网取代了窗纸，一棵长着猩红色树叶的大树笼罩在破旧的楼房之上，就像是火焰般的天幕。

"好不好？"住持问道，他指的是藏经阁。

"好！"我们真诚地回答，指的却是那棵红叶树。

我很遗憾地说，我们在北京的旅行即将结束，但我们在结束时，就像开始时那样，要说一声"祝你今天好运"！

今天早上，我听到街上有欢庆的声音，循声望去，只见一支欢快的队伍向我走来，然而我这次遇到的并非婚礼，而是葬礼！这儿没有新娘的轿子，而是由一些男人用肩膀扛着的灵柩，灵柩上披着厚厚的华丽锦缎。乐队卖力地演奏着，镀金的牛皮鼓就像是巨大的金柿子，与婚礼队伍中的鼓声如出一辙。为葬礼行列殿后的是北京骡车，坐在骡车中的送葬人从头到脚都穿着白色的麻布衣裳。每一个亲戚，无论亲疏，可以肯定的是，在这种场合，他们的名字数不胜数。如果他们来参加葬礼，就需要穿上一身白色麻布的新衣服。白色对他们来说非常得体——远比无处不在的蓝色衣服得体。

[①] 此处系作者对拜伦的长诗《恰尔德·哈洛尔德游记》中名句"Rider and horse—friend, foe, in one red burial blent！"的改写。——译者注

北京雍和宫

然而，对我们自己来说，今天并不是一个幸运的日子。你觉得我们所有的美好时光都花在了什么地方？嗨，全都花在从北京到汉口的火车票上了！

我们在银行为自己准备了所需的一元面额的纸币。然而，到达火车站后，除了华俄道胜银行的钞票外，所有钞票都被中国职员迅速拒收。因此，今天早上我们没能买到火车票。我们只好又去了一趟银行，把所有的钞票换成了沉甸甸的鹰洋。然后再乘坐没有减震弹簧的北京骡车回到火车站，下车时已伤痕累累，我们把鹰洋交给了订票处的售票员，后者这次没有拒收，只是狐疑地看着我们，要我们写下自己的全名！最后，他拿出了票据，然后开始打票，但是打票机却坏了。我们耐心地等在那儿。下午快结束时，他终于把来之不易的火车票交给了我们。我们庆幸自己听从了别人的建议，提前买了火车票！

我们明天出发，当我再次给你写信时，我希望自己已经是在800英里之外的旅途之中了。

你的，
V.

汉口

(1907年11月10日)

亲爱的琼：

  中国，这儿仍然是中国，事实上是中国的中心，但我们又生活在外国租界。在见识了北京那些美妙而色彩斑斓的街道之后，这儿的街道就显得格外平庸。穿越直隶、河南和湖北等省的旅行会让你开心。它就像是梦里的一次旅行，当比利时火车行驶在中国内陆，穿过一望无际的平原，菜地里时不时点缀着穿蓝衣服的农民或一棵稻草人树（scarecrow tree）时，在我们看来，这分明就是一个农耕文化发达但空旷得出奇的国度！在极少数情况下，城墙的轮廓线就像一座巨大监狱的围墙一样，在很远的地方就能看到，因为中国人害怕"凶兆"（evil influences），不愿意让铁路或火车离他们的家太近，每个火车站的月台上都排列着一长队的中国士兵，这证明，那些对外国人的所作所为持怀疑态度的人仍然有暴力反抗的危险。

  列车布置得非常漂亮。我们乘坐的是二等车厢，因为据说一等车厢与二等车厢的唯一区别就在于前者铺设了地毯，而后者用了油布。黛博拉和我单独占据了一个隔间，而且隔壁就是茶水间，所以一天24小时都有热水供应，而且那儿还有3个中国侍者为我们服务。当我们在餐车吃完晚饭，回到车厢里时，我们发现座位已经改变成了床铺，而且是非常舒服的床铺！

在半夜时分，我们的列车在一座钢铁大桥上穿越了著名的黄河，而在一两年之前，几乎所有的人都不相信大桥最终能顺利完工。流沙给筑桥带来了极大的困难。最终，人们将空心的铁桩深深地埋入了河底，然后再把其他铁桩旋入空心铁桩的内部，但是这种做法是否能使桥基真正牢固，只有时间才能够证明。这座桥显然得到了精心的维护。在桥刚建成的初期，穿越大桥的列车都要把原来沉重的火车头换成一种轻便型的火车头。

火车在河边颤颤巍巍地停了10多分钟（大概是在检查线路）才驶过桥去，而当它驶上桥时，也是颤颤巍巍地缓慢而行。黄河大桥被电灯照得雪亮，我从未见过这么一个荒凉的场景，只见一望无际的废水和荒芜的泥滩，后者不时地会被河水淹没。我听人说过，在某地，泥滩与河道加起来，居然有7英里宽。我想你肯定知道，黄河被称为"中国之患"（Chinese Sorrow）[1]。1852年，它完全改变了流向，开辟了一条通往大海的新河道，与旧河道相距甚

---

[1] "中国之患"（Chinese Sorrow）的说法或始见于约翰·戴维斯（John Davis）1836年所著的《中国人：中华帝国及其居民的概述》(*The Chinese: A General Description of the Empire of China and Its Inhabitants*)，书中引嘉庆皇帝遗诏中"黄河自古为中国患"一语，以示黄河水患深重。此后"中国之患"逐渐成为西方人对黄河的一种认识。——译者注

远。1887年,它再次冲破束缚,试图强行开辟一条通往长江的河道,但被人们以天大的代价拉了回来。人们普遍认为,总有一天它会回到原来的河床上。

在电灯光的照耀下,我们可以清楚地看到黄河水流湍急,并且有许多漩涡,根本无法航行,附近岸上有一束孤零零的灯光和屋顶的阴影,显示出那儿有一座外国小平房,可能是某个比利时工程师的独居处;在泥滩和湍急的水流之间,这真是一个怪异凄凉的居所。

再往南,风景有所好转。菜地暂时消失了,在靠近湖北边界的那些树木繁茂的山丘上,有一半浸入水下的梯田,梯田里长满了绿油油的水稻叶片——这是我们第一次看到稻田。

第2天下午,就在离开北京32小时之后,我们到达了汉口。然而树木繁茂的山丘早已消失,整个乡间几乎有一半被水淹没,一片泽国中矗立着一座座建在木桩上的忧郁村庄。

汉口火车站的月台上挤满了中国军人,他们或身着天蓝色的半西式军装,或身着黑色镶红边的军装。有3支德国风格的军乐队正在起劲地演奏,但不幸的是,它们各自选择了不同的曲调。我敢说,这种演奏的效果更像西方。这些军乐队的演奏是为了欢迎从北京乘火车赶来的新任旅长。我们在餐车里见过这位旅长,他的脸颊瘦削,骨瘦如柴,戴着牛角眼镜,身穿华丽的绣花丝绸长袍。其红色官帽上挂着长长的孔雀羽毛,显示出他是一位高级官员。

汉口火车站一片混乱。成群结队的衙役以衙门下人特有的盛气凌人、虚张声势的方式挤到了众人的前面。行李车似乎是公共财产。人们从四面八方向它进攻，抢夺自己的行李。中国人以最坦诚的方式将自己的物品托付给它，未标注和未打包的私人小物件就夹放在箱子和袋子中间。我看到一名官兵拿出一个小柳条筐，里面竟然装着几罐果酱。

我们到达目的地之后才发现，由于我们在登州府的拖延，我们错过了那些本来要护送我们溯扬子江而上的朋友。现在我们唯一能做的就是在汉口原地等待，直至其他一些准备要去四川的老相识在这个月底从上海坐轮船过来。

又一次，如果不是凯给我们介绍了她在汉口的传教士朋友，我真不知道我们该去哪里落脚。那些传教士朋友非常友好地允许我们跟他们住在一起。

11月20日

汉口并不像先前那样让我感到郁闷。我们刚到这儿的时候，从早到晚老是下雨，而且据说已经下了整整一个月。暴涨的河水、堤岸两旁滴水的树丛、灰泥墙壁湿漉漉的欧式房屋、积水的道路，还有淋湿的苦力光着脚在水坑里"嗒嗒"地走着，构成了一幅非常沉闷的画面。但雨停后，太阳出来了，阳光灿烂无比，比英国的

凶神恶煞般的金刚

天气更热、更晴朗。

虽然大雨倾盆已久,但花园里还是开满了花。天竺葵的数量不计其数,盆栽的白花丹和紫罗兰让空气中弥漫着芬芳,棕榈树和香蕉点缀着花坛。草坪对面矗立着一棵极为壮观的树,几乎有大金链树那么大,树上开满了重瓣粉红色的花朵,从大小和颜色上看都很像粉红色的姬松树,但那些是花朵几乎刚开不久就谢了,这可能就是这棵树的绰号"无用"(puh iong)的由来。我向老园丁打听这棵树的真名,但他也说不上来。我发现他对于这方面所知甚少。

"这花叫什么?"我指着一株紫罗兰问。

"蓝花。"他答道。

"那花叫什么?"我指着天竺葵继续问。

"红花。"他答道。

我们一路探索,走出了统一粉刷成灰色的房屋的区域,来到了原生态的街道上。有一条我特别喜欢的街道有3英里长,大部分路段就像一个风景如画的拱廊,绚丽多彩。单层店铺前的挂轴和招牌几乎在人们的头顶交会。这条街上没有带轮子的车,因为这儿拥挤得根本容不下轮车。人行道上,行人摩肩接踵,空气中充斥着男人们的叫喊声,他们用扁担挑着重物,不断地吆喝着请前面的人闪开,让自己过去。他们会用一种专门的说法,"鱼,鱼!""油,油!"无论他们所说是否属实,人群都会因为怕弄脏了自己的衣裳而迅速让出一条路来,让他们过去。然而轿夫们的吆喝声要比担夫们更响，他们会强行闯入人群，从来不会停下来等人们自动让开之后再过去。

五花八门的商铺以中国特有的方式肆意混杂在一起。一间生意兴隆的银器店与一家卖鱼干的店铺并排而立，或者是紧挨着一个小甜点铺，小甜点铺中太妃糖和糖渍猴头菇占据了显眼的位置。越是不起眼的店铺，其招牌上的格言可能就越高大上。请想象一下，最昏暗狭窄的通道被描述为"美德巷"，旧衣店被美化成"永春衣庄"。一个中药铺向顾客们炫耀自己是"万寿药铺"，一个珠宝店铺自称为"万安珠宝店"。还有一个钱庄在"福泰"的招牌下兜售生意。一位布店老板甚至断言："在本店开户者将永享怡悦。"

那些商铺本身也充满了惊喜。有一家大商铺的墙壁上挂满了猩红色和金色的卷轴，华丽得让人误以为这是一家卷轴画店铺；但其实不是，它真正卖的商品是牛肉、猪肉和彩票。在一家殡丧用品店里，在华丽的刺绣丧服中间，有两只绿色的大鸟站在花盆里。仔细一看，我们发现它们原来是用小紫杉树巧妙地做成的，即让它们长成并修剪成鸟的形状。炯炯有神的眼睛和栩栩如生的喙都是由某种人造物质制成的，整个效果非常逼真。

汉口似乎只是武汉三城（汉口、武昌、汉阳）之一。这3个城区被扬子江和汉水紧密地连接在一起，或者说是武汉被这两条江分割成了3个城区。那两条江则在其下方汇合在一起。

站在汉江对岸的高岭上，人们可以鸟瞰壮观的景色——宽阔的江水（仅扬子江的江面就有1英里宽）、被江水淹没的草地，以及众多民房屋顶所组成的海洋。乍一望去,似乎水面多过陆地。我们左右两边的汉阳,被中国最大的炼铁厂冒着黑烟的烟囱弄得伤痕累累,浑浊的汉水上挤满了当地的船只,把屋顶平整的汉口和烟囱林立的汉阳分隔开来;而比汉水规模更大、颜色更黄的扬子江,则在汉口和武昌之间悠闲地伸展和流淌。

一座佛教寺庙孤零零地巍然屹立在山脊的尽头,高悬在河面之上。一位头戴阳伞般草帽的僧人坐在一个拱形门洞中的门槛上抽着水烟,彬彬有礼地招呼我们进去,并用茶叶、米粉饼干、糖渍猴头菇和瓜子招待我们。4座奇形怪状的神像,面色朱红或青蓝,远远地注视着我们;而在庭院里,一只缠绕着一条大蛇的巨大石龟瞪大眼睛看着我们。①我们请僧人解释,那座石雕有什么寓意。然而他回答不了这个问题。这儿的僧人似乎都解释不了这个问题。当我们告辞的时候,他温和地宣称,佛教和基督教实际上并没有什么区别。可能他并不经常离开自己孤寂的寺庙,下山去看看外面的世界已经变成了什么模样。

外国的基督教教义已经对汉口及其姊妹城市产生了很大的影响。教会医院里挤满了病人,乡间农舍和教会学校里到处都是学生,布道堂里坐满了听众。某个大教堂里的唱诗班,甚至连主持礼拜仪式的某些神职人员都已经是中国人了。接下来是我的一个意外发现,在中国,一个人在家里只能听到故事的一半,他需要到

---

① 这是一种北方之神的特征。

教堂或者教会的其他机构来听听剩下的部分。虽然故事远没有讲完，还少了很多内容，但它会让人越来越感兴趣。

前几天我们去了武昌，坐舢板渡过了扬子江。我们带了一位中国仆人给我们领路。中国人非常讲求实际，他抓住这个白白获得大量水资源的机会，忙着在江水中洗自己的"手巾"。"手巾"是一种好东西。它被用来洗脸、擦手、装食品和包头，以免被阳光晒到——实际上，除了我们自己不用，对中国人来说，手巾几乎可用于任何用途。

在武昌，我们访问了一个大型的美国教会中学，很多清朝官员的儿子都在这儿上学。在教会学校的创建初期，所有费用都由学校来支付。但现在，大家都争着报名入学，不仅学生要自己付学费，而且从中国人的角度看，学费还相当昂贵。学校的管理是尽可能地按照英国公立学校的标准来的。我们参观了学校的图书馆，书架上整齐地摆放着英美知名作者的英文书。放假的时候，学生们可以从图书馆借几本书回家去阅读。当然，在开学期间，他们想看多少书，就可以看多少书。他们的阅读趣味要比英美学生严肃得多。至于小说，用美国人的话说，"对他们毫无用处"。

参观完这个教会中学之后，我们又参观了一个女子学校。这是一个更不起眼的机构，但我相信它一定会带来无穷的益处。我们听到了一些悲惨的事，这些事第100次使我们意识到了中国儿童，尤其是女孩，时常要经受的苦难。有一位相貌甜美的女孩已经跟一个麻风病人订婚。而学校所能为她做的，就是尽可能地推迟她的婚礼。显然，在中国，麻风病并不能构成"退婚"的理由。另一个瘦削的女孩是麻风病人的女儿。第3个女孩曾经是个婢女，被她的女主人——一位算命先生的妻子——严重地烧伤后便活埋在一堵墙之下，幸亏她及时被其朋友们发现并救回，无论如何，在教会医院里她的伤势已经有所好转。在同样情况下，一个英国儿童很难存活下来，然而中国人具有强大的生命力和"痊愈力"，并且考虑到他们对于公共卫生的不重视，中国人的长寿着实令人吃惊。他们甚至似乎能在缺乏食品和不得不吃不健康食品的环境下存活。我还听说有人在贫困状态下曾试图靠吃夹生饭来渡过难关，因为这样可以延长食物消化的时间。

按照人们普遍的看法，中国人对疼痛有着极强的忍耐力。一位见过很多世面的广州人告诉我，这个特点在北方人身上要比南方人更为明显。中国女子在缠脚过程中肯定是忍受了极大的痛苦，她们虽然步履蹒跚，却仍然是乐呵呵的。在我听说过的一个案例中，某个妇女的脚趾被强行折卷在脚掌下，其趾甲竟然穿透了脚掌。

在这片土地上，有时也会发生让你不寒而栗的事情。离这儿不远的地方住着两兄弟。按照大清律法，长兄如果没有儿子，是可以把侄子过继给自己当儿子的。而男孩的父亲为了阻挠他的哥哥，居然打断了男孩的双腿。不久之后，据说"那些被冒犯的神灵便进行了报复"，一堵墙突然倒下来，压住了那个打断自己孩子双腿的父亲，把他的双腿砸得粉碎。

在武昌,一座名为"蛇山"的高耸的绿色山脉把这个城市分隔为两半。不久前,一位有进取心的官员在山顶开凿了一条马车道。这条道路即将完成时,那位官员却因一种令人痛苦的耳病倒下。有人向他表示,他因修马车路这种微不足道的事情而不惜在龙脊上开洞,使龙(大蛇)感到非常恼怒,于是就用这种病来惩罚他。这位惊慌失措的官员立即下令填平缺口,取消车道,不用说,他立刻恢复了健康。

我们沿着长满青草的山坡往上走,那里还能看到修建马车道的痕迹。在山脚下,一幢幢建筑错落有致,醒目的黄色旗帜高高飘扬,有人指给我们看,这些都是兵营,其装饰是为了庆祝皇帝的生日,后者是一个不固定的节日,全凭算命先生的喜好来决定是哪天。有几匹腿脚软弱无力,看起来精神萎靡、肋骨突出的马——正是骑兵的坐骑——在兵营外边一字排开。

说到道路,汉口的另一位有魄力的官员想出了一个绝妙的主意,他推平了一座城墙,把它变成了一条1英里左右长的江堤,横跨汉口与汉江之间的低洼地带。幸运的是,龙王没有表示反对,因而这条路得以保留。有一天,我们驱车沿着这条路欣赏风景。在一片浅水区,一些男人在水中若隐若现,一次次地潜入水中,又一遍遍地浮出水面。他们似乎在捕鱼,并通过模仿这些生物本身的滑稽动作,成功地打消了这些生物的疑心,引诱它们落入自己的掌心。就在我们经过的时候,有一位男子正好从水里蹦了出来,嘴里还咬着一条大鱼!

洪水退去，那片开阔的土地上色彩斑斓。地上晾晒着刚刚染好的长长的蓝布和靛蓝布；红色的丝绸正穿过骨制衣架缠绕在巨大的木制卷轴上。再往前走，整片田地从头到尾都铺满了洋红色、粉红色和黄褐色的纸张，在这些纸张中间，新棺材、旧棺材，正面朝上的棺材、半翻过来的棺材散乱地摆放着，它们究竟是在等待入土，还是想占据这块地盘，我们因距离太远，看不清楚，所以还无法确定。

在路的尽头，景色变了个样。本地民居、沼泽地、棺材和手工业作坊一下子变成了砖瓦、工厂和烟囱林立的"西方风格"的郊区，旁边是滚滚的汉江，"水声轰隆，江沫翻涌"，还有停泊在汉江岸边那些杂乱无章的小船。

工厂和烟囱宣告了外国人的影响力，然而现代化的机器并不总是能使中国人欣然接受。前几天有人告诉我，有一项新发明被呈报给了地方长官。它具有极大的优势，只需1个人操作，便能完成100个人的工作量。地方长官却认为这正是它最大的劣势，他认为好的机器应该能给100个人提供就业机会，而非只让1个人就业，如果真有这样的新发明，他就会考虑采纳。

据说，当地一些准备货物的方法虽然简单得近乎荒唐，但非常有效。今天早上，我们路过了一个正在熨烫一匹新布的男子身边。一卷布放在一根巨大的木制卷轴上，卷轴放在一块石板上，石板被一大块形似"V"的花岗岩压住。在这上面，有一位男子抓住头顶的一根横梁以保持平衡，同时用两只脚慢慢地左右摇晃着那块V

形花岗石。据说这样做的效果非常好。

我们一直在为自己溯扬子江而上的旅行购买当地的商品。有哪一个民族能够如此经济而有效地提供舒适的生活条件呢？黛博拉和我买了两个脚炉，每个大约两先令。它们是带孔盖和大把手的铜火熜，直径10到12英寸[1]，深6到7英寸，装满木灰和燃烧的木炭后，可以用好几个小时，让人感到非常温暖。中国人有时会把它们放在外衣里面，放在身前或背后的位置，用来取暖，可以想象，这样做会让人的身材看起来非常奇怪。此外，我们还为自己准备了"铺盖"，即本地人所用的棉被。但可惜的是，我们没有带一个本地人一起去"谈价钱"（talk price），还自以为是地认为我们可以自己完成这个简单的采购任务。

我们选择了一家很有吸引力的铺盖店铺，挑选了两条看起来很干净的棉被，棉布的被套很是耀眼。发现这些棉被的价格要比我们的预期低得多之后，我们带着购买的物品胜利而归。我们的女主人用怀疑的眼光看着这两条被子，她拆开了几针，便向我们指出，铺盖店铺的老板占了个大便宜——棉花胎中布满了黑色的斑点和其他可怕的痕迹。被套是新的，仅此而已！

我们在一位女仆的陪同下再一次去了那个铺盖店铺。我预计会有一场争吵，但我根本不懂东方人的处事方式。那位女仆满脸笑容，温和地对该店铺的招牌做了一通看似很有礼貌的评论。咒

---

[1] 25.4—30.5厘米。1英寸为2.54厘米，后不另注。——译者注

语立刻生效了。店主未做任何争辩，微笑着把我们所付的钱退还给了我们，并收回了那两条棉被。

我们下一次谈价钱的尝试是在一家瓷器店里。作为向导，那个女仆说她将带我们去一条3英里长的商业街，那里有一家她推荐的店铺。她在一个看上去很奇怪的地方停了下来，那个店铺里几乎有一半的陈列商品是绳索和螃蟹，而且所有的店员都手拿碗筷，围着一张桌子正在吃早饭——此时已经过了早饭的时间。在这个不凑巧的时刻，他们对于顾客的出现无动于衷，只是好奇地盯着我们看，然后继续吃东西。我们围着货架转了一圈，自己动手，把选中的商品拿到柜台前去"谈价钱"。刚才在吃早餐的店员们在这个时候开始来接待我们，柜台前的讨价还价变得热烈起来。与此同时，那位女仆坐在一张高脚凳上，以便歇着她那双缠过的小脚，她微微一笑，店里所有的店员以同样的微笑回应。后来我们才意识到，她利用这个机会，给自己的亲戚带去了生意。因为我们后来发现，所有最好的瓷器店都在城里的另一个区域。

汉口的工业正在蓬勃兴起。无论清晨、中午还是傍晚，空气中都回荡着苦力们咿咿呀呀的号子声，他们挑着棉絮、布匹和茶叶等重担，耐心地在江边到城里的路上来来往往，一路小跑。无论走到哪里，都可以看到挑着担子的苦力，他们排成长队，每个人都在吟唱变化多端的号子，先是一声高音，紧接着就是一声低音。每个人似乎都在忙碌，几乎每个人都行色匆匆。就连妇女们也是如此，她们的双腿僵硬得像木头一样，末端还缠着小脚，看起来就像是九柱戏①的木柱套在裤腿里,虽然走起来步履蹒跚,但其步频却快得令人惊叹。

天气越来越冷。雨季已在6月的阳光中结束,6月的阳光又迅速转为冬日的寒冷。

此时,我们的准备工作已基本完成。我们已经准备好了被褥、脚炉、洗衣盆、盘子、勺子、蜡烛和煤油灯,11月的最后一个星期我们将在扬子江上度过。

黛博拉变得相当郁闷,人们惊叹于我们仅仅为了游玩而提议去扬子江旅行。看来,那些准备与我们同行的朋友是在扬子江水位过高时从上海出发的,而他们乘坐的船已经因触礁而搁浅。他们不仅失去了船,还糟蹋了所有的装备。然而船搁浅的情况在扬子江上游是如此普遍,以至于没有人对此感到特别惊奇。

你的,
V.

---

① 九柱戏(Ninepins)是现代保龄球运动的前身,主要流行于欧洲。九柱戏的玩家需要将一个一般没有指孔的球滚入球道,以击倒球道尽头的九根木桩。——译者注

宜昌

(1907年11月28日)

亲爱的琼,

　　星期五、星期六、星期天和星期一,我们都是在从汉口到宜昌的轮船上度过的。而现在,我可以很高兴地说,在接下来的数月之内,我们都不会乘坐轮船了,因为轮船到了宜昌之后,就无法再往上开了。从汉口到宜昌的四天,是沉闷、疲惫的旅途中最难熬的四天。这里的景色就像一幅深褐色的油画:一条褐色的、裹挟泥沙的河流,低矮的、用泥土砌成的河岸,偶尔还有几座泥瓦房、一座色彩斑驳的宝塔,哀伤而孤独,不时还有一头水牛,坚实的牛背上背负着一个蜷缩在油纸伞下的闷闷不乐的身影。

　　天气跟扬子江上的景色一样单调乏味,汽船上弥漫着油漆味,食物都是罐装的。轮船上除了我们俩之外,只有五个外国人。然而在下层船舱,却有大批中国旅客,他们显然并不介意他们旅行的方式,并且对几乎仅够人们站立的空间感到满足。

　　我们刚到达这儿的时候,寒冷的天气大大挫伤了我们的热情。

我们所住的房子在规划时主要考虑了夏季的凉爽，而非冬季的温暖。我开始使用带来的中式脚炉，但作为一名这方面的新手，我不慎在自己的鞋子上烧出了几个洞，还烧掉了一大片裙摆。

我们以为能马上踏上游艇之旅，但似乎这种事情不能急于求成——至少在中国不能。挑选船只和讨价还价是一件烦琐的事情。河面上，成百上千的船只并排停泊着，但只有专家才知道该选哪条船，以及该为这条船付多少钱。然后，货物必须通过海关，这就给货物带来了不小的麻烦。P博士夫妇好心地答应护送我们溯扬子江而上，他们正从海边运来大量货物。最后，船夫还必须决定在哪一个吉日开船出发。

与此同时，黛博拉和我发现，除了我们之外，每个人都在忙碌，而我们却有大量的时间来探索宜昌。甚至在这儿，距离扬子江出海口1000英里的宜昌，也有一块外国人的小聚居地。在城市的这一端，破旧的本地商铺与干净整齐的外国建筑——海关大楼、邮局和医院等交相辉映。然而，经过了这些建筑之后，我们发现，自己又处于中国常见的狭窄街道之中。这儿的街道只有五六英尺宽，两边都是我们已熟悉的那种敞开式小商铺。

其中最昏暗的是茶叶店（这是与西方国家的另一个对比点）。它们尽可能地不引人注目，让人联想到被拆了一半的破旧棚屋——头顶上是黑漆漆的椽子，脚底下是凹凸不平的黑泥地。在没有任何装饰的桌子周围，摆放着一些坐具或高脚凳，唯一的餐具是大碗，唯一的"食物"是淡茶——如你所知，既不加糖也不加牛奶。对外国所知甚少的中国人很不喜欢牛奶,他们说"外国人身上有难闻的牛奶和肥皂气味",这在我们看来是一种清洁的气味,但对于他们来说却难以接受。饭馆跟茶叶店铺一样,只是大碗的数目更多一些,碗中盛的是一种米饭与蔬菜切块的混合物,加上一些鱼肉和猪肉。

在一个相对比较整洁的店铺里,我问店员一对瓷器花瓶的价格。他们说那是非卖品,我猜那可能是个药店,而我喜欢的那对花瓶只是用来盛药的!

卖棉花的店铺比较吸引人,每一个空间都堆满了雪白的棉花,它们的售价约为每磅5便士。[1]

然而,那些狭窄街道上的居民住房跟江边渔民们正在建造的那些房屋相比较,简直就是豪宅。江边的那些房屋是用毛竹和竹席建成的,结构比较脆弱,而且特别不适合在冬季居住。在夏季的几个月内,扬子江的水位达到高位,江边的滩涂完全被水淹没。3周之前,江边那些棚屋曾经全部被江水淹没,而6个月之后,扬子江水又会涨高,约有一半的竹竿和竹席将会被激流冲走。在这样的环境下,为什么还会有人想到要在江边建屋呢?这真是一件怪事。一个如此务实的民族却令人惊讶地缺乏远见,他们通常认为等待12小时的时间太长了。江水一涨,他们就会失去本来可以保留下来的一切。

---

[1] 1磅为0.45千克,后不另注。——译者注

昨天晚上，我们的房东知道我们想尽可能多地了解中国社会的方方面面，便带我们去一家鸦片馆。那些在白天显得神秘的街道到了晚上就变得格外怪异。那些房屋就像黑色的洞穴，里面似乎住满了人，我们隐约感觉到他们的存在。狭窄的街道上到处都是影子，有一动不动的，也有活动的：浓密的黑影，没有一丝光亮能够穿透；移动的人影，从一盏油灯的微弱光亮、油碟里燃烧的灯芯或纸灯笼里的红蜡烛中，逐渐地走入黑暗。几乎每个店铺里都点着灯，但或多或少都不够亮堂。在一两个店铺里，人们正在吃晚饭。街道就像是"公有的私产"，在某一个地点，我们的路被一张摆在人行道上的饭桌给挡住了，有一大家子人正围着这张桌子在吃晚饭呐。

即使是到了这个点，这一天的劳作仍然没有结束。在一个灯点得特别亮的街角，一位街头朗读者吸引了一批全神贯注的听众。这些阐述或大声朗读四书五经的人通常是受某个希望为下世投胎积德的人雇用来做善事的。在铁匠铺里，人们仍在挥汗如雨。有人会问，这一天的劳作究竟要到什么时候才会结束。答案是到晚上二更（the second watch）。到了晚上，巡夜人一边敲着梆子，一边在街上走，但此时还有人在劳作，小孩子们也还没睡觉。一炷香在大多数商店前的地面上形成了一个可怜的小光点。它被插在墙壁的缝隙中用来驱邪。

在一片阴影中，我们来到了鸦片馆——一个被厚厚的挂帘遮挡住的狭窄门口，路人的视线无法看到。我们拉起挂帘走了进去，我们的房东在前面带路。这个狭长而低矮的鸦片馆房间里挤满了躺在卧榻上抽大烟的人,那些卧榻很宽,足以一次躺下两个人。

听说在很多大城市里,鸦片馆都已经被关闭了。但在宜昌,在这方面还没有采取任何行动。然而由于高赋税和各种各样的限制,这种所谓"洋药"的价格已经提高了许多。

在我们这个鸦片馆里,夜晚的狂欢显然只是刚刚开始。躺在卧榻上的那些瘾君子仍然对我们的行动保持着足够的警惕,还远远没有达到意识麻痹的可怕状态,正如德昆西所描述的那样:"鸦片处于梦魇和噩梦的重负之下……倘若能够立即起身走掉的话,他甚至愿意付出自己的生命。然而他却像婴儿一般软弱无力,就连想挪动一下都做不到。"

我们的房东拿出几张宣传"外国教义"的传单。

"你们认得这些字吗?"(即"你们能阅读吗?")他问道。

"认得,认得!"(即"能阅读。")他们答道,并急切地伸出手去拿这些传单。

此时的宜昌人似乎对外国人很和善,然而在几年前,即1900年的旱灾中,情况却大不相同。城里人想尽了他们那迷信脑袋里的每一种方法,试图说服老天爷降雨,但菩萨们都拒绝显灵。眼泪、祷告、献祭等也都没有任何作用。最后有人建议大家一起放声大笑,这样,当菩萨们看见大家都不为困难所动时,也许会回心转意。

因此,为了使大家都能够达到开怀大笑的状态,人们把一只狗打扮成一个老人，并把它牵到街道上去，以便能引起路人的爆笑。或许，众菩萨依然冥顽不化也不足为奇。到了这个关头，骚乱开始发生。像往常一样，责怪落到了外国人身上，有两名罗马天主教传教士被杀。天主教教会的主教要求地方政府对此做出赔偿，但是赔偿迟迟未到。所以主教下令不准将被害者的尸体下葬，而陈列在城隍庙中，直到得到适当赔偿为止。当地人因这种侮辱城隍爷的行为而气愤填膺，便把那些尸体搬走了。据说老天爷为了感谢自己的支持者，终于使他们祈雨成功。

我听说明天我们将登船溯扬子江而上。今天下午我们做了最后的两项准备：购买了天鹅绒靴和"银鞋"。这听起来像是《灰姑娘》故事中的一个插曲。天鹅绒靴当然是用来穿的。它们内有绒毛，非常暖和，但在脚尖处却像雕花屋檐一样向上翘起，穿着非常不舒服。"银鞋"却是沉重的银锭，每个银锭大约值7英镑10先令。其中一个银锭马上就被拿到附近的铁匠铺，先在火炉里加热，然后被敲成碎银，以备随时用来换钱！

我们是在一个离衙门（地方最高官员的官邸）不远的本地靴子店铺里购买的天鹅绒靴子，而我对那个衙门的记忆仍然挥之不去。

"他们犯了什么罪，要这样被囚禁？"我们问道。

"很可能，"我们的同伴答道，"十个里面有九个是完全清白的。"

衙役手中的权力之大，似乎是没有限制的。被他们记恨的人大祸临头了。为了索取贿赂，衙役们经常会采取严刑拷打的手段。

暂且不提这些令人毛骨悚然的主题，我向你介绍一下我们的游船。

游船的中间部分有船篷覆盖，并被分隔成了四个小房间。船上共有40人左右，其中我们一行6人，船工约30人，还有船老大的母亲、孩子和妻子（我把妻子放在最后一位，因为她在船老大心目中的位置可能就是这样的）。假如我们把甲板空间按人头平摊的话，我想每人大概能分到7平方英尺的面积。但是实际分法并非简单的除法，占大头的船上面积，即有船篷覆盖的中间部分，是专属于6个外国人的。前甲板（除了船首最前端的禁区，那里被一个看不见的神占据着！）是归船工们用的。我很好奇，想知道他们在晚上是如何躺下睡觉的。他们将不得不像中国拼图（Chinese puzzle）中的拼块一样组装在一起。后甲板有一小块地方也是有船篷覆盖的，那儿是船老大家庭、外国人厨师和几个有特权的船工的住处。

但空间上的不足可以通过装饰来弥补。窗户（滑动的玻璃板，使用起来非常困难）上画着难以辨认的风景、鸟、花和鱼，分别采用了鲜艳的大红、紫色和苹果绿等颜色。华丽的纸板装饰着餐厅的内墙，天花板是艳丽的红色，横梁是绿色和蓝色，门楣是金色压花的大红色。黛博拉和我的卧室面积有6英尺见方。床架是用木板搭在木架上的，相互成直角，在放洗脸盆的小方桌前还有3英尺的多余空间。当黛博拉站起来后，我想我得躺下，反之亦然，但即便如此，与前甲板上那些可怜的船工相比，我们的住宿条件还是很豪华的。我还不太肯定船工的人数究竟有多少，我们必须真正像中国人一样，不要冒险去数数字，因为这被认为是不吉利的，意味着在旅程结束前会失去一个或更多的船工。

我们明天要动身离开，所以在走之前要把这封信寄出去。这是今后许多天里我们最后一次有机会用轮船来寄送任何东西了。

你的，
V.

在扬子江上游

(1907年12月3日)

亲爱的琼：

　　我们终于登船出发了！这使我想起童话剧中的海盗场景，"海盗"就是船工们，而我们则是"囚徒"。他们的长相也很粗犷，有的赤裸上身，有的则干脆把整个身子都裹得严严实实的，头上还缠着黑布或其他布条。甲板上血迹斑斑——那是一只公鸡的血，它被献祭给河神，以确保河神在旅途中保佑我们，一个个炮仗腾空而起，听来就像是一排连射的炮弹。我们跟货物和携带的财物一起来到船上，几乎没有站立的空间。直到打包的东西被一点点拆开，装到船舱里之后，才有了一点点空间。与此同时，船上的那位厨师正在为"海盗们"准备宴席，以庆祝开船。场上的厨房就是前甲板中间一个正方形的洞，那个洞里装下了厨师、火炉，以及厨房用具。我们只能看见厨师的头和肩膀。他正俯身搅拌大锅里的东西，一边往锅里添加配料。两三块蹄髈，一整只鸡——甚至连头和脖子都留着——在锅里欢快地炖着，当厨师把一桶切好的蔬菜片倒进锅里时,他用手轻轻地拍着锅里的菜,然后又加了一捆像灯芯一样的东西(可能是某种本地产的面条)。

船工主要由纤夫组成,据说纤夫的生活是最艰苦的,即使在这个工作艰苦、生活朴素的国家也是如此。他们人数众多,像是一支数以千计的庞大军队,从天亮一直忙到天黑,往往还要干更久,中间只有短暂的吃饭时间,每天的工钱却只有2便士3法辛[①],而工作却非常艰苦。他们不是在推拉鳍状的橹或长长的桨,用它们来驱动船只,就是在岸边的岩石上攀爬,登上悬崖峭壁,或从斜坡上飞奔而下,一直用巨大的竹绳来牵引着船只前进。谁要是比别人更偷懒,谁就会有祸了!监工会手持鞭子,又快又狠地抽打这个偷懒的人。当纤夫们体力不支的那一天来临的时候(我们的船工中至少有一个人看起来似乎离那一天不远了),他们就什么也做不了了,只能落在队伍的后面,躺在岸上等死。

今天晚上,我们的船队很早就抛锚了——主船及其随行舢板,即来回运送纤夫的"划板",以及那些身穿猩红色丝绸马褂,上面绣有斜纹天鹅绒的水警所驾驶的官方红船。后者是官府作为人情和安全保证而供我们调遣的救生船。当纤夫们喊着号子回到船上以后,他们便拿出竹竿和编席,为自己搭了一个席棚。吃过晚饭之后,他们就躺下来睡觉,一个人的头顶着另一个人的脚,他们裹着棉被和棉衣,挤得严严实实,就像一张软垫地毯那样,从甲板的

[①] 法辛(farthing)是英国旧货币中最小的单位,相当于1/4便士。——译者注

一边铺到另一边,从一个角落铺到另一个角落。

在船上的第 2 天

今天早上,我们从船舱里出来之后发现周围的世界发生了很大的变化。原来江面通常有 1 英里宽的扬子江,其江面的宽度已经缩小到了约 150 码,并在巨大的悬崖峭壁之间不断缩小。蓝色而朦胧的群山幽灵般一个接一个地逼近,把即将到来的和已经过去的都隐藏了起来。我们意识到自己正在经过扬子江上著名的峡谷。平善坝和那儿的橘子林已经落在了后面。江水阴沉沉的,不知有多深,流向悬崖脚下的深处,而纤夫们——一长串迂回曲折、嘴里大声喊着号子的家伙——爬过看不见的小路,越过显然无法攀登的岩石,拖着固定在船桅上的竹绳,纤夫的队伍有时被拉开差不多有 1/4 英里长。偶尔,号子声变得越来越响亮。留在船上的那些船工也会变得越来越兴奋——纤绳被一块突出的岩石缠住了。犹豫不决者必输无疑!在这千钧一发之际,有一位纤夫不知从哪里跃入了江中,他攀登上了一个常人难以想象的绝壁,将纤绳解脱了出来。倘若他的动作再迟缓一些的话,这条船可能就会撞上石壁。尽管如此,我们的船还是不止一次地漂流到那可怕的悬崖附近,险象环生。

扬子江的峡谷

在船上的第3天

我们的船正在进入一个梦幻般的地界——在扬帆漂行和岸上纤夫们的牵引下,我们的船穿过一片白色浓雾,进入了夏日浓荫笼罩下的阳光之地——这儿有由低矮墙壁和翘角屋檐组成的独间农舍、松树笼罩下的浓密竹林、江水肆意冲刷岩石的江岸,以及树林茂密、山顶上有宝塔的群山。四周通常空无一人,只有在极少数情况下,才会有一个穿着菊蓝色棉布衣服的孤独渔夫,耐心地站在一块孤立的岩石上,撒出他的渔网。

在船上的第4天

我们的奇妙世界更加绚丽多彩。今天上午,在灿烂的阳光下,我们发现自己正沿着闪烁着钻石光芒的河流快速前行,河水从我们身边匆匆流过,要把这片神奇的土地留在身后。但在前方,我们的航道似乎被挡住了:江水似乎在悬崖脚下完全走到了尽头。在阴影中呈黑色的岩壁高出水面1000英尺或更多,在破碎的高地上,一些低矮灌木的深红色叶子在阳光照耀下的绿色中投射出斑斓的色彩。然而江水却在看似无路可走的地方强行通过,岩石也突然像被施了魔法那样豁然开朗。重重叠叠的山外群山——身着淡紫、紫红、深紫长袍的隐形哨兵——集结了它们的力量，悬崖峭壁也围拢过来，试图挡住江水的去路。江水就这样流淌着，不时地被崩塌成沙石和巨石的悬崖所阻挡，其中一些巨石滚落到了江里，阻碍水流，形成了奔腾汹涌的激流——产生白色的泡沫和黑色的漩涡，这就是令人闻风丧胆的急流险滩。"亲不敬，熟生蔑"这句老话对于扬子江水并不适用。我听说，对于当地船夫来说，其结果恰恰相反。

在江水水位高的时候——比如说在夏季，漩涡是最危险的；但即使是现在，当漩涡中的水流向下冲到四五英尺深的地方，又诡异地突然合拢，仿佛没有任何伤害人的意思时，这也会让人对扬子江充满敬畏！

今天早上，我们的船经过了著名的崆岭滩——江心的一块巨大黑色岩石上方，水流湍急，宛如一口沸腾的大锅，关于这一险滩还有一个故事。我前些天正在阅读一本关于扬子江的书，并在书中读到了以下这段描述：

> 1899年，外国公司在扬子江上投放了一些小型轮船……这些轮船也许在几年之内将引起扬子江航运的一场革命。

据我所知，投放在扬子江上游水域的第一艘，也是唯一的客轮，就是在试航期间撞上了崆岭滩下方的这块巨石，结果造成了船毁人亡的惨祸。当地的领航员了解扬子江的怪异脾气，建议德国籍的船长径直驶向那块岩石的中间，但是船长认为自己更懂水文，于是将轮船驶向岩石边的清水处。湍急的水流将轮船全速推向了岩壁。它船尾朝下沉入了奔腾的激流中，在崆岭滩下游100多码处葬身于江底，至今仍躺在那里，江面上甚至没有激起一丝涟漪，以标记轮船沉没的地点。

这些急流险滩给我们带来了极大的刺激。通常，我们会上岸，爬过岩石巨石，来到地势较高的地方，那里有一排破旧的小屋，住着一帮衣衫褴褛的男人、女人和小男孩，他们靠帮忙拉纤为生。据一位权威人士说，一年中有上万艘船从河上经过，而大型货船需要约300位纤夫才能通过这些波涛汹涌的险滩，途中可能需要几个小时，甚至一整天。了解了这些，人们就会意识到，这些看起来很不起眼的小屋居民会有很多就业机会。

围绕我们聚集起来的人群对于两件东西具有极大的兴趣——我的手套和照相机。他们把眼睛紧靠在相机的取景器上，却看不到任何东西，对此他们大惑不解。

"看不见！"他们用失望的语气说道。当我费了一番周折成功拍到一张快照时，他们又围拢过来想一睹成果，却沮丧地发现什么也看不见。遥远的鼓声宣告我们的船即将到来。"咚、咚、咚……"从远处传来的那种诡异而神秘的鼓声，总是会让我回想起扬子江上的急流险滩。在危急时刻，那鼓声会连续不断地敲响，它是发给纤夫们的信号和指示。鼓声所得到的回应是纤夫们的号子声，男

崆岭滩，江心的岩石就是那艘德国轮船触礁之处

人和男孩们都弯着腰，排着歪歪扭扭的长队绕过就在我们下方的那块岩石，拼命地拉着绳子，每个人都高喊着"走！走！走！"，那喊声逐渐变成了呻吟声，因为纤夫的每一块肌肉都绷得紧紧的，用手紧紧抓住头顶竹绳上打结的吊索，光脚的脚趾紧扣住湿滑的岩石边缘，而在这些岩石边缘上，普通的行人是很难找到一个立足点的。与此同时，情况还在不断地变化着。我们的船正在与险滩浊流进行顽强的搏斗，未能前进半步。在几个令人窒息的瞬间，它似乎还在向后滑动。这简直就像是一场令人兴奋的拔河比赛——船在绳索的一端不断地发力，而纤夫们在绳索的另一端拼命坚持。来自破烂小屋的纤夫们也加入了拔河比赛的队伍，于是纤夫们最终获得了比赛的胜利。纤绳始终存在着绷断的危险。俗话说，中国人把几毛钱看得比命还重要。当沉船发生时，他首先想到的是要去抢救他的铺盖，而那些用毛竹做成的纤绳，如果没有完全断裂，他是绝不会丢弃的。他会继续使用它们，尽管它们已经又破又烂，很不安全。当纤绳绷断时，船就会顺流而下，很可能在几分钟内就退回到了刚出发的地方，将大半天的辛苦劳作付之东流。

平安通过了崆岭滩之后，我们的船又经过了牛肝峡。风向对我们有利，我们扬起风帆，在巨大悬崖之间的深谷中，沿着洒满阳光的水面，以异常迅猛的速度向前飞驰。江面上点缀着其他帆船的风帆。它们在扬子江两侧都摆开了阵势，往往是两三艘船争先恐后地并排前行。纤夫们全都在船上，他们吹着口哨呼唤顺风。实际上，他们并没有真的"吹口哨"，而是在喊号子，而他们的声音带着高亢的假声，从悬崖绝壁处传来了回声。官府的红船在阳光下泛着深红色，点缀着鲜艳的蓝色船帆，在江面上来来回回地穿梭，就像一只只怪异的蜻蜓。有时，这些船只靠得很近，碰撞似乎不可避免。最后，在一次碰撞中，我们"沙龙舱"一侧的窗户被撞得粉碎，但与当天的另一次碰撞相比，这只是小事一桩。当时我正站在船舱门口，望着前甲板。船老大狂叫一声，跳起身来，冲到正在扫地的几个人身边，和他们一起发力，想控制住船。但是为时已晚！随着"砰"的一声巨响，船上所有的窗户和餐具都掉到了地上，我们颤抖着一下子怔住了。前面的人急忙跑到船尾去看到底发生了什么事，后面的人则试图向前冲，却发现自己的通道被堵住了。这块凸出的岩齿把船舱一侧通道的墙壁和窗户都凿穿了，还把獠牙伸进了船舱里，把脸盆架子都弄翻了，餐具也飞了起来。

这是一个关键时刻，可谓千钧一发。在令人难以置信的短时间内，我们的船又恢复了自由，被船工们巧妙地用两根竹篙推了出去，咚咚的鼓声向纤道上的纤夫们宣告，一切又都恢复了正常。窗框和木制品在褐色的水面上欢快地漂浮着。"老板"（船老大）来了，微笑着看着碰撞所造成的破坏，他的妻子清扫了碎片，一名船工拆下了一扇舱门，将它钉在了偌大的破洞上。如果岩石撞击到水线以下，船肯定会不可避免地沉入水底。这真的是一次死里逃生！

我们还没来得及安顿下来，狂奔的水流声就提醒我们，著名的青滩马上就要到了。我们的厨师，就是无论风平浪静还是遇上急流险滩，甚至在发生碰撞和遇到灾难时都能安然烹饪的那位厨师，刚好烧开了水，并且摆好了茶桌。此时我们要是下船登岸，那茶水一口都不尝显然是不合常理的。然而船老大的态度很坚决，他说青滩是扬子江上最危险的一个急流险滩，所以乘客只要能够做到就必须下船到岸上去。我们沿着一条狭窄的小路爬行，这条半沙半石的小路位于一个陡峭而林木茂盛的山坡下面，山坡上的房屋紧紧依附在山坡上，但房基很浅，似乎随时都有倾倒的危险。棕色屋顶和低矮的墙壁，以及百叶窗，让我想起了瑞士的木屋；某座寺庙的塔形屋顶高高耸立在黑松和翠竹之上，又给这幅画增添了必要的中国色彩。这儿不时地会出现一丛丛艳丽的深红色树叶，或者一棵棵挂满金色果实的橘子树或柚子树，显示秋天已经来临，但这一天就像英国的六月天一样温暖和晴朗。有两位身穿鲜艳猩红色丝绸马褂的水警作为护卫跟着我们。我们走啊走，但青滩似乎永无止境。青滩被分为3段，最后一段显然是水流最为湍急的。我们到达了一个可以观察船只的地点。在前面的纤道上，有约100名纤夫正拼尽全力在拉那根粗大的竹制纤绳。但是，我们那艘船被翻滚的海水冲得四面摇晃，似乎被吓得动弹不得，纤夫们震耳欲聋的号子声突然停止了——这突如其来的寂静意味着某种灾难，转瞬间我们便发现那纤绳断了。船在激流的摆布下无助而踉跄着向后退去，那些纤夫在追赶中翻过岩石，消失在我们的视线中。

我们被单独留下了。

天色渐晚，青滩水花四溅，不耐烦地咆哮着，等待着新的猎物。我们的船被激流冲往下游，没人知道有多远。就连我们的两位水警护卫也消失了。一群好奇的人围着我们这些陌生的"蛮夷",一位老妇人想试戴一下黛博拉头上的运动帽。我们安抚了她,递上一只手套让她仔细审视。天快黑了,我们正打算在岸上过夜,突然传来消息,说我们的船又被拖上了险滩,这次是在河的另一侧,船已停泊在那里,准备过夜。官府的红船重新出现在我们的面前,并载着我们穿越青滩上平静的江面,划向了江对岸。接着,在用旧毛竹纤绳做成的火炬照耀下,我们手脚并用地攀爬过了湿滑的岩石,并滑下了石滩。直到我们最终踏上了一块友好的木板,它的作用是帮助我们回到空旷的客舱里,那儿的桌子上还摆放着我们的下午茶。

此次航行的第 7 天,我们经过了泄滩。尽管实际上一切顺利,但它仍然使我们花费了大半天的时间。有许多船都要通过这一个险滩,所以我们不得不等待了很长时间。我们在阳光下消磨着漫长的时光,讨价还价地购买当地种植的柑橘(大约 1 便士能买 20 个)、带油味的褐色糕点以及据说最有营养的大米太妃糖。

黛博拉拿出了她的颜料盒,一个衰老的男人立刻上前搭讪,他很快解开了腿上的绷带,让黛博拉看自己腿上正在流脓的疮。他很自然地认为,那颜料盒是个药箱,因为在不谙世事的中国人眼里,每个外国人都是医生。

到了第 9 天,我们的船进入了巫山峡,有一股逆风在阻止船行进。这是扬子江上最长的一个峡谷,其长度达到了 20 英里,途中有一系列急转弯和危险的境地。对于险滩本身,我们采取了许多

紫禁城外两万里
一位英国女作家笔下的晚清市民生活

青滩

预防措施,这在一定程度上减少了危险。但在像巫山峡谷这样的岩石点,由于横向水流和急流,水流以每小时 11 英里的速度奔腾,再加上大风的影响,只有拥有高超的技巧并迅速采取行动才能避免船受碰撞。船紧靠岸边,以尽可能规避大风可能造成的损失。在这些突如其来的拐角处,走错一步都可能意味着毁灭。

经常,而且往往是每一个空闲的人——"婆婆"、厨师,甚至乘客,都会扔下手中的活儿,抓起扫帚、拖把、棍子或船篙(如果有的话),冲上去救急,使出浑身解数,用力推开悬空的岩壁,而岩壁与行驶中的船之间往往只有几英寸的空隙。"婆婆"那嘶哑的声音在船夫的号子和水花飞溅声之中显得格外刺耳。我们称她为"险兆之鸟"。每当出现危险的征兆,或发生争吵,总会听到她的声音。在其他时间,她就在船尾有篷的船舱里过着隐秘的生活。在这些关键时刻,船老大的兴奋之情便难以抑制地迸发出来。我见过他像孩子那样,一次次地跳起在空中,以强调他向甲板上的船夫和岸上的纤夫们所喊出的指令。当人们想到他唯一的谋生手段与船只的安全息息相关时,他的激动也许就不足为奇了。这些人中的大多数都过着衣食无着的生活。除非运气特别好,否则在宜昌等待新的货物和乘客的时候通常会让他们债台高筑,因此大部分预付的通行费都会在出发前便付给了债主。如果在上行途中能做到收支平衡,他们就心满意足了;但在返程途中,他们希望能获得利润。从 7 月到 10 月,江水涨得太高,航行不太安全,因此工作时间其实从来都不长久。

在船上的第11天，我们差点儿吃到苦头。当时的一切看上去都很正常，我们的船正在纤夫们的牵引下通过一个小险滩，从船夫懒洋洋、无动于衷的态度和船长咚咚敲鼓的昏昏欲睡的样子来看，显然没有什么值得大惊小怪的。翻腾的流水无法阻挡我们前进的步伐。再过一会儿，我们的船就可以穿越险滩了。但转瞬之间，事态就发生了变化。冒着泡沫的浪头狠狠地拍打着船舷。船工们猛地抓住了纤绳，他们的号子声变成了呐喊声。船老大离开了他正在敲的鼓，从旁边的一只大碗里抓起一把米饭，向水里扔去。他这样做是希望能抚慰兴风作浪的龙，然而那条龙却并不想如此轻易地被收买。纤夫们手中的那根纤绳既没有滑脱，也没有绷断，而是在拐弯处被缠住了。我们的船在汹涌的激流中无助地疯狂旋转。船老大一次又一次地停下来，想再撒些米饭，但我们的船已经转了个大弯，顺着激流急速往下游漂去。所有的人都在划桨，但没有任何明显的效果。

我们失去了那天早上努力赢得的阵地，曾经花了好几个小时才被纤夫们拉上来的那段距离只用了短短几分钟就得而复失。我们对昨天经过的下马滩还记忆犹新，假如船漂到了那儿，那么还要再漂多远就不好说了，或者其结局将是被撞沉在众多礁石之间。但突然间，似乎是出于偶然，我们的船来到了一片平静的水面。碧水涟漪轻轻拍打着散落在沙地上的巨石。时不我待，再过一分钟就来不及了。我们正在快速漂离这个避风港，忽然有一名船夫以惊人的敏捷——如果有这项体育运动的话，他堪称做出了一项了不起的壮举——从移动的平底帆船甲板上一跃而起，跳到一块突出的岩石顶端。他随身带了一根绳索，并灵巧地把绳索一遍又一遍地绕在这块突出的岩石上面，就这样我们的船终于保住了，尽管耽误了大量的时间。我们不得不耐心地等待纤夫们赶过来，重新把船拉向上游。这一次，水中的蛟龙因吃饱米饭而睡着了，所以我们有惊无险地经过了险滩。

又过了一天，我们的船通过了只有4英里长，却是所有峡谷中景色最壮观的风箱峡。大江的江面在此缩减到了只有120码，江水切穿了两岸的悬崖断壁，其中有些悬崖竟高达2000多英尺。纤夫们所走的小径构造颇为奇特。从江上望过去，它就像是沿着悬崖1/3高度的岩壁表面磨出的一条光滑凹槽。凹槽的下缘是小径，上缘是悬空的屋顶。"风箱峡"这个名称据说是来自靠近峡谷末端悬崖上的众多方形洞穴，其形状跟迄今在每一个铁匠铺里仍能见到的风箱差不多，后者构造尽管十分原始，但使用起来仍非常有效。然而也有人说，那些方形洞穴是用来放置棺材的，尽管为何要把棺材放在那么高的洞穴里，以及古人如何将棺材运至如此高度，这些奥秘至今无人能解。在峡谷口，一块被称为"鹅尾岩"的巨大岩石挡在了江流的中间，将其分成了两条狭窄的水道。它高出水面40英尺或更高；然而，当河水上涨时，它就会完全被淹没，而且此时其危险性极大，任何船只都不允许从这儿通过。

那天晚上我们到达了夔府城①。夕阳西下，我们沿着宁静的水域缓缓滑行，我们的船加入了停泊在岸边的其他船只中间，这些棕色、破旧的船密密麻麻地分两排排列在岸边，有的地方甚至有3排。我们抬起头，看到这个城镇在我们头顶之上，建在蓝灰色群山下向外突出的一片土地上。墙壁和屋顶的柔和褐色和昏暗的白色，以及与之形成鲜明对比的孔庙的罂粟红色，在远山淡紫色和紫水晶色的雾霭衬托下显得楚楚动人。

就在几年前，人们还认为夔府对外国旅行者来说并不安全，就连传教士也是直到1903年才在城内找到住处。当时中国内地会在这儿开设了一个传教站，四年后这儿的情况已经发生了巨变。当我们问内地会的代表，是否可以到城里的哪个地方去参观一下时，对方回答说，我们可以随意去城里的任何地方。我们将在夔府度过星期天，所以我们能在这儿待上整整一天。

一条长长的石级如画般蜿蜒而上，穿过了那黑暗朦胧的城墙拱门。城门内一条狭窄的街道就像先前的石级一般，不断地向山上延伸。所有的商店似乎都是这样或那样的食品店——水果店里有剥好皮的橘子出售（顺便说一下，橘子皮是卖给药商的），菜店、粮店、茶叶店、饭店，还有一个最可悲的景象，即乞丐们为了取暖，把自己的身体紧紧地贴在烧饭的砖灶凹陷处。他们看上去只穿着一捆捆破布。有时能看到一张因患麻风病而肿胀的脸，或一

---

① 夔府，又称夔州府，位于今重庆市奉节县。——译者注

个长满疮的头,有时这捆破布会一动不动,僵硬得令人惊诧。这不禁让人不寒而栗地想到,他可能已经是一具尸体了!

在街道的末端有另一条长长的石级通往一座豪宅,其花园以美丽著称。我们的朋友很客气地提出要带我们去拜访这座房子的主人。那儿有新旧两座殿堂,都属于同一个家族,而且它们都被笼罩在往昔的悲剧阴影之中。在1900年,该家族的族长——浙江省的一名高官——被指控杀了4名传教士和1名小孩,并因此被判处死刑。据说他是吞"金"自杀的,[①]之后他太太便隐居在那座旧宅里,而新宅及其著名的花园则被送给了她亡夫的一个亲戚。奇怪的是,那位太太及其家族不仅不恨外国人,而且还对他们格外友好。他们显然属于中国上层社会中不仅赞成西学,而且对西人友好的一小部分人。

我们自然期望这座殿堂般的住宅会非常宏伟壮观,但实际上这儿跟其他地方一样,我们所面对的同样是宏伟与肮脏的混合体。

在大门前,一条杂种狗站在那,严阵以待。一声呼唤之后,守门人来到了现场——一个蓬头垢面的人,他向我们招了下手,请我们进去。一个穿着褪色蓝布裤和外衣、不修边幅的女孩,可能是个女仆,绕过一个个拐角,带着我们穿过一系列铺着石板的庭院,来到了客堂。这是一个豪华的房间,里面摆放着常见的两排

[①] 我听说这儿所谓的"金"是指一种禽鸟(鸩)的毒血,而这种鸟的名称正好跟"金"的发音相同。所有的清朝官员都在他们官服后面束带两端的小兜里藏有这种毒,这种束带分别称作"孝"和"忠",暗示每位官员都随时准备按照皇帝或父亲的命令服毒自杀。

长方凳，跟方形茶几交替摆放，最后是一张较大的桌子两端的贵宾席，桌子摆放在一个隆起的平台上，墙壁上装饰着风格生硬的卷轴书法和画。牢记中国礼仪，我们小心翼翼地坐在靠近门口的座位上，等待太太的到来。如果严格遵守中国礼仪，只有来访者中的女士们才应该来拜访太太，但我们是"集体"到达的，当然，这也让我们女主人的小叔子得以出现在现场。他身着华丽的淡紫色锦缎大衣，内衬白色毛皮，闪身穿过阴沉的客堂。过了一两分钟，太太紧随其后，迈着三寸金莲，蹒跚着走进来，脚上穿着淡蓝色丝绸鞋。她看上去是个温顺的小女人，面色苍白，凸出的眼睛乌黑发亮，她的外衣和裤子都是暗紫色的，头上戴着一块紧密贴合的黑色绉纱，上面镶嵌着珠宝和绿玉。

她身后跟着一个身材魁梧，没缠过脚的女孩，身高大约5英尺，脚上穿着笨拙的天鹅绒靴子。她那肥胖而暗淡无光的脸上涂满了厚厚的粉末，还抹了厚厚的胭脂；那胭脂还不是模仿自然涂上去的，而是反其道而行之，比如涂在眼皮和下巴上，嘴唇中央有一抹艳丽的猩红色，像樱桃那样圆，给嘴部增添了最奇特的表情。她一边专注地舔着糖果，一边凝视着外国人。她空闲的那只手里拿着用一条脏兮兮的手帕包裹着的一个橘子。在中国，任何形状的手帕都是笔珍贵的财产。

每个人都做了介绍，可是谈话却陷入了僵局。我试图努力唤起那位大小姐的兴趣，便用蹩脚的中文问了她一些问题，却并没有奏效。然而我后来发现，我的提问还是明显引起了她的好感，第一个迹象就是她把用手帕裹着的橘子送给了我。进入花园后，我终于松了一口气。我们的男主人在前面带路，他发现自己有点热，就脱了毛皮锦缎大衣，露出了里面的一件花绸上衣。他腰间系了一条苹果绿皮带，上面还有一条粗大的西式金表链。也许他的自由举止和对仪式感的漠视会让一位老派的中国人感到震惊。但在夔府的这座豪宅里，中式的礼仪显然已日渐式微，而西式的礼仪也远未建立。这两者的缺失导致了一些令人啼笑皆非的情况。

裹着小脚的太太一直走在后面——对于她来说，走路显然是一件非常困难的事情。一个小婢女紧随其身后，不时地递给她一支水烟袋，让她抽上一口，但其递烟的速度非常快，几乎看不出中间停下来的痕迹。那位大小姐挽住我的手臂，抚摸着我的手，在整个下午的大部分时间里都保持着这种亲密友好的态度。男主人就像一只焦躁不安的蜻蜓，不停地飞来飞去。他能说几句英语，总是不断地催促那些闲逛者"跟着他"。

我们绕过阴暗的角落，沿着甬道，从旧宅的后院抄近路前往新宅。庭院里弥漫着一种被忽视和悲伤的奇怪气氛，不时地会有一个孤独的身影（可能是仆人）在阴暗的角落里忽隐忽现，鬼鬼祟祟地看着我们。突然间，我们进入了一个古老的诺曼大厅[①]，或与此相当的中式殿堂。从屋里的灶台和烹饪用具的摆放情况来看，这

[①] 诺曼大厅（Norman Hall），一种起源于中世纪的建筑风格，其特点是采用石墙、拱门等典型的罗马风格元素。——译者注

儿应该是该邸府的厨房。一条斜坡道从这些荒芜的地区沿着陡峭的斜坡通向一个庭院,庭院四周都是荒废的建筑,整个庭院的中心是一个巨大的池塘,池塘里种满了荷花。再走过一条狭窄的通道,我们就到了花园,一个与我们家乡宫殿截然不同的花园。它的主要美景就在于其优越的地理位置,即位于陡峭山坡上的层层阶地,透过树木的薄纱,向下望去,扬子江对岸是朦胧的蓝色群山,而那个乞丐云集的城镇,其屋顶就在我们的脚下,被山体遮住而无法看见。

至于花床和天鹅绒般的草坪,实际上根本就不存在。长满青苔的小径和杂乱无章的灌木丛呈"Z"字形通向最高的阶地,然后消失在树丛之中——那些树丛呢,至少是有些树丛,真的是美极了。一株月季花的花朵仍然在开放,毫无疑问,到了初春和夏天,玫瑰、铁线莲、金银花和杜鹃花都将在棕榈树和常青树之间绽放出美丽的花朵。

我们的新朋友们似乎对告别依依不舍。此外,太太很想抓住这个机会来看一下西医。自从丈夫去世之后,她已经养成了吸食鸦片的习惯,所以她急于戒掉鸦片瘾。

于是乎,他们一行人——太太、那位身穿淡紫色锦缎大衣的先生和大小姐——都表达了当晚要到我们的船来进行回访的愿望。那位大小姐温存地紧紧挽住我的手,徒步陪着我往回走。太太坐着轿子跟在后面。

众所周知,船上空间狭窄,就连让每个人坐下的椅子都不够。

太太和女孩都哑然无语地坐在一旁看着。她们似乎感到有点无趣，于是我产生了一个绝妙的念头：带她们参观一下我们的船舱。她们的眼睛顿时一亮，显示出高兴的表情。她们并排坐在我的床上，仔细审视着我们"蛮夷"所使用的牙刷、皂斗、手镜等物件。

正在这时，邸府的仆人送来了一篮橘子和土产糕点，以作为礼物，而Ｐ夫人按照正确的中式礼仪，一边接下了礼物，一边嘴里却在表示拒绝，说她"不能冒昧"或"不敢"收下这些礼物，等等。我们临时所能想到的回报就是一包黄油脆糖，不过这个礼物居然也得到了对方的热烈称赞。我们晚餐的时间转瞬即逝，夜幕降临，那位穿淡紫色锦缎大衣的先生瞥了一眼手表，说道："时间还早着呢。"此次来访的首要原因是看医生，按照中式礼仪，要延迟到最后才提出来，而且只是把它当作一件完全不重要的事情来暗示我们。在这种情况下，对病人本人有任何关注都可能是极不正确的。医生的建议都被说给了她小叔子听。太太谦卑地坐在一边，就像是一个只配让医生看病，而听不懂医嘱的小孩子。她面色憔悴，据说现在已经达到了每天要吸食１盎司鸦片的地步，而她可怜的已变色的牙齿也早已松动了。

当我们的客人们起身告辞时，他们迫切地邀请我们在明年春天从扬子江上游回来时，到他们在乡间的房子去住一段时间。就我个人而言，我当然希望能够成行，但这一想法没有得到鼓励。

第２天早上，我们的船在寒冷而灰暗的黎明出发了。东风穿透了薄薄的木隔板，在我的床边颤抖着打转。我们蜷缩在裹得严严实实的棉被里，唱着"他们把我叫醒得太早，我又要沉睡了"的懒汉歌，正在这时，在波涛汹涌的水中搏击的船突然重重地越过一个障碍，随着砰的一声巨响，船颤抖着停了下来。

"赶紧起床，尽快出来，"从外面传来命令，"我们搁浅了！"

我们翻身起床，穿上第一件能找到的衣服，站在那儿，准备应对事态的进一步变化。"婆婆"那尖利的声音盖过了其他所有声音；而那位厨师仍然在不慌不忙地拖着船舱的地板。船老大的嗓子都喊哑了，一大群船工正在把一根木柱强行塞到船的下面，以便把它从穿透船底的那块岩石上撬出来。幸运的是，我们离岸边很近，但水流从我们身边汹涌而过，泛起一团团泡沫。突然间，大家的话语声静了下来，这是表示我们又自由了的信号；但水已经淹没了船头，浸湿了纤夫们的被褥和一些货物，船上的"厨房"也遭到了破坏。显然船被撞出了一个大洞，但似乎并没有人为此感到焦急。船老大的妻子拿出了一些白蜡、棉花和一块皮革，导航员从一块木板上锯下了一小块木头。就这样，搁浅给船造成的损坏很快就被修复了！有时米饭也被用来堵塞船上漏水的洞，而且效果相当显著！

在12月18日那一天，我们经过了一个新的险滩，这是12年前山体滑坡造成的一个最危险的浅水险滩。起初，这里完全无法通行。接着，有人带来了外国工程师的帮助。他们实施爆破工程使得船只可以在这儿航行了，然而，对于这儿的险滩，人们依然十分恐惧。有时候光是一条船就会用上7根纤绳，并雇用许多额外的纤夫。接近险滩这件事本身就令人感到兴奋。在汹涌的水流中，必须安全地绕过一个拐角，然后向岸边冲去，但又要干净利落地避开礁石。我们这条船成功地做到了这一点，但是紧跟在后面的一艘大货船因没有及时避开礁石，船体被礁石撞成了两段。一位在岸边洗衣服的老农妇离出事地点近在咫尺，但她连眼皮都没有抬一下，还是不慌不忙地继续洗衣服，而其他的旁观者早已惊得目瞪口呆，以为她肯定会被出事故的船只撞死。中国人处变不惊的能力真是令人惊叹！

当我们继续向西航行时，两岸的植被开始发生一些变化。山坡上一片片翠绿的甘蔗和翠竹比此前所见的更加茂盛。在高高的山顶上，我们参观了一个"寨子"，即过去内战时期用高墙围住的避难所——现在那儿已长满了野草，完全被遗弃了。

20日那天我们到达了万县①（万象之城），由于我们的船已经渡过了扬子江航行段上最危险的部分，所以原先跟随我们的那艘官府救生船也离开了。在那之后，是由当地的县衙派兵勇来保护我们，每到一个新的府一级辖区，就会换一拨新的兵勇前来护卫。那些兵勇就住在船上，大部分时间都蹲在甲板上，经常是在打瞌睡。

每当我想到万县，脑海里就会浮现出一个图景，即我坐在轿子里，沿着没完没了的石级前行，穿过雾气缭绕的城镇，途经凄惨的江边小屋，后者依附在沙石和崩塌的土坡之上，沿着狭窄的街道，

---

① 位于今重庆市万州区。——译者注

那儿的一切都是潮湿、乏味、黑暗和萧条的。扬子江的一条支流把万县城切成了两半,那条河上有一座美丽的石桥,桥前有一个高大的牌坊,桥上是一长排低矮的建筑,桥两端各有一条长长的石级,所有这些构成了万县最美的风景之一。我们的轿夫们避开了这座桥,选在更下游处徒步蹚过河去。那条河相对来说比较干涸,但是在有些季节里,它也是水流湍急的。当我们和轿夫在城市层层叠叠的街道上稳步向上攀登时,我们简直冷得发抖,湿雾把我们裹得严严实实。

然后突然出现了转变。第一缕阳光刺透迷雾,照在了迎接我们的城门门柱的金色大字上。轿夫们在一个宽敞而整洁的庭院里放下了轿椅。庭院铺设了漂亮的石板,周围风景如画,带廊建筑的上层是花格栅栏和阳台,整个庭院干净整洁,这在中国是非常罕见的。但更令人惊讶的还在后面。一条宽阔的石级把我们带到了位于高处的一幢空间开阔的西洋式建筑前。我们摆脱寒冷浓雾的包裹,走进了舒适的英式客厅,那儿洋溢着白色和黄色琼花的芬芳。我们伸出冰冷的双手,在熊熊燃烧的英式壁炉前取暖。当然,你们已经猜到了,我们来到了中国内地会传教士的家里。他们热烈地欢迎我们,后来,当阳光融化了浓雾后,他们带我们参观了传教使团驻地的大院、教堂、诊疗所、戒烟所、会客大厅等。每一处都保持得干净整洁。这本身对于中国人来说就是一堂示范课。因为中国人具有漠视舒适感的特点,在他们看来,干净整洁、井然有序的房子不会给他们带来任何金钱上的好处。在这些问题上,他们采取的是放任自流的态度，而当秩序和整洁摆在他们面前时，他们还是愿意欣赏的。万县这个"万象之城"的地理位置很好，在扬子江两岸拥有层层叠叠的台地，而且还背靠群山，树林茂密的群山将山坡都笼罩在绿色之下——橘子树、石榴树、毛竹和柏树（据说柏树木的需求量很大，可用于造船，因为其木质既坚硬又有韧性）。在春季和初夏，山坡上更是山花烂漫，美不胜收。甚至在12月的万县，我们都能在传教使团大院上面的蔬菜地里采集到一把野花。

当即将踏上归途，回到住家船上去之时，我们提出请求，想去城里街上"购物"，然而我们的新朋友却露出了为难的神色。他们住在这儿这么多年了，还从未去万县的街道上买过东西，在这个讲究礼仪和礼节的国度里，亲自上街购物对于一个有一定地位的女人来说是非常不体面的。然而我们身上穿着"蛮夷"的英式服装，别人一眼就会认出我们就是古怪的"外国人"。最后，他们让步了，条件是我们必须带一名女仆，由她陪护并负责实际购买。

我们买了一些零碎的东西，其中有一个棕色釉面花瓶，它原来是一盏本地制作的油灯。买下花瓶后我们才意识到，街道从头到尾都被密密麻麻的人群堵住了，数百人聚集在一起，就为了看一眼我们这些洋人。因此，看来最好还是缩短购物时间。走过长长的泥泞台阶，我们很快就回到了友好的船上。

第2天早上我们的船又出发了，由于逆风和浓雾耽误了一些时间，但是纤夫们干得不亦乐乎。我从未见过像中国人这样开朗的

纤夫们拉着一条船通过险滩

民族，即使是在困难重重的情况下也是如此。一边拉纤，一边唱着号子，似乎对他们很有帮助。工作越是艰巨，号子也会唱得越响。外国人会认为这是一种阻碍，浪费气力，但对于中国人来说，看来并非如此。扬子江船夫在溯流而上时所唱的号子中，有一种奇特的愉悦。（他们在顺流而下时所唱的号子则不同，特点也不那么明显。）它从高音荡到低音，又一跃蹿到尖利高音，再回落到极低音，周而复始，随着船工摇橹的前后摆动，这号子一刻也不会停歇。听过号子的人常常试图捕捉这些音符，但它们却奇怪而难以捉摸，对于西方人的嗓子来说，它们几乎是不可复制的。有人说，这是因为我们不能把嘴张得更大些！

在大溪口（Ta Chihko），即过了万县之后的第一站，我们度过了一个星期天。它只是一个大村庄，建在一个巨大的石级两侧。那些棕色的小房子形成了栏杆，而上下石级的都是穿蓝衣服的农民。沿着江边，在一片石滩上，人们正在寻找金子，而且也找到了，不过我相信数量很少。他们的工具相当原始——只用装在木架上的篮筐，把江滩上的细石装入篮筐之后，用手将篮筐前前后后地反复来回摇晃，直到金粉被筛出为止。

圣诞节那天，我们把船停泊在了忠州，以英国方式来庆祝圣诞节。在前一天晚上，我们为了寻找一棵圣诞树，去了一个中国人的农庄。有一群水牛略带惊愕地瞪大眼睛凝视着我们，还有一只狗跳出来挡住了我们的路，狂吠不停。幸好有一位农妇前来解围。我们看见花园里有一棵高大的柏树，于是便用结结巴巴的中文提出了我们的请求,即请她让我们在那棵柏树上砍一两根树枝,并用一个铜板(相当于1法辛)来帮助我们表达得更清楚。她拿出一把斧头,一口气给我们砍了一大堆树枝。尽管我们一个劲地说"够啦",她还是在不停地砍!我们带上所有能带走的树枝,在一条狗的追赶下撤退了。我们最后一眼见到这位慷慨的朋友时,她正穿着蓝色花布衣服,站在我们头顶的一个平台上,手里拿着斧头,脸上挂着友好的微笑。我们用雪松枝和红色山茶花(纸质)装饰我们的餐厅,以代替缺失的冬青,并在梅子布丁中加入柿子和柚子汁,以弥补缺少的一些成分。

就在圣诞节期间,我们听到了关于当地土匪肆虐的传言。据说航行在我们前面的一艘船遇到了土匪的攻击,而且我们在航行途中不时地会看见岩石上刻着白色的大字:"江面并不平静,尽早停泊码头。"P夫人向我们讲述了几年前他们差一点遭到土匪劫掠的经历。大约有40名全副武装的土匪攻击了一艘官员的船只,他们以为这艘船是属于洋人的,然而后者却因为某些原因推迟了原定的旅行日期。这伙强盗满载着战利品而归,甚至还掠走了官员家中的一位女眷!这些土匪把抢来的物品拿到附近的一个城镇去拍卖,而那位官员正好在那时经过那个城镇。他认出自己妻子的衣物在被拍卖之后,便派人对此事进行了调查,进而查明了那些土匪的行踪。

但是,在扬子江上游流域的所有强盗中,最亡命的可能是著名的余蛮子，^①大约10年前，他率领一支起义军队，在四川叱咤风云。经历了一段时间之后，清军终于成功地抓获了他。然而，他们害怕消灭这样一个有实力的人，于是采取了一个独特的计划，即试图通过把这位义军首领变成一名高官来恢复扬子江流域的和平！只有一个条件，那就是他必须待在自己的领地内，如果被发现闯入他人领地，将被处以死刑。在相当长的一段时间里，余蛮子的生活堪称楷模，他出色地履行了自己的职责，为他的统治能力争得了荣誉。但不幸的是，有一天，他终于厌倦了如此有限的领土，偏离了官方设定的"界限"，结果因此丧命。

几乎每天都会看到沉船的残骸。今天我们看到的是一艘沉没过半的货船。船上的人正忙着从船舱里拖出货物，岸边的残骸中搭起了两个用席子铺盖的小棚子，显得十分凄凉。还有一次，河岸上铺满了白色的棉絮，这些棉絮是从水里的沉船中抢救出来的，正放在阳光下晒呢。而我们刚刚经过了一段危险的江滩，因为有两位本地的领航员被请上船来带领我们安全渡过这个险滩。扬子江的江面在此地突然变得很开阔，但实际上我们的四周都潜伏着巨大的礁石，礁石就像灰色的大龟那样隐约浮现在泛着泡沫奔腾的江

---

① 余栋臣，绰号"余蛮子"，大足县（今重庆市大足区）人，曾于1890—1892年、1898年两次发动反洋教起义，后者波及三十余州县，是四川地区乃至全国义和团运动前最大规模的反洋教运动。四川地方当局派提督周万顺和泰安营统领张继前往"招抚"，议定将起义军改编为清军六营等调停条件，但随着事态的发展，各地反洋教运动逐渐出现"反清"苗头，清政府改变态度转为"剿荡"，1899年12月8日，余栋臣投降，第二次起义失败。本书中，作者记录的内容或有民间传说成分掺杂在内。——译者注

面上。领航员的驾驶技术让我们惊叹，他驾驶我们这艘笨重的住家船成功穿越礁石间这条狭窄的水道。

12月29日，我们经过了酆都[①]城。那儿有一座著名的寺院，据说就建在佛教中的"地狱"的大门之上。在寺院的周边经常可以听见鬼魂受折磨时的痛苦呼喊声，和尚们做着前往地狱的护照买卖，生意兴隆！这些护照种类繁多，但来自酆都的护照被认为是最好的。我们从江面向上望去，只能望见陡峭山崖顶上树丛中的寺院建筑，毫无疑问，在这山崖上有众多的洞穴和居住在这些洞穴中的隐士。

年末的最后一天是整个12月中唯一的下雨天。然而，尽管大雨滂沱，我们的船夫却仍然继续欢快地划船，喊号子，拉纤绳，直到最后浑身湿透，他们才搭起席棚过夜，并钻进席棚"投宿"。

再过几天我们就将到达这次旅行的终点，然而就连船老大也说不出一个确切的到达日期。说出到达下一站的确切"里"数被认为是不吉利的，意味着我们将永远也到不了那儿，或者是要遭遇某些不幸才能到达那儿。天气已经变得越来越寒冷，途中的景色也不像以前那么漂亮了。江面变得比以前开阔多了，两岸的群山也比之前小了许多。我们经过了一些不显眼的小镇，镇里只有单层的平房，紧紧地围绕着一座高大的石桥。有一句老话说，建桥和修路是为来世积德的两大善事。忠州有一座极其壮观的大桥几年

[①] 位于今重庆市丰都县。——译者注

前被洪水冲垮了。当地的官员看到江水所造成的破坏，对和尚们未能阻止洪水泛滥一事感到愤怒。他命令他们赶到桥垮之处去念经求助上苍。和尚们不得不遵命而行，结果他们全部都被洪水卷走，一命呜呼了！

今天我们经过了长寿，即到达我们此行目的地重庆之前的最后一个重要城市。

许多年以前，在长寿的某家宅院里，有一股水流涌出，沐浴着一种神奇植物的叶子，据说这种植物的力量能使拥有者长生不老。该地的一位执政官决心将这一无价之宝据为己有。然而，他刚刚开始实施这个计划，水井就干涸了，长寿草也从地球上消失了。

你会发现我们已经进入了传说之地。有一句老话是这么说的：

> 四川是一个邪恶的鬼域，
> 这儿真理已死，虚伪主宰理智。[1]

人们告诉我，在这个大城市里，几乎每隔一条街就有一个巫师的店铺。

---

[1] 原文"Szechuan is an evil spirit region /Where truth lies dead and falsehood rules the reason"，四川地形封闭，文化独特，民间自古便有浓厚的鬼巫信仰。——译者注

1月4日

我们在船上经过了整整 32 天的航行,终于来到了目的地。山城重庆就在我们的面前。首先是水边,桅杆林立,其次是一层层在木桩之上搭建的席屋和竹屋,再上面是一层层的墙,墙上有墙,屋顶上有屋顶,层层叠叠,杂乱无章,上空笼罩着一层薄雾,白茫茫的,紧紧地缠绕着——这很可能是巫师和魔法师的出没之地。

但目前没有更多的信息。第一艘即将出发的返航船将为我寄出这封信。无论如何,它都需要两个月或更长时间才能送到你手上。

你的,

V.

重庆

(1908年1月)

在四川有一句老话："蜀犬吠日。"这句话说的并不是狗，而是比喻少见多怪的人，好比一个住在房子里的小孩在一个阳光灿烂的早晨跑出去问人，"天上那个奇怪的东西是什么？"当然，冬季的重庆是一个迷雾之城。经常连续6周都是阴天，太阳就像根本不存在似的。有时阳光会刺穿迷雾，但很少会驱散迷雾。倘若早上的迷雾过于浓密，周围什么都看不清楚，那么在白昼结束之前还是有机会见到扬子江对岸的群山的。如果恰恰相反，对岸的群山在清晨就能见到的话，那么这就是大雨即将降临的迹象。

我们再一次享受到了家中的舒适生活，尽管我们目前已经身处中国内陆，距离这趟旅行的起点足足有1600英里。中国内地会的B夫妇邀请我们住在他们的家里。他们居住的大洋房位于这个多层城市的高层，可俯瞰陡峭河岸上层层叠叠的屋顶。在我们到达的那天，曾乘坐轿子穿越过"下层地区"那些地窖式建筑，后者在我的脑海中留下了凄凉的印象。这是一次噩梦般的旅程。从水边开始，我们被带着走过一长串湿漉漉、油腻腻的台阶，台阶上满是黑色的泥浆；然后，台阶变成了陡峭的上坡路——很难称之为街道——在阴暗潮湿的民居之间，这些民居内只有泥地面，墙壁上也没有窗户，入口是黑乎乎的——与其说是民居，不如说是洞穴，之所以被冠以"民居"之名，是因为经过这些房屋时，我们可以看到一张张无动于衷的面孔正窥视着我们，还有穿着蓝色长袍的人影在阴影中移动，他们走上前来，注视着我们这些"洋蛮夷"。随着我们不断地登高，街道也变得越来越干净，店铺取代了洞穴。

在一个急转弯处，一根灯柱引起了我们的注意，这根灯柱非常高，高出房顶40多英尺；它不是为我们准备的，而是为"看不见的世界"准备的，用来引导"游魂"回家！你会怀疑他们是怎么迷路的。有一种观点似乎认为，当一个人病得很重，也许处于昏迷状态时，他就会暂时"丢了魂"。他们告诉我，有很多方法可以把他的灵魂找回来，所有这些方法都和"天灯"一样合理。

令人吃惊的是，为了驱除邪灵，人们费尽了心思。你觉得门上的小镜子会有多大用处？然而，人们认为它的功效非常显著，尤其是在镜子上刻有"一善"字样的时候。老话说："一善抵千恶。"人们通常认为，恶魔在"嫉恶如仇者"的家里是待不住的。除此之外，看到镜子里自己的邪恶面孔通常就足以吓跑恶魔了！有的人则会在特别不吉利的房子上放一个类似于捕鳗夹的装置。它是用竹子做成的，设计巧妙，恶魔一旦进去就再也出不来了。

众所周知，这座城市是一个开放口岸，也是中国西部最重要的

紫禁城外两万里
一位英国女作家笔下的晚清市民生活

一条典型的街道

重庆的江边房屋

商贸中心之一。从鸦片到煤炭，从丝绸到鬃毛，从盐到蜡，从药品到羽毛，它似乎出口了大部分货物，而且据我所知，除了印度纱线和兰开夏①棉花，它从国外进口的东西并不多。

如果说白天的街道和小巷是阴沉沉的，那么到了晚上，它们就是诡异的迷宫隧道。每个人都提着自己的油纸灯笼，他们就像是金色红色相间的飞火流星，时隐时现。人行道很窄，宽不过6英尺，房屋的弧形屋顶往往几乎在头顶之上相连接。坐在轿子里，我感觉自己仿佛被抬着穿过了某个地下世界的神秘小巷。几年前，地方当局试图给街道装上照明的灯具，但是乞丐们偷走了所有的街道照明灯。这件事发生在一个没有警察的城市里不足为奇。还有一次，地方政府试图建立警察队伍，并恢复街上的照明灯，不过这两项工作应该不是同时完成的。而那些警察，由于根本没有受过任何训练，被证明完全没有什么用处。目前有一支警察队伍正在接受训练，能在不久的将来上街执勤。与此同时，这些街道的井然有序令人感到惊讶，因为街上总是挤满了来来往往的行人。

几周前，这里还充斥着一些乞丐，他们的乞讨方式和衣服破烂程度各不相同。在我看来，乞丐是大清王朝最悲惨的景象之一。乞讨是一种合法的职业，为了获得最有利可图的岗位，人们会不择手段。我们听说过这样一个案例：有一个人的大腿在孩提时代就被折断，并被反转到了自己的肩上；一只脚的踝关节被硬生生地扭

---

① 兰开夏郡位于英国西北部，是著名的纺织工业中心。——译者注

曲，以至于那只脚可以独立于腿一圈又一圈地扭动。

在很多地方，城市居民须向乞丐王缴纳保护费，以求得到平安，倘若拒绝缴纳保护费将会给自己带来无穷无尽的麻烦。乞丐会聚集在一起向你讨要东西，直至他们的要求得到满足之后才会散去。

就在上城区的城门外，官员们效仿他们在省会的同事，在一个有围墙的院子里修建了一座或多座大型建筑并把目前重庆所有的乞丐——至少是所有被发现的乞丐——都集中在这里，他们告诉我们，这些乞丐被分为两类：

能够并愿意劳作的乞丐，他们衣食无忧。

能够却不愿意劳作的乞丐，他们食不果腹。

当然，对于病残的乞丐，政府会另外提供特别的食物。

目前，重庆很幸运地拥有一个非常能干的官员。在他坚持不懈的努力下，这个城市已经清除了大部分的鸦片馆和乞丐。当地人民对他怀有很大的敬畏之情，虽然他事必躬亲的方式让人不舒服，但也使他不容易受蒙蔽。每隔一段时间，他就会带着仆人和护卫骑马出城，前往一些他有公务要处理的地方。他的随从在外面等着他再次出现，但时间一分一秒地过去，却始终不见他的踪影。与此同时，这位精力充沛的官员换下了华丽的丝绸服装，穿上了卑微的苦力装束，绕道回家，顺便走访毫无戒心的市民，看看他们是否遵守了过去下达的各种命令。

"你是谁？这关你什么事？"他们愤愤不平地问这位消息异常

灵通的苦力。

"我是'巴县'。"[1]他回答的语调清晰无误。

在这位"巴县"的大力推动下,重庆周边地区的鸦片种植迅速得到制止。我们的东道主告诉我们,一两年以前,这儿乡间的大片土地上都种植着花朵鲜艳的罂粟——白色的、淡紫色的、粉红色的——而现在则很难看见这种植物的痕迹。在扬子江两岸的各个地方,我们都注意到,蔬菜和罂粟是并排种在一起的。毫无疑问,注重实际的中国人认为,假如地方当局下令销毁罂粟的话,至少他还有蔬菜可以留下来维持生计。

今天早上,阳光自从我们来到重庆以后首次驱散了迷雾。天气就像是英国温暖的春日,黛博拉和我外出散步,穿行于坟墓之间。这听起来像是个令人毛骨悚然的地方,但我们也没有别的办法。重庆是一个半岛,建在岩石上,或者说建在扬子江和嘉陵江之间的一座石山上。该城只有一个陆路城门,出城门后沿长长的石级而下,经过一些小商店和房屋,就到了"亡灵之城"。[2]

在一个山谷里,矗立着一座新建成的"乞丐之家",周围几英里外都是长满青草的坟丘,那可是好几代人的坟墓。

我们沿着去成都的大路向前走啊走,两旁都是坟墓。路上交通繁忙,行人来来往往——挑着重担的男人、抬着轿子的男人,还有只身一人的男人,或坐在驴背上,或坐在体形小巧而憔悴的小

---

[1] 巴县,位于今重庆市,这位官员用自己管理的辖区来指代自己。——译者注
[2] 即重庆通远门外的大片墓地。——译者注

马的背上，几乎完全遮住了它们鼓鼓囊囊的鞍囊。

最后，我们来到了一个小村庄。这里的街道非常狭窄，房屋拥挤不堪，阳光几乎照不进来。当我们站着环顾四周时，一顶轿子抬着一个奇怪的物体正准备从我们身边经过。我们瞥见一双穿着精美绣花鞋的小脚从绮罗门帘下露了出来，在轿子门帘的顶上，一只精神矍铄、羽毛苍白的公鸡昂然而立，悠闲地打量着周围的一切。那双脚的姿态显得有些僵硬，轿中坐着的主人那装饰得颇为精美的头一动不动，我们觉得有些奇怪，再多看了一眼，才恍然大悟，从这群漠不关心的人群中快步走过来的轿夫抬着的原来是一具尸体。那只公鸡，它应该是一只白色的公鸡，之所以站在轿子的顶上，是为了把亡者的灵魂引向正确的方向。那位死去的姑娘身上穿着的当然是她最好的衣裳，衣裳数也许是一个奇数，因为偶数被认为是不吉利的，可能会引起其他家庭成员的死亡。在亡者的衣着方面只有一个禁忌，即不能穿动物毛皮制成的衣服，否则亡者会在转世时成为一个动物！

归途中，走进陆路城门之后，我们来到一片开阔的平地上，这儿就是"阅兵场"，其两边都被城墙包围。站在城墙上，整个重庆城的景色尽收眼底：但见那一片片破旧的棕色屋顶重重叠叠，挤在一起，似乎濒临倒塌，即将坠入下面的大江。西边是满是坟茔的山丘，东边是流向扬子江的嘉陵江。

在这个季节，河床上一部分是沙，一部分是水，勤劳的中国人已经在沙地上种上了蔬菜！对于勤奋的中国人来说，没有所谓的穷乡僻壤，也没有过不去的山坡，没有变化莫测的河床，更没有克服不了的困难。我们伸长脖子，想看一下城墙的外沿——当时我们站在城墙顶上，俯瞰全城——只见一小片一小片翠绿的莴苣从城墙基石缝隙间的泥土中探出头来。在前往传教使团驻地的下坡路上，更多"节俭"的痕迹随处可见。地面上晾晒着以百万计的羽毛，空气中似乎充满了令人不快的羽毛绒的味道。刚晒干的棉布晾在一条绳子上，而妇女们在她们简陋的房子门前忙着把各种颜色的碎布条粘贴在沙棕色的硬纸板上。纸板的大小约为1.5英尺见方，每张纸板从头到尾都覆盖着彩色碎布。它们被挂在绳子上晾干，也有的被放在平整的石头上，以用于同样的用途。

"这些碎布叫什么？"我们问道。

你猜它们是用来干什么的？哈，原来是用来做布鞋鞋底的。因此，当一件衣服旧得不能再穿时——尽管中国女子缝补衣服的手艺是多么高超，能使衣服的寿命延长数倍，但是当这一天终于到来时，衣服就会被撕成碎片，当然绝不会出现把碎布扔掉的现象，它们只是被用来做成了鞋底。

据说犹太人在中国几乎无人知晓——只有开封府尚存一些犹太人的后代——由此推测，我认为他们的勤俭节约和聪明才智始终无法与中国人相提并论。当然，中华民族是一个了不起的民族，认为中国人落魄、软弱的看法是十分错误的。中国民众具有很大的力量，并且知道如何运用这种力量。倘若政府推行一种被民众认为是不公正的新法律，或征收一种不公正的税赋，民众就会采取实际行动来进行抗议，结果那条新法律要么被废除，要么被修改，新税赋也会被撤销。我可以给你讲一个几年前发生在重庆的事例。一位有作为的执政者通过了一项法律，规定在城里购买并要带出城市的每一件商品都必须向政府纳税。为了执行这一法规，政府在城门处派驻了官员，以检查所有要带出城的物品。

民众对此进行了抗议，但没有结果。他们便立即启动了一项计划，该计划在几天内就产生了深远的影响。他们组织了运米工人罢工，不允许任何人把大米运进城市。一个个商铺都相继关闭，几乎所有的生意都停滞了。

那位得罪了民众的官员采用了在当时被认可的间接方式，任命了一位"中间人"来调查此事，这实际上意味着民众赢得了胜利。新的税赋被撤销，"中间人"难辞其咎，他们之所以被指定来做这件事，就只是为了当"替罪羊"。因此那位官员，正如俗话所说，"保住了面子"。而那位"中间人"当然也不会有什么损失，因为大家都知道，他的所谓过错纯粹是虚构的。民众得到了他们想要的东西，而"替罪羊"则在私下得到了一笔钱，以作为报酬。

这种"保住面子"（"面子"的字面意思是指外表，但其含义远不止这一点）的做法对于中国人来说，看得比西方人更重。这似乎是他们大部分社交生活的基调，在大多数意想不到的场合都会出现，为了面子，能把黑的变成白的，反之亦然。例如有人告诉我，一个传教士跟一位中国人前些天就"葡萄园的寓言"进行了一次对话。那寓言中有两个儿子，其中一个想去葡萄园但没有去，另一个并不想去但去了。在讨论这个寓言时，那个中国人说前一个儿子更值得称颂，因为他不但"保住了他自己的面子，还保住了父亲的面子"。

但我不能再跟你谈论这些形而上学的话题，因为我们必须为前往成都的陆上越野旅行整理行装，这趟旅行要走约300英里的路。这绝不是普通的整理行装。行李都必须仔细地称过，每一件行李都正好重达40斤。① 每一个苦力都必须在其扁担的两端各挑一件行李。它们必须保持平衡，否则他会抱怨，并且为了调整行李重量而浪费时间。假如这两件行李都分别轻于40斤的话，其他人就会抱怨，而且他们只需看一眼就知道，自己挑的重量跟旁边那个人挑的重量是否相同。

然而，我们的船舱行李箱却必须以不同的方式来安排。它们现在要由两个人来扛，按照规则，两人扛的重量并非等于两人挑的重量（即160斤），而是120斤。除非你亲手去称一下，否则你很难相信精准称重有多难。不是超重了一点儿，就是还差一点重量，循环往复，周而复始。至于铺盖，先是捆成铺盖卷，外面用油布包好，然后又打成一个大包，由两名苦力来扛。

要准备11天的干粮（其中10天赶路，星期天休息），盘子、杯子和桌布等都由伦敦会的传教士 P 夫妇去购买。他俩正好同时要去省府成都，并且好意允许我们跟他们一起去。他们将带上自

---

① 1斤约等于1.3磅。

己的3个仆人，所以我们就不需要再带仆人了。

这将是一支庞大的队伍：共有4顶轿子，每顶轿子都由三四名轿夫来抬；还有八九名挑行李的苦力，3名仆人，1名"夫头"①和2名衙役或"差人"——一种根本没有必要，但官员坚持要派的卫兵，因为这些官员觉得需要防患于未然，万一出了什么事，他们至少可以说，自己为保护外国人已尽职了。他们持有一封官方的信件，即关于我们的一份特别护照，到每一个新的县城，都必须将这份护照呈给衙门，并且更换卫兵。

我们将于明天，1月13日，出发上路。

幸好，此时我们已经熟悉了坐轿子的礼仪，知道在进出轿子时，只有男人才可以跨过轿子门前的那个横档。我们在中国属于明显劣等的性别，进出轿子时必须小心翼翼地从轿子门前侧面的竹杠上跨过去，否则前面的那名轿夫会拒绝再往前挪一步，而且无论如何都会认为自己受到了可怕的伤害，并想象假如再去触碰那个被女人如此无情跨过的横档的话，自己的肩膀上就会长出疖子来。

我很想知道，还有多少条礼仪我们必须记得。

希望我们能平安顺利地到达此次旅行的目的地！

你的，

V.

---

① 管理苦力的工头。

从重庆到成都的大路上

(1908年1月)

到现在为止，我们已经在路上走了3天了。它就像是一次梦里的旅行。你会感觉跟你的周围环境脱节，仿佛自己是在游行行列中被人抬着的一尊偶像，孤零零地坐在轿子里被人抬着，只有当前面的门帘被撩起时才能被人看见。旁边经过的行人会好奇地看着你，有的人甚至会停下来，一动不动地凝视着你。

一小时又一小时，一英里又一英里，轿夫们一直往前走，很少停下来，但每走100码左右就会停留半分钟左右，嘴里喊着"Pang go！ Pang go！"[①]并把肩上的短杆从一个肩膀换到另一个肩膀，长杆的一部分就挂在短杆上。轿夫们换肩的频率就像机器一样准确，与此同时我们被抬着走在一条著名的中国大路上，那条大路有600英里的路段是用石板横铺的。进入山区之后，石板路便换成了石级，路面的宽度很少会超过5英尺。

---

① 轿夫号子声。——译者注

在坟茔遍野的重庆山上，我们沿着山坡上的大路向前走，透过枞树枝丫的缝隙，可以俯瞰到下面的茫茫雾海。这座山实际上是扬子江与嘉陵江之间的一座山脊，但由于浓雾的缘故，我们连一条江的影子也看不见。我们从一个个石牌坊下面通过。这些石牌坊往往毫无征兆地突然冒出来，就像梦境中经常见到的那样。石板路又一次向山下延伸，并弯弯曲曲地在稻田里绕行，稻田的水面被猩红色的野草所覆盖。

第2天，我们天不亮就出发了，行进队伍被闪闪发光的红灯笼和黄灯笼所照亮。空中渐渐地出现了鱼肚白，一个被蓝色阴影所笼罩的世界被一道诡异而神秘的曙光点亮。我们踏着陡峭的石级开始上山，穿过三五成群、宛如威尔士亲王帽子上巨大羽毛的毛竹林，经过一丛丛黑松和长满蕨类植物与苔藓的岩石，又像变魔术般地回到了绵延不绝的蔬菜地和有可能是牛棚的农家院，其中还有被细心的农夫穿上草鞋的水牛。似乎是因为它们要走很长的路才能到达牛市，而穿草鞋是为了保护它们的蹄子不受损伤！

这条大路不时地消失在一个个拱形门洞里。我们沿着这条路走进去，发现自己所走进的并非一座大房子，而是一条街道，同时意识到那个拱形的门洞原来只是通向一个村庄的甬道。我们的轿子穿过了一个人头攒动、热闹非凡的农村集市。人越多，我们的轿子似乎就走得越快。"背啊，背啊，背啊！"[①]我们的轿夫们大声叫喊着，他们不顾一切地向前冲，把碍事的人推到一边，并狠狠地

---

① "小心背后！"

撞在那些没有让开的人的肋骨上。

大路上的通行规则似乎是，当轿夫大声叫喊、提醒旁人之后，他就可以放开手脚，推开任何挡住他去路的行人。即使在我们的轿子出现之前，这儿也几乎没有站立的空间，行人们竟然还能腾出足够的空间让我们的轿子通过，这真叫人惊叹。有时，一个背着婴儿的妇女果断地转过身来，用自己的身体给婴儿做缓冲，这让我们大吃一惊。然而，仔细一看，我们意识到，她的"疯狂是有原因的"。婴儿身上穿着厚厚的棉衣，他/她被保护得很好，正是出于上述原因，婴儿并没有受到任何伤害。

在旅途的第1天，一位身着紫色丝绸服、头戴大红和碧蓝色相间风帽的富商在我们面前"翩翩起舞"，就像一个鬼精灵。我们从未赶上过他，他总是在我们之前到达客栈，并且占据那儿最好的房间。我们只能退而求其次。

这儿是中国的西部地区，客栈里没有华北那样的炕，只有看上去已经很破烂的床架，后者在房间里占据了大部分的空间。墙壁上装饰着蜘蛛网，很有艺术感，房间内是泥地，床下的泥地松软得令人生疑；一张桌面有1英寸厚的桌子上沾满了油渍和污垢，桌上摆放着一盏点燃了灯芯的油灯，后者发出的气味多于光亮。窗户纸上频现破洞，谷仓似的屋顶很少能防雨。我们带的那块油布非常宝贵，我们把它铺在床上，把它靠在墙上，作为防御工事，以防止可能会遭遇的偷窥，并尽可能使我们自己和我们的物品远离"掠夺者"。幸运的是，在这个冬季，老鼠、蚊蝇等掠夺者并不像在炎热的天气里那么活跃，也不像在炎热的天气里那样多。

仆人王三在我们到达客栈之后便从客栈厨房里打来了热水。"拿热水"通常会带有一点烹饪的含义，偶尔还会有可疑的煮熟的蔬菜漂浮在"热水"上面。不过，能用上热水还是一件好事。水源似乎很充足，而且据说通往成都的大路上的那些客栈在中国都是数一数二的。我现在对它们已经比较适应了，但刚开始的时候却不免有些震惊。

在第2天的行程中，那位戴着大红色风帽的先生比我们更早出发，就好像是为了在我们到达之前抢占"上房"（最好的房间）。

四川客栈的建筑风格与北方客栈不同。即使是现在，这些客栈的入口也让我感到惊讶。突然，在一条大道上，轿夫们猛地向右或向左拐了一下，钻进了一个似乎正在进行烹饪的小吃店中间那狭窄而黑暗的甬道。原来这是客栈的厨房，但轿夫们并没有停下来。他们匆匆走上甬道，甬道变成了一个狭长的院子。它让人联想到马厩小道，但它却是客栈的正厅，两侧的门是卧室！远处稍高的地方，矗立着一座小亭子，这就是"上房"。有时主人会在门前用薄薄的木隔板或装饰性很强的屏风把它与主院子隔开，这可能有助于阻止邪灵进入。一般来说，"上房"有两间侧室通向外面，先来先得，第一位愿意付钱的客人就可以住进这间套房，每天的房费相当于英国货币中的3.5便士！

一个苦力只需付20个铜钱（还不到半便士）便可租到一床被褥和一个可以躺下来过夜的地方！只有一个规定，即他在睡觉前必须洗干净双脚和脚踝。洗脚必须在公共场合进行，洗过脚的人必须小心翼翼地绕开那些倒掉的脏水。"上房"要比其他房间更大、更豪华，但通常会有一股猪圈的味道。房间里有木制地板，家具则是由一张大桌子和几张坚固的椅子组成，房门上方刻着的金色大字也给人一种古典的感觉——若非中国学者，一般人是无法理解那些奇怪的短语的，而且很可能每个学者都会给出不同的解释。我倒是很想知道，那些学者会怎么解释"群星云集"（stars many, clouds wait）和"金马玉堂"（gold horse, gem hall）。

在一个寺院的庭院里，我们看见一些团丁集合在那儿进行军事操练。我们当时正好是步行的，所以在那儿停留了一会儿，观看团丁们操练。这些新兵好奇地围着我们看，并让我们看他们手中的步枪。这些步枪是最老式的和最原始的，而且枪身锈得很厉害。有一支步枪的扳机被细绳牢牢地绑住，但在没有弹药的情况下，那扳机还是可以设法用来操练的。这些步枪的主人也许还必须自己掏钱买火药和子弹。我记得芝罘的武装警察就是这么做的，其结果就是那些步枪都是从来没用于实弹射击过。

我们询问一位团丁的年龄。"十多岁。"对方答道。有人轻声说自己16岁了，可他看上去只有12岁！然而，即使是生锈的步枪，对于几年前（1898年）还在用的弓箭来说，也是一种进步。在过去的日子里，"弓箭手射箭时的态度要比击中靶子更为重要"①。

---

① 引自 C. 贝雷斯福德（C.Beresford，1846—1919）的《中国的解体》（*Break-up of China*）一书。

在芝罘的时候，人们曾经告诉过我，他们还记得在甲午战争期间，清军与日军打仗时一败涂地，许多清军兵勇在溃逃时手里仍拿着扇子和鸟笼。

按照一位著名权威人士的说法，清军兵勇具备了一位好士兵的所有特征："冷静、顺从、容易管理和极高的悟性。"

后来有一支队伍从我们身边经过，沿着蔬菜地中间的一条标志路径快速向前行进，士兵们穿着鲜艳的猩红色上衣，上衣上面缝了一道黑色天鹅绒的斜杠，他们的辫子缠绕在头上，用黑色的头巾遮住，肩上挎着枪，还有闪闪发光的黄色油皮伞。这些士兵护送着一长队苦力，每个苦力都扛着一个沉重的木箱，木箱里装满了由我们经过的各个城市缴纳的贡银，这些银子是用以维持四川军队的军费。这些士兵的军饷是每月3两银子（约合9先令），他们得用这些军饷来维持自己的生活。汤米·阿特金斯[①]对此会作何感想？

从对面又过来了一个迎亲的队列，走在最前面的那些男人都抬着举办婚礼的礼物——大块的猪肉、家禽（当然是活的）、棉布、丝绸衣服、用托盘盛着的糖果、家具等——紧接着是一大队举着旗帜的男孩子，然后就是新娘的花轿，轿子上大红色的门帘紧闭着，殿后的是一群衣衫褴褛的乐师，有人演奏着闷声闷气的音乐，有人敲着迎亲锣鼓。

---

① 汤米·阿特金斯（Tommy Atkins）是英国士兵的绰号，特指英国的正规军。——译者注

昨天我们走了 40 英里，这可是一段很长的路程，最终在一个异常整洁的"春之源"客栈停下来留宿。今天，我们这群人好不容易才使疲惫的身体恢复了过来，但可怜的黛博拉，这一天却过得很糟糕。在赶路一个半小时后，我们来到了泥河（Ni River）岸边，我们在那儿坐上了小船——轿子、苦力、乘客——随着湍急的水流，在陡峭的林间河岸之间顺流而下，河岸上的竹子弯着腰，在水中捕捉着自己的倒影。我们正享受着这种交通工具的变化，却突然间吃惊地发现，轿夫们（其中有几个患有疥疮）正悠闲地躺在轿子里的坐垫上，而我们暂时放弃的轿子已经被抬上了另一艘船，眼前这一幕给我们的未来蒙上了一层阴影。

中午时分，我们在迄今所遇到的最好的一个客栈里停下来休息。午餐桌诱人地摆放在客房前的院子里，客房被精心装饰的绿色大门与客栈院子隔开，院子里摆放着灌木和夹竹桃盆景，但由于黛博拉的失踪，我们的用餐时间被耽搁了。我们召来了夫头，在派出了传信人之后，我们焦急地等待着。一张卡片被送到了县衙，要求衙役到街上去查寻黛博拉的下落，因为有一顶丢失的轿子被抬进了城门。那些人似乎是穿过城镇，径自去了餐馆，黛博拉则被放下，等待他们把午饭吃完。需要责怪的是夫头，他应该管住自己手下的轿夫，不让他们走散。

我们还没开始用餐，县令就已经亲自赶来调查此事，并向我们道歉——为需要道歉的任何事道歉！我提及这一点，只是为了说明在这个时代，清政府对于"洋人"照顾有加。中国有句老话："官皱眉时，犬亦皱眉。"然而当下，官员的皱眉已经变成了微笑，狗也亦然。

今天早上有5位精干的士兵前来护送我们，这表明县令对我们这一行人特别重视。每个士兵都斜挎着一个存放大刀和雨伞的蓝色布袋，就像我们存放高尔夫球杆的袋子。但我们没走多远就设法甩掉了其中的3位，从而在一定程度上减少了当天的开支。我们敏锐地猜到，剩下的两个人中，有一个把这份"汗流浃背"的工作交给了一个流浪汉，他唯一的标志是一顶（借来的）有着红色顶戴、帽檐上翘的官帽。他的脚上除了一双草鞋外并无其他，蓝色布袋又旧又皱，至于他那顶平展的蘑菇状草帽，则垂在背上，为借来的"翎子"腾出了空间。

下午我们来到了一处盐井林立的地方。你也许知道，盐是由政府垄断的产业，但尽管如此，盐价仍然便宜得有些荒唐。盐井均排列在一条河的岸上，这是一条碧绿的河，就像是高山湖泊那样的颜色。制盐的装置是最简单的，包括一个用木头和竹子做成并由一头水牛驱动的圆轮，一根大约300英尺长的竹绳，以及竹绳拴着的一个竹筒。竹筒被放下到盐井里，通过吸力将盐水吸上来，排放到一个大桶中煮沸，然后再转移到其他大桶中重新煮沸，如此循环往复。

今天我们在资州①度过了星期天。不幸的是，昨天到达这儿时，客栈最好的房间已经被在路上超过我们的那些押解银子的士兵占据了。我们住的房间连窗户都没有，但屋顶上却有几个用以通风的洞。有一扇通往后院的格子门在有些场合下是可以打开让光线射进来的。这是我们这次陆上旅行出发以来所经过的第一个可以见到讲英语者的地方。有一个美国传教使团在此地创建了一个传教站，他们很客气地邀请我们去位于山腰、可俯瞰整个城镇的"美国屋"过安息日。

在传教站的上面，即那座山的山顶，有一座佛教寺庙。该寺庙是为了纪念一位死后被封为圣徒的挑水夫而建的，据说他的肖像被保存在一个非常平民化的雕像中。据说，在很久以前，这个挑水夫日复一日、年复一年地把水从山下的河里挑到山顶。他把工作做得很好，也很忠诚，但终于有一天，他体力不支，绝望地坐下来哭泣，就在他哭泣的时候，诸神显出了怜悯之心。在挑水夫脚下的土地上，出现了一口水质清澈的井。如今，水井依然存在，水井几乎占满了寺庙的内院。

我们漫步穿过无人问津的寺庙殿堂，布满灰尘的祭坛之上，金碧辉煌的神像在阴影中显得格外怪异。在一个单独的殿堂里，有

---

① 资州，位于今四川省资中市、资阳市。——译者注

在旅途上护送我们一行的两位士兵

在去成都的路上

100多个面目狰狞的神像，从巨大的金刚到微型的小鬼，密密麻麻地排列在四周的墙上。据说，中国有360个不同的行业，而每个行业都有自己的保护神。裁缝的保护神名叫"轩辕"，而且我们被告知，在他出现之前，人类都还穿着用无花果树叶缝起来的衣服！资州的这座寺庙中最受人欢迎的是药神。他身体的某些部位已经被磨得千疮百孔、凹凸不平，因为一代又一代祈求者曾经用自己受病痛折磨的肢体来摩擦药神雕像的木制肢体。

周一早上，我们准时出发，在一望无际的蔬菜地里走了很长的时间。中午休息时我们来到了客栈，住进了最好的一个房间。屋里除了普通的家具陈设之外，还摆了一口棺材。那棺材里是否有死人，我们没有勇气去刨根问底。幸亏我们不用在这个房间里过夜。

我想起在北京时东道主曾经告诉我们，有一次他到达目的地时天已经很晚了，客栈里所有的房间都住满了。客栈的老板，给予了天大的恩惠，提出让他睡在一口放在客栈里的新棺材里。我们的朋友听了有些吃惊，便犹豫了一会儿。一位旁观者走上前来，提出跟他换地方——他会让出自己的床，去睡在棺材里。该提议被接受了，可是我们的朋友躺在床上却很长时间都睡不着，并且浑身上下都留下了各种各样的小昆虫的咬痕。这时他才意识到，如果能睡在那口一尘不染、崭新无比的棺材里，那就要明智多了。中国人显然不像我们那么害怕棺材。我听说，临终的人常常穿着盛装，而平时，这些盛装被放在棺材里，随时准备迎接主人的死亡！

天气又变冷了，在冬天的寒风中看见人们在收获甘蔗似乎感觉有些奇怪。四川这个地区有不少甘蔗园，每隔一段时间你就能遇见一个甘蔗工厂。

我们进入一个甘蔗工厂去参观，没想到迎头遇上了宝贵的水牛！有两头水牛在并排拉动一块巨大的磨盘，磨盘把甘蔗压碎，并将甘蔗汁挤压出来。有一根竹管将甘蔗汁导入火炉上一口沸腾的大锅。房内共有7口这样的大锅，锅里的糖浆分别代表了整个熬糖过程中的不同阶段。最后一口锅中的糖浆已经开始固化了，看上去就像是深棕色的咖啡。站在大锅旁的工人在不停地搅动，用一个长木勺将糖浆从一口锅盛到另一口锅中，并且不时地把白色的猪油扔进锅里，以避免糖浆结块。

资州和其他地方都有炼糖厂，而且我被告知，烟土经常被用来精炼蔗糖。厚厚的一层烟土被放在糖的上面，届时它就会吸走糖中的杂质。

沿着大路继续往前走，我们遇见了一位坐在遮阳伞下的老人，他面前摆放着一张小桌子，他微笑着把我们拦住了，递给我们一个签名本，并且解释说，他是在为从重庆到成都的这条大路征募维修费。我们送给他两角钱（约5便士），他就让我们过去了。这是我们在这条路上的最后一天——而且是个下雨天。我们刚在山上度过了一个寒冷的夜晚，而今天早上必须踩着湿滑的石级下山去成都平原。有一个人脚滑了一下，差点儿摔倒，接着又有一人脚下打滑。因害怕轿子会因此倒翻，我们都下了轿子步行，于是便开始轮到我们脚底打滑、打趔趄了。轿夫们都带着草帽，形状就像是大型沼泽生物。他们很不愿意把自己的头打湿。按照迷信的说法，每一滴淋到他们头发上的雨滴都会变成一只（嘘，我必须放低声音）——虱子。

这些轿夫有很多迷信的说法，似乎有三个地方是他们怎么也不敢放下轿子或将轿杠换肩的：寺庙的前面，因为这也许会惊动菩萨；一座桥上，因为桥的守护神可能会生气；在雇用轿子的店铺前，因为怕别人会抢走他们的生意。这最后一点相当可怜！从西方人的角度看，轿夫这个工作挣不了什么钱。他们每天从天一亮干到天黑，只能挣400文钱（约8便士），从这点可怜的钱中他们还得付40文给保人，另付40文给夫头，剩下的钱用来买食物和付住宿的费用。而当他们失去工作后，真的是不"知道如何挨日子"（know how to go over the days）。①

经过一早上的跋涉，我们来到了成都平原，据说这儿是中国最肥沃的土地。这儿的土壤一年能产3茬庄稼，有时甚至是4茬。即使是在冬季，在水稻田之间还有绵延不绝的嫩豌豆和正在发芽的蚕豆，以及正在成长的麦苗和罂粟，也许还会有大量可用以产油的油菜，后者在四川随处可见。

---

① 相当于英语中的"to know how to make two ends meet"（"知道如何使收支相抵"）。

而成都平原的一种特产微型独轮车要比庄稼更令我们感兴趣。它类似成人版的儿童学步车，而且只有一个轮子，那轮子在一条深深的沟槽里运行，这条沟槽是几代人用手推车在石板路旁边的泥地上磨出来的，因为来往的车多了，它被磨得非常平顺。我们以0.5便士运13华里（4英里多一点儿）的市场价格租下了两辆独轮车，然后就上路了。下坡时的进程令人振奋。让独轮车夫"跑"起来，同时把我们自己的脚从车轮旁的脚踏板上抬起来，这样我们就不会感觉到颠簸，这感觉就像是一种轻柔的"滑行"。

时不时会有一辆独轮车朝我们驶来，脸上没有任何表情的中国人坐在低矮的独轮车上，把他的丝绸长袍挽起，以免沾上泥土，其尊严和荒诞形成了一个奇怪的对比。这一场景使我们有机会"像别人看我们那样来观察自己"。

独轮车的安全通行并非易事。因为，独轮车夫必须让出凹槽，在边上的泥地和车辙中挣扎。如果乘客明智的话，有时候他会暂时离开独轮车，当车轮再次回到凹陷的轨道上来时，他才重新回到座位上。

当我们从成都的东城门进城时，天正在黑下来。从开阔地和相对安静的菜地出来，我们突然发现自己被扔进了汹涌的人群之中，耳边是一片震耳欲聋的喧闹声——每个人都在喊叫，却没有人在听——每个人都试图向前走，无论是进去还是出来，但每个人都在阻挡别人的道路。

正当人群被挤得东倒西歪时，我突然发现了属于我们那艘船上朋友的仆人,他把一封信塞到了我的手里。他对我喊了一句什么,可是我听不清楚,我也对他喊了一句。就在这时,P先生突然现身来救我。似乎是朋友的朋友邀请我们去成都一个较远地区的青龙街。天正在慢慢黑下来,我们必须抓紧时间去那儿。告别了好心的护送者(他和我们不是一个方向),我和黛博拉被轿夫抬着带入了黑夜之中。

街道似乎永无尽头,路灯昏暗,只是不时地能见到从店铺里透出来的灯火。显然夫头及其手下的轿夫们并不熟悉这儿的道路。最后,在一个昏暗的偏僻街道上我们的轿子停了下来,轿夫们聚在一起休息和抽烟。接着,夫头拿来了一些火把。当我们再次出发时,夫头举着一个点燃的火把走在我的轿子前面。

在我看来,我们一定是已经出了城,来到了郊外。直到最终,在拐了无数弯和经过了众多的高墙之后,我们终于发现自己被带到了一个英式花园的小径上,两边都是草坪,深长的阳台下的窗户后闪着灯光。

一位中国仆人欢迎我们的到来。可是主人们一个都不在家,他说:"他们全都去礼拜了。"[①]我们迟到了这么久,毫无疑问,他们认为我们今天来不了了。当我们在一间豪华的英式卧室里安顿下来,脱掉沾满灰尘的衣服,然后在中国男孩的张罗下享用一顿丰盛的晚餐时,我们觉得自己就像是童话故事"三只狗熊"中的房屋入

---

① 即"他们全都去了教堂,参加礼拜仪式去了。"

侵者。现在，我们在一个舒适的客厅里，这让我们想起了家，坐在舒适的扶手椅上，靠着熊熊的炉火，《笨拙》（Punch）和《泰晤士报周刊》（Times Weekly）提醒我们，我们已经有几个月没有看到英国报纸了。唯一的麻烦是，黛博拉认定我们一定是走错了地方。中国男仆太有礼貌，以至于不会告诉我们要找的朋友其实并不住在这里，而且他那宽厚的笑容让人难以捉摸。无论如何，我必须就此搁笔，以便能及时把信寄出去。我将会在信的后面加一个附记，以便告诉你，在"三只狗熊"回家之后，将会发生什么事情。

你的，
V.

附记：

许多声音和脚步声把我们从火堆旁的沉睡中唤醒。门开了，进来了一长串人，房子的主人也在其中，他给了我们最热烈的欢迎，打消了黛博拉的顾虑。

除了我们之外，似乎还有9个或10个其他客人。住在成都的所有外国人本周显然都开放了自己的住宅，因为西部各省的代表都将前来参加在成都举行的"华西传教士大会"。另外还有来自中国其他地方的各位著名学者和教会要员。

成都

(1908年2月)

想象一下，在英国，15个银行假日①接踵而至，没有间歇——商店关门，生意停滞，游人疲惫不堪，整个世界都乱套了。把这种情况套到中国，就有了新春佳节。

在中国有一条不成文的法律，即所有的债务都必须在旧年结束时全部结清。在这一方面，英国效仿中国的做法可能会有好处。然而这个问题还有另外一面。的确，在新年来临前的最后几天，几乎有一半的人不是出去还债就是出去讨债。然而，很多时候，这似乎只是一个"重新调整"的问题，例如，从彼得那里借钱来还给保罗，然后通过向巴纳巴斯贷款，好与彼得结清债务。在中国，似乎没有人不借钱。无论贫富，全都一样。债务似乎给生活增添了乐趣。有时因信用度太低，彼得不愿意借钱，而根据国家法律，

---

① 银行假日（Bank Holiday），原是英国银行业法定假日，因银行歇业，各行各业都无法展开商业活动，所以逐渐成为英国公众法定假日的统称。——译者注

保罗在新年假期的15天期满之前不能提出诉讼。债务人完全破产的情况不仅有，而且并不在少数，他们宁可离开人世，也不愿在同胞面前"丢脸"。

我现在想到，在离开重庆时，我们的轿夫在第一个停靠点就被旅店老板讨债，双方免不了一番唇枪舌剑，其中一次争吵中还动了手，好在在外国教士的干预下，双方的诉求得到了解决，或者说，休战得以实现。

因此，由于在债务问题上已经有了一个"普遍共识"，接下来要玩的游戏更是"乱上加乱"，因为在新年假期的头几天，赌博盛行，这是中国的诅咒之一，实际上是清政府允许的。在每年的这个时候，无论年轻人还是老年人，富人还是穷人，都在露天街头，在庭院和屋里，在白天和黑夜的任何时候，沉溺于赌博，其程度几乎令人难以置信。

我很庆幸，在人们关闭店铺并退隐私人生活之前，我们见识了这个城市。我们对这座西部大都市早有耳闻，它拥有现代化的设施、学校和学院、兵工厂和造币厂、精良的军队和训练有素的警察。看到这座先进的城市在充满传统而非现代气息的城镇和村庄中孤独地屹立着，我不免感到有些好奇。

为了能鸟瞰周围的景色，我们爬上城墙，在城墙顶部走了几英里。我们本可以走完全程的14英里，但没有必要走这么远。这是一段时间以来我走得最无趣的一次。城墙的顶部——40英尺宽——是由石头砌成的，白色而光秃秃的，让人不禁联想到某个荒凉的海边阅兵场,尽管海并不存在。在我们的一边是成都平原一马平川的绿色,一望无际的蔬菜地中点缀着一片片茂密的杉树林和毛竹林,极目望去,远处云雾缭绕的,可能是西藏的雪山。在我们的另一边是绵延不断的褐色屋顶,偶尔被一片树木或一片平地花园所打断——一切都是如此平淡单调,没有任何突出的东西,没有任何吸引人注意的东西。

然而,街道本身并不单调。成都正准备迎接新年的到来。街道上摆满了卖新年用品的小摊,小贩们举着一大捆奇形怪状的品红色面具,或是举着高过头顶的木杆,上面挂满了门神的彩色画像,红色、黄色、蓝色、紫色,有些画像就是用来贴在房子大门上的。簇新的红灯笼随处可见,引人注目。还有给孩子们准备的玩具,中国孩子的玩具很少,这些玩具只有在新年的时候才买得到:各种尺寸和种类的风筝、覆盖着毛皮的泥塑动物(用绳子套住头荡来荡去)(可能是"空竹"的原型)和毛绒老虎。其中一些毛绒老虎并不是玩具,而是给夜不能寐的孩子们当枕头的,因为失眠被认为是邪灵所为,而据说邪灵全都害怕"百兽之王"老虎。

街道铺设整齐,治安良好。警察都是精干的小个子,身着深蓝色布料的半西式制服,头戴德国芝士帽,然而帽子下面的长辫子显得格格不入。

我们所住的房子离满城①的城门不远。成都跟北京一样,可分

---

① 成都满城,又称少城,位于成都老城区西部,是清廷为八旗兵及其家属专门修建的"城中城"。——译者注

为3个城区，但是皇城①的辉煌早已不在，只留下了一个影子。满城看上去就像是一个被人忽视了的村庄，被破败的城墙所包围，被茂密的树丛所覆盖。在树木之间，在长满青苔和杂草的道路上，矗立着历经岁月沧桑的房屋，那儿居住着最初满族驻军的后代。

200多年来，他们作为政府抚恤金领取者，过着"被诅咒的世袭生活"。这笔抚恤金的数目并不大，是每月2两白银（约5先令6便士）加上口粮。但那些邋遢的妇女、衣衫不整的孩子和懒洋洋的男人，闲散地看着我们经过，全都显示出一种生活今不如昔的景象。然而就在最近，满城风云变幻。由于担心国内反清社团的骚乱，政府一直试图通过减少满族人的抚恤金来讨好汉人。就在我们到达成都的前几天，那些被激怒的满族抚恤金领取者发动了骚乱。总督不得不亲自出面与骚乱者达成和解。他用含糊的承诺让他们平静下来。然而，普遍的看法是，政府已坚定地决定在不久的将来停止给满族人发放抚恤金，并给他们赠送土地作为补偿。经过了200多年的寄生虫生活之后，我们很难想象这些游手好闲的八旗子弟会突然间转变为农民。人们还不如期望一只饱受溺爱的波斯猫会放弃它用来盛奶油的碟子，转而到牛棚里去讨生活。满族人感觉自己受到伤害一事不足为奇。皇城甚至比满城还要破旧不堪。旧时的皇帝们倘若看到其"贡臣"（即"蛮夷"）的影响力

---

① 成都皇城，即明代蜀王府，后被张献忠在撤离成都时焚毁，清代康熙初年，在原址上将部分建筑改造为贡院，下文作者所述贡院，与皇城即为一地。——译者注

成都 / 177

在故国辉煌的废墟上大放异彩的话，定会气得浑身发抖。事实上，故国的遗迹现已所剩无几，除了一座据说有 2000 年历史的宏伟古城门，以及最近才刚刚修复的一座古庙。眼前一片荒凉，巨石遍布，风雨侵蚀，楼宇摇摇欲坠，这就是旧时贡院所留下的全部遗迹。那儿残留下来的零星号舍令人联想到一个用石头搭建的狭小鸡窝，既潮湿又阴暗，其长度连一个人想要躺下来都很困难。怪不得旧时有些参加科举考试的考生在进入这些号舍之后就再也没能走出来。我听说在南京举行乡试期间，"平均每天有 25 人死亡"。为了完成考试所要求写的策论，那些考生不得不被关在那些号舍之中，在那儿度过许多个日夜。尽管采取了各种预防措施，但是作弊仍然在所难免。总有考生将小抄藏在袖子里，或通过贿赂监考人员，把"枪手"带进来，替他们完成作文。然而就像别处一样，这儿的旧秩序也已经得到改变。就在贡院那些号舍的废墟旁边，已经建起了砖木结构的新式公立学校——崭新、炫目、如梦如幻。薄薄的门窗木框被漆成绚丽的皇家蓝，纤细修长的墙壁则是耀眼的白色，建筑物——主要是环绕铺着石板庭院而建的单层楼——看起来就像洗澡棚一般脆弱。人们不禁要问：这样的学校能持续办多久？于是便会想到，旧传统几百年以来一直僵化不变，而新事物就像蘑菇一样，在一夜之间便大批出现在各个令人意想不到的地方。我收回"蘑菇"这个词，它给人以错误的印象。因为成都毕竟是在与时俱进，创造奇迹。而且，它本身就是一个奇迹。我记得毕晓普夫人[①]在其10年前的游记中,对成都简直是赞不绝口,在那一章的结尾处下了一个结论,说成都作为一个城市,"绝对没有受到任何欧洲的影响"。

在我们参观的那一天,那所砖木结构的学校空空荡荡的,因为学生们都回家过年了。我们被告知,那些男学生到学校是来学习西方语言的,是为了以后去西方国家接受进一步的教育。在大多数情况下,这些留学生的费用是由政府资助的,政府采用这种方法来培养接受过西方科学训练的官员。

参观完公立学校,我们又去了成都一位精力充沛的官员所创办的改革项目之一的"乞丐学校",大约有200个乞丐住在那个学校里。在一个阴暗的教室里,一排排乞丐学生正冷漠地等待着他们的下一个转机。这些人看起来都是脏兮兮的,衣衫褴褛,穷困潦倒。有些人面呈土色,几乎快要饿死。我们的向导告诉我们,在这批乞丐学生中,有些人是刚从街上带回来的。其他教室则呈现出更为欢快的景象。老师正在给学生们进行各种行业的指导,如纺织、玻璃抛光、图书装订、铅字切割等,总的说来,这些教室秩序井然,而且相当整洁。

成都是一个教育中心。城里有大型的工业学堂,学堂里还有一个仓库,学生制作的产品是可供销售的——丝绸、黄铜、漆器、

[①] 毕晓普夫人,全名伊莎贝拉·露西·伯德·毕晓普(Isabella Lucy Bird Bishop, 1831—1904),英国著名旅行家。1879年起,她在中国多个城市旅行,留下诸多照片和文字资料。——译者注

家具等。成都还有一个师范学院、一个专门招收外省商人和官员子女的学校、一所军校，除此之外，还有一个奉光绪皇帝特旨创办的四川中西学堂①，由一位英国人担任校长。成都的主要街道——或主要街道之一——跟学校一样深受西方的影响。廉价的"洋货"店铺已屡见不鲜，让人想起英国国内的一些"伪劣"商场。在那些商场里，所有的商品都被贴上了"6.5便士"的标签——而且很可能是"德国货"。事实上，中国这边的廉价搪瓷器皿、彩色玻璃和人造皮革，以及用纸板和彩条裱起来的镜子，通常都是"日本制造"。"一朝被蛇咬，十年怕井绳。"（once burnt, twice shy）中国人开始发现，那些货品的质量并不像它们表面看上去那么好。所以廉价洋货店铺的生意将会逐渐衰落。我们在迷宫般的街道上迷了路，最终来到了邮电局，想买一些明信片，但是它们都被卖完了。管理邮局的一位英国人非常客气地派了一位邮差带我们回到了中国内地会的驻地。

四川省的总督有一天正式拜访了住在成都的"洋人"。他是一位清癯的老人，因戴着一副角边眼镜和文人常有的弯腰驼背而使他看起来有点古怪。唯一引人注目的是他身上那件华丽的裘皮大衣。他的随从都面无表情，他们站在两边一动不动，就像荷兰玩偶一样。然而他们都穿着棉衣，所以显得比荷兰玩偶要更胖一些。曾经在西方国家旅行过的通译是总督随从中唯一认为下属不必唯唯诺

---

① 该校创建于1896年，被认为是四川大学的源头。——译者注

一肩挑的食摊

过年时的问候

诺、低眉顺眼的人。

要过年的话，首先得储备15天的食品，并进行一定程度的大扫除，而且要在规定的时间里。然后还有债务问题要解决；新衣裳要买，或借，或从当铺租出来；还要把写有新年警句、谚语和圣人名言的对联贴在门柱上（正在服丧的家庭会采用蓝色或白色，没有服丧的家庭则用罂粟红的颜色）；最后，在大门上还必须贴上"门神"。这是两位唐代著名将领的怪诞肖像画。他们死后，他们曾为之立下赫赫战功的那个皇帝得了重病。传说这两位将领的灵魂出现在皇帝的梦境中，为他保驾护航，使他战胜病魔，恢复了健康。皇帝为了表达感激之情，特封这两位将领为自己宫殿的门神，因此人们认为，他们出现在大门口可以防止邪灵进入。偶尔会有一位市民弃用门神，在贴门神处写下这两行字："只求良心无愧，何须驱鬼门神？"在春节那一天，大家都会外出去给别人拜年。来访者会将名片放入挂在门上的一个福袋内，来访者多的人家门上插满了这类纸片，而有些人家的门上则几乎没有。孤零零的门上只插着一两张名片，看上去真觉得有些可怜。但无论如何，人们在这方面还是非常直截了当的，不会有人试图去造几张"假名片"。从我当时在场的情况来看，这些拜年来访的持续时间都不会太长。来访者身着盛装，庄重地向房间里的每个人拱手致意，说上几句客套话，露出热情的微笑——我认为他们笑得太过分了——然后就告辞了。在客堂里，茶和蛋糕被端上了餐桌，让所有愿意吃的人随意品尝。女孩和年轻妇女的服装颜色搭配有一条规则，那就是它们应该相互冲突，而不是相互协调（至少在我这双未经训练的眼睛看来是这样），例如，粉红色的裤子，配搭的则是大红色的上衣，而"绫子"，一种戴在头上的丝绸绣花带，则是各种颜色的混合物，其中以紫色和珀蓝色为主。所有衣着得体的人脸上都抹上了厚厚的粉，并在最不自然的地方涂上胭脂（有时包括鼻尖和眼睑）。

大年初二，我们以前从未见过的两位妇女和一个儿童来到了我们的房间。在跟大人客套了几句之后，我转头去跟那个孩子说话——这是个四五岁的小姑娘——她母亲见此，马上就把小姑娘推向了我，说着"我自己的"随之要把礼物塞给我，我笑着谢绝了。

宴席是过年的主要欢乐。"张"（Tsan）这位灶神在过年期间是一个特别重要的角色。据说他对每个人的缺点和劣迹都了如指掌。当他进行一年一度的天国之旅时，人们会在他出发前用糖涂抹他的嘴唇，以诱使他能为他们的所作所为多美言几句。他会在大年初一出发，所有有能力的人都要为他提供纸马和其他旅途必需品。在农历正月初四，他又会回到人间，为迎接他的归来人们会做大量的准备工作。

除夕那天，大家都会守夜，等待新年的到来，以便他们能"在世长久"（days maybe long in the land）。半夜刚过，祭祖仪式就开始了。人们向皇历书上所标示的那部分天体表示敬意，因为据说"喜气"（sprit of gladness）就是从那里发出的。接着，中国人就开始一个接一个地过他们的 15 个银行假日，而我们则站在外面不耐烦地"刨"着地,渴望离开。然而,我们遇到的第一个困难就是仆人。在过年期间根本找不到仆人,而某种形式的随从对于下一阶段的旅行至关重要,因为我们再也没有朋友可以依靠,而必须转而依靠自己。另一个必要条件是找一个裁缝。但是在过年期间裁缝是无论如何也不会开工的。对于其他人来说,情况也是如此。洗衣工、鞋匠和皮匠全都在度假过年。店铺的格调越高,生意越好,过年关门的时间也会越长。

与此同时,我们就在店铺外面等候,冻得直哆嗦。天气很冷。大家都说,冬季最冷的部分就是在过年的时候。风吹起来冷得就像下雪天,然而在四川下雪却是一件稀罕事。不过,我们意识到,天气一定比感觉的要更暖和,因为花园里盛开着重瓣雏菊,而甜威廉花也即将绽放。然而,潮湿的空气是如此无孔不入,以至于没有人感觉到温暖,也许除了中国人自己,他们现在的体形几乎是夏天时的两倍,这是因为他们穿了很多层添加了棉絮和毛皮衬里的衣服。他们不明白为什么西方"蛮夷"要把那么多钱浪费在白白烧掉的煤炭上,而不是去投资裘皮——因为裘皮是可以长久使用的。在保存裘皮的技艺上,中国人堪称大师,许多富人在夏季时会把他们的裘皮衣服典当掉,仅仅是为了省掉维护裘皮的麻烦。冬季开始的时候,这些裘皮衣服又以极佳的状态回到了富人的手中。我一直想为自己买一件冬天穿的裘皮大衣,因为我曾错误地认为四川的冬天会跟埃及北部差不多(成都的纬度几乎跟开罗的纬度相同),所以我并没有带任何足够保暖的衣服。但是我们又一次遇到一个无解的题:现在是过年期间,没有任何一家裘皮店铺是开着的。

虽然店铺的门和窗户都关闭着,但街道上仍然是色彩缤纷的。门口晃动的大红灯笼、门柱上的红色卷轴、门上的门神画像、身着节日盛装的闲逛者和过路人、裹着大红外衣的婴孩、穿着罂粟红色长裤的大姑娘、身披紫色丝绸或淡绿色和金色毛绒华丽长袍的父亲、黑发上插着彩虹般各种颜色的人造花结的妇女。中国女子的头发总是梳得一丝不苟——无论富裕或贫穷,全都是一样的。光滑油亮的发丝紧紧盘绕,几乎就像光亮的黑色绸缎。她们对"洋女子"的蓬乱卷发频频摇头,不明白洋人为什么不用刷子或梳子理一下头发。

让我们再回头说一下过年。

在一条主要的大街上,我们遇到了正在上演的"皮影戏"。舞台是一个用木棍支撑起来的平台,演员则是幕后艺人巧妙操纵的皮影人。在舞台和观众之间挂着一块白色的幕布,后者给这一场景增添了一丝魅力和神秘感。这样观众所能见到的只有皮影人在幕布上的影子。它们显得如此奇特和真实——被幕布柔化和理想化了——以至于人们几乎可以把这些皮影人想象为小人国的真人。站在观众中间的我们也许是被艺人看到了,过了一会儿,一个新的皮影人出现在舞台上,从其纤细的腰肢、狰狞的帽子和荒诞的解剖学比例来看,中国人眼中的"洋人"原来就是这样的。观众们哄然大笑,我们听不懂他们在说些什么,所以最好还是走开。

我们曾想从四川省北部的陆路返回,但朋友们极力劝阻我们不要这么做。他们知道如果有一个可靠的人可以跟我们一起去,情况可能会有所不同,但在一年的这个时候,似乎很难找到一个合适的仆人。轿夫们可能会要求我们预付大部分的钱,而且他们认为我们不懂语言,完全任由他们摆布,很可能会把我们送到某个偏僻的地方,然后自行离开,衙役们也会跟着离开。我们想起了毕晓普夫人的衙役们,他们在她受到攻击的那一刻抛弃了她,事后还为自己开脱说:"两个人对付2000人有什么用呢?"

剩下的唯一选择就是走水路回去,沿岷江而下,直到在叙府①汇入扬子江,然后前往重庆。这趟旅行应该花费12天的时间,途中还可稍作停留。

与此同时,我们也在计划一次陆地上的旅行,前往灌县②去看一下那儿令人惊奇的水利灌溉工程,而且它的完工比基督诞生还要早200年左右。成都平原之所以土地肥沃,粮食高产,有赖于此。

最后,我们终于找到了一个仆人。然而他目前仍在家过年,要等到下一周才能前来任职,不过他派来了一位名叫"老周"的人临时替代他——这是一位仪表堂堂的"乡下佬",从未给洋人当过仆人。

---

① 叙府,即叙州府,府治位于今四川省宜宾市。——译者注
② 位于今四川省都江堰市。——译者注

出发的那天早上，我们在走出成都城门时看上去一定像一支心情忧郁的小队伍。它包括两顶各配3个轿夫的轿子，1个挑铺盖的苦力，2个受衙门遣派、身穿大红色上衣和赤脚的士兵，以及因泥泞而小心翼翼地把自己的蓝色衣服掖起来，并手持一把黄色油布伞的老周。天公不作美，下起了淅淅沥沥的小雨，天气格外寒冷。每个人看上去都忧心忡忡：即使在店铺外烤着铜火熜，还在瑟瑟发抖；或垂头丧气地在黑色泥泞中跋涉。大多数步行者是赤脚的，有些人是情势所逼，有些人则是为了省钱，因为倘若让这样的坏天气毁了靴子的话，那就太可惜了。轿夫们不停地喊着"滑得很！滑得很！"他们在泥泞中没有滑倒，这真是个奇迹——我们的轿子也跟着沾了光。因身体被冻僵，我们提出下轿行走，但老周和士兵听了都直摇头。"走不得！"他们说道，而且他们这么说是对的。我们在一个肮脏的客栈里吃了中饭，那儿最好的房间是一个摆了张床的马厩。老周很想帮忙，但是我们奇怪的食物令他百思不得其解，尤其是罐头食品。最后我们给了他一块干净的洗碗布，让他去洗碗。于是他便拿着这块洗碗布去擦拭盘子，而不是用水去洗！在我们更加详细地向他进行了解释之后，老周匆匆离去，但这一次他洗的并非午餐的餐具，而是那块洗碗布！

那天晚上我们在郫县过的夜，并住进了客房。起居室虽有屋顶，却没有墙。由于夜晚气温很低，我们便选择了边上两间可睡觉的偏房。出乎意料的是，偏房里的家具还不错，除了一张桌子和几张椅子，还有一个巨大的床架，老周已经在这儿铺好了床，尽管他对英式的被子和枕头感到困惑，不知道该怎样对付它们。

中国人上床后，就像一个蚕蛹那样蜷身躺在被窝里，一条厚被子就绰绰有余。洋人却要每人两条厚被子，外加毯子和被单，以及两个枕头。这些"外国人"真是奇怪得很呐！

我们晚饭想吃鸡蛋，当炒鸡蛋端上来之后，我们又要求上"干饭"，在这个生产水稻的省份里，几乎每个客栈的厨房里都有白米饭。结果老周走了一会儿之后，端回来更多的炒鸡蛋。我们只好放弃了干饭。也许我把"饭"这个音发成了近似"蛋"的音，或者是把声调弄错了。

我们认为第2天不会下雨，计划在灌县度过第2天下午。在我看来，这趟旅程刚出发时，每走五步，我们就会因打滑而后退一步——整个人就像是在泥泞中滑行。不过，随着时间的推移，天气和景色都有所改善。从成都周边深耕细作但相当单调的农田中，我们进入了山脚下树木繁茂的平原。在一片平坦的土地上，竹子、柏树、一种桃金娘树和柳树以近乎热带的茂盛姿态，成簇地突然出现在陡峭、连绵的山丘脚下，山丘上的树木比平原上的还要茂密，但山顶上那一圈都是新落下的雪。

下午早些时候，我们先派一名士兵带着一张字条去找中国内地会的H夫妇，问他们是否愿意让我们在那里过一夜。我们满心希望他能提前到达，但他似乎只比我们早到了两分钟。我们的朋友

（H夫妇）以值得称赞的技巧掩饰了他们的惊讶，从他们对我们的欢迎程度来看，我们可能会以为我们已经被期待了几个星期。那是一座中式四合院，即围绕着一个铺石板的庭院的单层建筑，大门通向一条有许多牌坊的街道。起居室里没有炉子，有些窗户也是用纸糊的，但在一个乌木架子上放着一个精美典雅的黄铜锅，里面装满了燃烧着的木炭，这就是起居室里的火炉，相比于炉排和壁炉，它的艺术性要强得多。

第2天，天还下着毛毛细雨，我们出发去看都江堰的水利灌溉工程。"中国人在公元前200年完成的宏伟工程，而且是偶然完成的。"这应该是一句引语，但我反对其中的"偶然"一词。为什么没有人说中国的陶瓷、印刷术、火药和指南针这四种伟大发明是偶然完成的呢？在这些事情上，中国人的确功不可没。

建成都江堰的荣誉归于蜀郡太守李冰和他的儿子。从西藏山区流出的一条不大的江河被一分为二（正式名称为内江和外江）。这两条江后又分成了3条江，而这3条江又生出了无数的小支流。

现在来看一下工程方面的壮举。离开右边的城市，我们沿着一条宽阔、水浅，然而流速湍急的河边的草丛小路前行。渔夫们蹚过齐腰深的水在捕捉鳟鱼。河水绕过一个树林茂密的拐角便消失了，我们沿着河道继续前行，但不是沿着河岸走，而是穿过了树林茂密的山丘顶上的一座寺庙；但当我们下一次看到河道时，河水已经变了模样。河道变窄变深，河水呈现出冰川湖的蓝绿色，快速地从100英尺深的岩石悬崖之间的阴暗裂缝中流过。在岩石上，树木丛中，矗立着为纪念李冰父子而建的二王庙；在悬崖脚下流淌的这条"翡翠河"根本就不是天然河流，而是第一条人工水道，那100英尺高的岩石早在公元前200年就已被打通（可能是通过爆破）！① 夏天，当河水满溢时，巨大的洪水流经峡谷，如果任其发展，可能会造成难以言状的破坏。然而，经过巧妙的设计，多余的水流在撞击岩石时，会以巨大的力量回流到溢流口，而溢流口正好对着被李冰凿开的山丘，水流从溢流口又回到了原来的河床。

从寺庙山丘下来后，我们沿着"翡翠河"的石岸继续前行，想看看河水从其源头流下来的地方。人们正忙着修缮旧堤坝，这种堤坝是用一个个竹篾箩筐堆积而成的，这种箩筐就像是巨大的废纸篓，长达十多英尺，里面密密麻麻地装满了大小不一的石块。装满了石块之后，这些竹篾箩筐会逐个叠加，直至筑起一道坚固的屏障。这些灌溉工程的维护费用是相当高的，一部分由受益于这些灌溉工程的诸县的税收来支付，另一部分是由清政府下拨经费来完成。成都平原宽约200华里，长约300华里，② 几乎完全是由流经灌县的这条河的各条支流灌溉的。修缮堤坝的劳工来自四川各地。每年都会对所有水道的堤坝进行一次彻底维修。为了做到这一点，要通过简单而有效的方法依次切断每条河的水源。当我们

---

① 现在通常认为，李冰开凿宝瓶口使用的是烧石开山法，民间亦有诸多传说与此印证。——译者注
② 今所称"成都平原"通常是指以都江堰为顶点、以成都市区为中心的岷江、沱江冲积扇形平原。此处作者的数字与今天的地理数据并不一致。——译者注

灌县人工开凿的峡谷

灌县临时筑起的堤坝

到达"翡翠河"与原来的老河道的交汇处时,几天后要对老河截水的路障刚刚完工。河床上牢固地固定着用木棍做成的三脚架,竹席之间用无处不在的石头砌成了坚固的防御工事,三脚架支撑着整个防御工事的重量。沿着山谷再走一小段路,我们就到了一座著名的索桥旁。桥全长1/4英里,由6股粗壮的绳子组成,上面横七竖八地铺着一些零散的木板。整座桥以最优美的方式弯曲着,固定在地面上的石头支撑物将绳索固定的地方抬升,在支撑物之间向下倾斜。它摇晃得很厉害,但显然非常坚固;轿子、挑着重担的苦力、水牛、猪,还有川流不息的人群,整天都在这里来来往往。我们还参观了华丽的李冰寺庙,这是整个中国最精美的寺庙之一。

我们爬上山坡,来到金门——那是一扇闪闪发光的镀金雕刻大门——沿着长长的宽阔台阶,来到一个又一个庭院。整个地方保持得非常漂亮。寺庙里弥漫着一种繁荣和庄严的气氛,这在道教寺庙中是非常罕见的;锃亮的漆柱、耀眼的金色、雕刻和镂空,都在美感中发挥着作用。有人示意我们看李冰的名言"深淘滩,低作堰"。这句话用鎏金字体刻在墙上。我们走上了一层又一层石级,穿过了一个又一个庭院,但仍然只看到了寺庙建筑的一半。寺院中绿树成荫,花园时隐时现,尽管天气恶劣,那里的报春花和山茶花却开得正盛。我们被带到一个"神龟"池塘前。神龟躲在岩石下,岩石上缠绕着下垂的女贞,我们站在一棵神树下,这棵桃金娘树据说已有近400年树龄,插在树上的香火一直在燃烧。

幸运的是，第2天雨停了。我们在长岭铺睡了一夜，第2天早晨5点就上路了，期望能在当天城门关闭之前赶回成都。成都的城门守卫者有他们自己的一套办法。黄昏时，他们会在城门处点燃一支蜡烛，以作为即将关门的警告。一旦蜡烛烧完，城门立即关闭，再也不能打开，除非有生死攸关的事件发生。

今天，2月16日，或农历正月十五，即过年的最后一天，在中国的很多地方都被称作"灯笼节"（元宵节）。但是在成都这个西化的发达都市里，官方却禁止人们按传统在这一天举着灯笼上街游行，因为这样做经常会引起火灾。然而在我看来，当晚上街的大多数市民都跟我们一样，只是为了想看看能否碰上新鲜事。但除了拥挤的人群之外，唯一不同寻常的插曲就是县令亲临大街，与民同乐。护卫他的亲兵就像伦敦的救火车那样，以雷霆万钧之势，奔跑在街头，为县令开路。人群急忙后退，为县令及其随行人员让路。我在想，谁会愿意去当县令呢？跟救火车一样，他必须随时待命，日夜惕厉，赶往城里任何需要他出现的地方。一旦街上发生骚乱，他将会是罪魁祸首！

2月17日

今天，黛博拉和我要开始沿岷江顺流而下的旅行。但是，我们并没有发现新仆人在现场等待命令，出现的却是一位高等学府的校长。他来告诉我们,这位被聘用的优秀仆人正是自己身边的一位仆人。一两天前,这位仆人请假要回老家去"安葬父亲"。今天早上,校长才发现这场所谓的葬礼只不过是要跟两个外国女人一起顺流而下罢了——这种歪门邪道的行为背后有双重的原因。首先,这个仆人很想离开他原来的主人家,因为他跟那儿的其他仆人一直搞不好关系;其次,能够得到一个外国女人的"大师傅"①的新职位,对他来说是地位的提升,因为作为厨师,他可以比目前的"二师父"职位挣更多的工钱。按照中国人的礼节,他不可能以通常的方式向主人突然辞职,因为那意味着"丢面子"。而"埋葬死人"在中国似乎是一个老套路。因此,一位中国人在解释"让死人埋葬死人"(Let the dead bury their dead)这句谚语时说,很明显,连老天爷都知道没有死人可以埋葬,人们只是在找一个借口罢了。

我们担心这次行程将不得不推迟,可是不到一个小时,又来了一个仆人——老宗——一个古怪、枯瘦的小个子,长着一张尖尖的脸和一双像白鼬一样的眼睛。

他们说,他是个出色的厨师,但有一个最大的缺点,这让他在一个又一个场合中吃了亏——那就是太善于"揩油"②,只要自己不被揩油,他就认为揩油是毫无问题的。然而在船上,我们的朋友说,他购买食品的机会非常有限,所以他的"特长"无法得到

---

① 即厨师。
② "揩油"是指在每一次交易中获取不正当的利益。

发挥。

顺便说一句，为了在新的一年中保持身体健康，我们今天应该到城墙顶上去散散步。几乎全城的男人及其家眷都在那儿——熙熙攘攘，人来人往。人们称之为"百病游"，农历正月十六日大家都应该去户外走一走。

我们上船出发是在这一天的下午——那是一条小型的乌篷船，船上有拱形的编席窝棚，黛博拉和我将要在这窝棚里生活12天。我们的随从包括长相像白鼬的老宗师傅，两名衣衫褴褛、看上去很可怜的衙役（可能是乞丐，这份工作是他们用汗水换来的），以及包括船老大在内的4名船夫。老宗看起来很聪明，唯一的麻烦是，他也许会被证明是聪明过头了。

我将会在离开之前把这封信寄走。我想在我们到达万县之前，它就会被带到那儿了。

你的，
V.

在岷江上

(1908年2月)

此时我们正在一条处于枯水期的江河上,这里是深入中国内陆 2000 英里的地方。几个小时以来,船夫们一直在对我们的船又推又拉,越过各种泥泞和险滩。船时不时地被抬起来,但不是浮在水面上(江水已所剩无几),而是扛在船夫们的肩上。除了中国人——剽悍、坚毅、有耐心的中国人——没有人会认为值得在目前这种令人困惑的情况下尝试在岷江上旅行。

为了减轻这条船的重量,我们采取了各种方法。我们让两位衣衫褴褛的衙役上岸去步行,夜深之后,正当黛博拉和我准备睡觉时,有人要求把我们的箱子从船上搬走。我们很不愿意这么做,因为怕搬走之后也许就见不到它们了。然而老宗向我们保证,箱子不会出事。它们将被装到另一艘平底帆船上去运输,第 2 天早上我们就可以把箱子要回来。箱子搬走之后,船夫们又拿走了原来放在小船底部的那些木板、炊具、男人们的铺盖,就连我们的仆人也要到其他船上去过夜。夜已经很深了,但是除了黛博拉和我自己之外，船上显然没有人准备睡觉。我们最终凑合着躺在一张最原始的床上，即一床棉被加上一个搁在地板上的、用棕榈树树叶作为填充物的床垫上，在船被拖过泥泞和石头时发出的巨大声响以及船夫们的喊叫声中睡着了。

这一夜，我们的船一定是赶了不少路程。

第2天早上，天地慈悲，江水的深度已足以让船浮起来了。不时地会有一股急流使我们的船走得飞快。我们希望到周末时，船能够赶到嘉定①。与此同时，"白鼬"老宗为我们准备了丰盛的佳肴，尽管我们除了一个烧水壶、一个炖锅和最简单的食材之外，没有给他提供任何炊具。人们常说，中国人跟法国人一样，生来就是厨师。但是中国人在厨艺上超过了法国人，他们就是凭借这种厨艺成功地"用稻草制造出青砖"，并用法国"大厨"可能会扔进猪圈的食材做出了一道精致的菜肴。老宗的炊具就是船老大的那口"锅"（一种架在木炭炉上的金属大锅），他把大量菜肴放在盆里，用蒸汽烹饪：一道道菜肴分层放在锅里面，就能一下子做出好几道菜——汤、蔬菜、酱汁、鸡肉、牛肉和甜点。

他从不放过上岸去购买食材的机会，到了晚上他就会谦卑地找到我来"算账"。当他一一列出购买物品的清单时，我们不禁想到了他的"揩油"——木炭（2.5便士）、丁香（0.5法辛）、胡椒（0.25便士）、糖（1.5便士）、蔬菜（75便士）、橘子（1便士）、

---

① 嘉定，即乐山的旧称。——译者注

盘子布（0.5便士）等等。但从西方人的角度来看，这些东西的总价值实在太小了，只有从"白鼬"闪烁的眼睛中，人们才会猜到能干的老宗又为他的私人巢穴添了一根小羽毛。

在嘉定，我们与中国内地会的老熟人一起度过了几天。嘉定刚刚从"新年"的睡梦中醒来，街道在薄雾的衬托下宛如一幅色彩斑斓的画卷，狭窄的人行道上挂满了红灯笼，在一个个雕刻精美、装饰华丽的牌坊下缓缓地向山坡上延伸。

我们花了一整个早上跟着我们的东道主逛丝绸店铺和裘皮店铺，经过了长时间的挑选，我终于买到了早就想买的裘皮大衣。这是一个冗长的购买过程，在每一个店铺都会遇到同样的场景。首先要把想买的裘皮大衣从店铺后面的某个库房里找出来，我们仔细检查过以后，在背部中间的裘毛上发现了一块由油腻辫子留下的污渍，于是我们就说这件大衣显然不是新的。然而，那位裘皮商微笑着说，这些大衣都是新的，那块污渍不足挂齿。于是双方就在这友好的气氛中开始讨价还价，旁观者看着他们脸上的微笑、听着朗朗的笑声，还以为他们是在开玩笑呢。最后，四五个裘皮商被要求把各自的毛皮送到外国人家里，以便后者能在下午进行进一步检查。一个重要的事实是，他们一个接一个地依次到来，从不会和同行撞上，而且他们带来的所有衣服都明显是二手的，根本就没有出现过一件新衣服。

这里的人们似乎习惯先把劣质货处理掉。不过，从长远来看，我们还是赢了，这要归功于我的东道主和一位被叫来协助我们的前中国商人。当一件"新"大衣（可能也不是绝对新的）以大约 5 英镑的价格被买走时，裘皮商愤怒地抗议说他不想卖。我想，这就是所谓的"说反话"吧——高兴的时候看起来很生气，反之亦然。

我们在街上遇到了一群藏族人——他们身材魁梧，长相粗野，有一头浓密卷曲的黑发，身上穿着的羊皮和牦牛皮衣服早已不是白色的了。我们的朋友告诉我们，他们很容易被激怒。有一天，一个手里拿着一把剑的藏族人，看到路人饶有兴致地盯着他，便挥舞起手中的武器，向那些围观者砍去，要不是他们急忙逃走的话，定会死伤惨重。

嘉定是一个典型的四川城市，坐落在两条江之间，并被薄雾所包裹。但即使是在这种潮湿、寒冷的环境中，花园里仍盛开着美丽的花朵——紫红色的兰花、深红色的"地狱花"和山茶花，在枝繁叶茂的棕榈树和高耸入云的巨大柚木下，绽放出绚丽的色彩。

各个教会学校在过年之后刚刚开学。这些学校似乎是当前城里唯一人满为患的教育场所。

一两年之前，"西学"刚开始风靡，清政府大力扶持创办政府学校。后者花费巨资修建校舍，学生们普遍热情高涨，纷纷涌入学校，希望能享受到学校提供的各种便利，但可惜的是，这些学校只是口头上提供了让学生接受教育的机会，却没有把教育的机会真正给予学生。因为资历合格的教师似乎凤毛麟角，无处可寻。学校所聘的"教授"所做的只不过是"自说自话"而已，而事实证明，有时学生要比他们的老师懂得更多。在这种情况下，家长们自然不愿意向学校支付名不符实的"学费"，所以今年政府学校的招生率大幅下降，甚至达到了生源逐渐消失的地步。

我们来时大雾封城，离开时又是大雾弥漫，在嘉定逗留的那3天里，我们从未见过任何丘陵和山脉，尽管高达10000英尺的峨眉山离嘉定城只有30英里之遥。当我们顺着湍急的水流顺流而下时，我们看到了迎面而来的3艘船，船上载有一队加拿大传教士，他们从宜昌出发，逆流而上，已经辛苦了整整10周的时间！

扬子江上景色如诗如画的一段位于嘉定下游不远处。玻璃般清澈的河水在砖红色岩石的阴影下流淌，这些岩石经过时间和洪水的冲刷，形成了奇特的棱角，岩石上面还覆盖了茂密的树叶，并缠绕着低垂的女贞。在粗糙的岩壁上，不时地有神像俯视着清澈江水中自己的脸庞。

过了一会儿，太阳从阴霾中升起。我们正沿着越来越宽的江道飞驰，江面如镜子般再一次清晰地展现在我们眼前，红色的山丘从山脚到山顶都是朦胧的树木，头顶则是夏日的天空。在西边，山峦连绵起伏，从最浅淡的灰蓝色到最柔和的紫红色，向我们展示了位于我们和西藏之间的这片土地的壮丽景色。船在急流的沸腾漩涡中时不时地像印度橡胶球一样颠簸。

岸上又一天，这一次是在叙府，金沙江（再往下游就称扬子江）与岷江在这儿交汇。叙府城蜷缩在陡峭的金沙江江岸顶端，俯瞰着那片一望无际、被四周群山环抱的水域。在成都结识的一位老熟人、中国内地会的 F 先生带我们去街上闲逛，于是我们的视野便从欢乐的自然风光转向了脏乱的城市街景。但街上的店铺却非常迷人。银器似乎是叙府的特产，器皿按重量出售，1 盎司重的器皿就按 1 盎司白银的价格卖，只是在收费上稍微多加一点，作为加工费。我们看到有人在制作"翠鸟"装饰品，用一些巧妙的方法在银制饰品上覆盖华丽的翠鸟羽毛。完成后，它们看起来就像精致的珐琅工艺品。

我们购买了一些牛角盒和鸦片杯，以及女孩和妇女们戴在头发上的人造花；由于目前是农历的正月，所以我们购买的全部商品都是用鲜艳的红纸来包裹的。铜器店和丝绸店（按匹出售的丝绸是叙府的另一特产）对于我们来说极有吸引力，我们还饶有兴趣地驻足观看了著名的昆虫蜡。这种蜡被制成大圆板出售，大小和形状都像木制的面包盘，却是用最洁白的白蜡[①]制成的。

白蜡虫有着奇特的历史。在离嘉定 200 英里的千丈谷（the Valley of Chien Chang），有一种树，据说是一种紫薇树，树上长满了棕色的鳞片，鳞片上面长满了这些有用的生物。

[①] 清末时期，白蜡为四川的重要物产，其主要产地在川西南地区的嘉定、峨眉、眉山、夹江、犍为、洪雅，以及川北的南部等地区。——译者注

每年4月，会有成千上万个运夫从嘉定出发，尽可能多地搬运这种鳞片回来，挂在嘉定周边地区大量白蜡树上。背负这种珍贵物品的运夫只在晚间赶路，因为怕炙热的阳光损坏这些鳞片。在嘉定的树上挂了100天之后，那些白蜡虫就会分泌出大量白蜡，使得白蜡树的树枝看上去像是覆盖了一层厚厚的雪。这些树枝被砍下来之后，人们会取下树枝上的白蜡，并将它放在铁锅里用水煮。等它融化后，蜡被撇出并制作成圆盘出售，就像我们在叙府看到的那样。

年复一年，这样的生产过程不断地重复。白蜡虫生于千丈谷，却被运到了嘉定来生产白蜡。

我们来到了十字路口，这是店铺最密集的地方。这里便是刑场，就在城市最繁华的地段，去年似乎有不下300人在这儿被砍头。在中国的某些地方有一种奇怪的习俗，允许死刑犯在被押往行刑地点的路上，随心所欲地拿走沿路店铺里的任何东西！挂在脖子上和捆住他胳膊的铁链多少会妨碍他的行动，但并不妨碍他利用自己的特权，假如他想这么做的话。

"府衙"（城里最高行政长官的官邸）似乎是继刑场之后一个合适的参观地点。我们跟急切的旁观者混在一起，一个空旷的庭院将我们及旁观者与衙门大堂隔开。在大堂里，我们可以看到知府大人端坐在审判席上，而一个卑微又干瘪的身影跪在知府面前的地上。大堂的两旁站立着一些身穿大红色制服的衙役，还有一些其他人看不太清楚。

扬子江边的宝塔和村庄

正在审理的这个案子是一桩灭门重案。有14名嫌犯为了抢劫财富而杀死了一个家庭的所有成员。在审理过程中,有嫌犯供认是村里的3位长老唆使他们这么干的。于是通常审理普通案子的县令便把这个复杂的案件上报给了知府。倘若知府还是不能结案的话,下一步就得总督出马了。但是知府意志坚定,决心要一鼓作气,马到成功。那14名嫌犯的案件已经审理完毕,罪犯们全都被判了死刑,也许他们中有半数人在坦白罪行之前已经被严刑拷打折磨得奄奄一息了。目前正在进行的是对那3个长老的审判。他们若要证明自己无罪的话,恐怕要花费一大笔钱。谣传他们因为熬不住严刑拷打而不得不认罪(无论事实真假),并因此丢掉性命。

这些"天朝子民"就像是生活在一座火山口上。接下来,我们走进了一个装饰华丽的建筑,下一个参观目标是不同性质的另一个悲剧。这儿原本是一座庙宇,现已被改造成为一个城里最有影响力的商会会馆[①]。我们正好遇上了正准备参加一个隆重宴请活动的人群。前厅里的富人们三五成群,身穿绸缎和裘皮衣服,相谈甚欢;那儿还供奉着文学之神的塑像和皇帝的神祖牌。

有人向我们解释,这些衣着华丽的"蝴蝶们"全都是城里最大一个钱庄老板的"朋友",而那位钱庄老板最近刚刚破产!他的破产是因为受到了一个宿敌的无情攻击,后者散布虚假的消息,诱发

[①] 即叙府会馆。实际上,该会馆并非由庙宇改造,而是由本地商帮集资修建的,因会馆建成后常被地方官员借用作为庆典、朝拜的场所,故而馆内供有文昌帝君像、"当今皇帝万万岁"牌位等。——译者注

人们一起前来钱庄挤兑，钱庄老板因一时拿不出那么多的现款而不得不宣告破产。他的"朋友们"已经在着手研究是否能为债权人挽回些什么，而后院正在准备的盛宴必须由这位破产的钱庄老板来支付，以答谢他们的帮助！

让我们把注意力从钱庄老板转向剃头匠吧，后者就像伦敦的擦皮鞋匠那样，是在户外招揽生意的。中国的剃头匠不仅会给顾客理发和刮胡子，假如顾客愿意的话，还会提供一整套的按摩服务。理发和刮胡子的价格是40文（还不到1便士），这还包括了洗眼睛和掏耳朵。后者需要采用一种刮除耳道异物的手法，而前者则受到同样严格的对待，将眼睑外翻，并用一种末端有豌豆大小突起的小工具进行摩擦。虽然这样做经常会引发炎症，但中国人却坚信，这么做是对身体有好处的。

叙府人在反缠脚运动中表现突出，这是因为那儿有一位官员曾为此事业而努力工作，以身作则，做出了榜样，并就这一话题写了很多小册子，不遗余力地推进改革。城里的中上阶层都已经放弃了这种陋习，只有最下层的人民依然如故。他们害怕女儿们放脚之后会被视为婢女。

今天是个盛大的日子。那个重庆孩子口中的"天上的那个怪东西"从早到晚都在闪闪发光。我们的船在粼粼波光中，沿着宽阔平缓的河流漂流而下，沿途低矮的丘陵间点缀着黑黝黝的树木，油菜的金黄色花朵灿烂夺目。

我们在风景如画的泸州城外昏昏欲睡地逗留了几个小时，看着沙滩上蓝绿相间的集市，一群群身着蓝布长袍的男人在那里为蔬菜和甘蔗讨价还价。

旁边有一位船夫恳求我给他的那条船拍张照片，当我说我已经拍过了，但没有什么可展示的时候，他显得非常失望，而且表示难以置信。

星期天，天又开始下雨，而且大雾弥漫，而我们在江津的传教站度过了愉快的一天，并在城后山上那个古老的坟场里颇有兴致地走了一圈。他们把墓碑一块块地指给我们看，墓碑由一块块石板组成，中间有一块破旧的石碑，距今已有250多年的历史，可以追溯到上一个朝代，而且比其他石碑更美观——在这些墓穴中，长方形的石棺凹槽一个比一个高，整个墓穴用泥土覆盖，但随着岁月的流逝，泥土已经磨损殆尽，甚至连棺木也变成了灰尘。还有一些石室的外墙已经完全坍塌，露出一小间一小间的石室，里面除了一两根骨头外，什么也没有留下，显然偶尔有乞丐在这里生活。在这片充满先祖崇拜的土地上，有人告诉我，有些人离家在坟墓里一住就是几个月，与鬼魂交流！

用竹篮筐修筑的堤坝

江津并不像叙府那么思想进步。几年前,有人曾在此尝试废除缠脚这一陋习,但是最近缠脚重新变成了时尚。至于抽鸦片,鸦片的价格已经变得如此昂贵,只有富人才抽得起,贫民们已经开始采用食用的方式。因为当食用鸦片的时候,量少一点就够了,但据说对身体的伤害也更大。

我们希望今天能回到重庆,然而狂风大作,船无法逆风而行。"走不得!"船夫们说完,就蜷缩着身子睡着了。

后来晚些时候,船夫们费了老大的劲才把小船撑到了江对岸,停泊在一个乡村小镇下游的避风小湾里——这是一个房屋密集的小镇,位于沙脊顶端,榕树林中有一座寺庙,向下望去,沙岸上散落着新旧木材,那儿正在造船。

黛博拉和我与老宗一起冒险前行。登上通往街道的长长的台阶时,我们看到,在我们头顶上方,一群男人和女人一动不动地站在那里,就像石化了一样,如迷惑不解的奶牛般盯着这两个从天而降的外国人。在我们前进的过程中,我们注意到,有人向四面八方都派出了信使,以通知大家我们的到来。在我们经过的时候,大批的人跟在我们的后面,就像一支浩浩荡荡的军队在一座荒芜城市的街道上跋涉。之所以说"荒芜",是因为每扇门都下了门闩,每扇百叶窗都紧紧关闭着。

老宗解释,这儿的人们还在过年。但是,距离除夕那天,已经过去了4周的时间!

俗话说:"熟生蔑。"老宗在前面努力维持秩序,而众人则戏谑地回应他。看来最好还是体面地撤退,所以在看到第一条拐向河边的道路时,我们就回到船上去了。我们在江边抬头仰望,沿着整条陡峭的街道,直到房屋之间可见的最高点,竟有一长队缓慢移动的人群,跟在我们的身后。他们密密麻麻地围着我们的小船。我们关上了编席拱篷两端的门,在黑暗中坐在我们的棕榈叶床垫上。一阵响亮的敲门声唤来了老宗给我们解围,这时又有一群妇女要上船来找我们"耍"(聊天)。

她们说自己以前从未见过洋人,她们中间的一位代表热切地抓住我的手,议论我皮肤的颜色,抚摸我的袖口,并询问我的戒指是否用黄金打造的。老宗很有外交手腕。他温和而有礼貌地回答了所有的问题,并把那些想来拜访的人都送回了岸边。在那里,密密麻麻的男人就像被困住的猎犬,站在那里,用紧张而渴望的目光注视着。

直到黑夜来临,把他们送回家后,我们才松了一口气。刚才船夫们与一些躁动的观众发生了"言语之争",大家都担心这些争吵可能会导致我们被殴打或被投掷石块。

我们又一次来到了重庆,而且刚到这儿就遇上了一场中国人的婚礼。假如你看到了婚礼的请帖,肯定会感到有趣。一张猩红色的请帖,装在一个长长的猩红色和金色相间的信封里。我们被告知,我们应该买一个回礼送过去,或者在参加婚礼时随身带一份礼物。

参加婚礼的客人通常是送钱的,无论是铜钱,还是白银。银子一般是放在进门后的一张桌子上的,而铜钱则被扔在房间的一个角落里。没有人会空着手去参加婚宴的。在许多婚宴上,客人们还要全额支付他们吃喝的费用。

金利莲(Tsin Li Lien)的婚礼是在传教使团驻地的院子里举行的,因为她和新郎都是我们传教士朋友的门徒。在嗡嗡的人声和悦耳的音乐声中,铺盖着大红色绣花丝绸的新娘婚轿被抬进了大门,轿子前面的帷幕适时地被拉开,身着粉红色和大红色绸缎衣裙的新娘怯懦而笨拙地走出来,神情茫然而呆滞。但这也是理所应当的。中国新娘必须表现得非常悲惨和沮丧,否则就会被认为是不守妇道和教养不良。此外,她还戴着一顶红蓝相间、有很多饰物的高冠,冠的末端是一圈厚重的流苏,流苏在她的脸前惆怅地垂下并晃动着,而她的脸已经被丝绸面纱遮住了。难怪她步履蹒跚地走进教堂,因为她几乎被蒙住了眼睛。

一位年长的女性亲戚充当了婚礼仪式的女主人,并扶着她一路前行,直到她被安置在新郎身边。新郎身材矮小,面容憔悴,嘴唇肥厚,额头硕大,他的婚礼服是深色丝绸的,但胸前和背后缠绕着许多猩红色的腰带，肩部以下还系着巨大而笨拙的蝴蝶结，这完全破坏了他的婚礼服的美观。这些腰带是受欢迎的标志——你的朋友越多，你佩戴的腰带越多。

婚礼仪式上没有戴戒指这一环节，而是按照当地习俗，先把一小杯酒递给新郎，让他放在嘴边，然后再递给那位年长的女亲戚，让她假装把酒也放在新娘的嘴边。该表演再一次进行，只不过这次的顺序是反过来，先是新娘，然后才是新郎。婚礼结束之后，这对"幸福的新人"步履蹒跚地走出教堂，此时他们才一生中首次（名义上的，不一定是实际上的）面对面地看清了对方，但只有1分钟左右。

还有两个仪式尚需完成。在相邻的房间里，新娘和新郎并排坐在靠着第二面装饰墙壁的桌子旁，背对着聚集在一起的人群，前面是一个盛糖浆的盆子，盆子里令人不快地漂浮着剥了壳的煮鸡蛋。新娘的面纱已经被摘除。她低垂着头，凝视着那些煮鸡蛋，显然没人期望她去吃这些鸡蛋，而那位年长的女性亲戚拍了一下新郎的肩膀，催促他快点动手。于是新郎便拿起筷子，夹起一个鸡蛋，放在第三个盆里，把这个盆递给那位年长的女亲戚；自己快速吞下了剩下的两个鸡蛋，然后站起身，向客人们鞠了一躬，就离开了那个房间。然而，他的职责还没有结束。

几分钟以后，这一对表情木然的新人并肩站在刚才举行了鸡蛋仪式的那个房间里，背对客人，面朝墙壁。司仪叫着名字，请客人们一个个地进入房间，站在新人们能看见的地方，以中国的方式

重庆一对结婚的新人

向新郎和新娘行拱手礼，新郎也拱手对他们进行还礼，新娘则悲伤且谦卑地低垂着头，眼睛死死地盯着地面。

然后，隔了许久，我们被邀请入席婚宴。所有的男人都坐在大堂里，而其他客人都在另一个厅堂里，围坐在一个个散布在厅堂内的圆桌旁。每张桌子的中央放着十六七个小碟子，里面盛满了各种佳肴，例如存放了好几年，呈淡绿色、口感不错的皮蛋、鱼翅、腊肠、蜜枣、橙片和某种"发菜"（hair vegetable），这是一种美味佳肴，据说是一种海藻，但其质地与湿头发十分相似！

按照正统的中国传统，婚宴上第一道上来的是甜食和坚果。接着，菜肴被一道道地端上来，每一道菜都要比前一道更加精彩。肉包子和菜包子都有一层羊油皮，中间点缀着鲜红色，即婚礼的颜色。炖鸡鲜嫩可口，但接下来的海参既大又白且黏，一想到它们，我的口水就要流出来了。

婚宴刚过一半，仆人端上一盆热水，让大家盥洗陶瓷瓢羹，这是为吃下一道莲子羹做准备。莲子的形状类似于罂粟籽，漂浮在甜羹之中，颇具魅力。喝完莲子羹之后，大家又重新对桌上的山珍海味发动进攻。桌子上的垃圾被扫到地上，桌子上到处都是油腻腻的零碎东西，一盆盆米饭被递过来，还有猪肉和烤鱼、竹笋和豆荚里的豌豆，最后是我们的同伴们都非常推崇的糖醋排骨。

我曾有一两次惊叹于他们在我的瓷勺子里的食物还没吃到一半时就把整盘菜肴吃得干干净净，但我却忘记了纸盒。这些纸盒是分给在场的所有人的，我发现，我们的朋友们在纸盒里塞满了食物，最多只能再放进去一两块糖醋排骨。

现在他们显然是"吃饱了"，而且他们"像阿拉伯人一样折起帐篷，悄无声息地逃走了"。这是中国习俗与西方习俗之间的另一个对比点。在中国，会话通常是在吃饭之前进行的，而不是在吃饭之后；而且当你吃饱肚子之时，宴会就结束了，参加宴会的客人拔腿就走！

……"新年"已经过去，只留下些许痕迹。在一个晴朗的下午，重庆操练场上的人们还在度假。小姑娘们在踢毽子，这些毽子比西方的毽子漂亮，顶端有几根棕色羽毛，优雅地卷曲着。小姑娘巧妙地用她小脚丫的侧面来踢毽子——这只被缠过的、像蹄子一般的小脚似乎跟其他人的脚一样好用。孩子们有风筝，大人也有风筝，他们放飞风筝的技巧令人钦佩。

风筝形形色色，大的像人，小的像蝴蝶。我们看见一位威严的父亲在城墙顶上笑着玩弄手中的玩具，小心翼翼地操控着风筝，直到最后它像一只深红色的大鸟一样飞到了满是坟墓的坟场上空。

在孩子们中间，似乎流行一种中式的"汤姆·提得勒的地盘"，[①]但中式"汤姆·提得勒"自己平躺在草地上，试图用脚绊倒闯入者。

我们也一直在度假，在河对岸的山顶上野餐。从另一个角度

---

① "汤姆·提得勒的地盘"（Tim Tiddler's Ground），又称"占金山"，是一种儿童游戏。——译者注

看重庆很有意思，弧形的屋顶和饱经风霜的墙壁纠缠在一起，攀爬在陡峭的山坡上——就像是踮起脚尖，在俯视着湍急的扬子江水流。从远处看，在金色的雾霾笼罩下，狭窄人行道上的黑泥、运水夫时常光顾的滴水台阶、堆积着大量垃圾的角落，以及光线昏暗的泥地房屋等凄惨肮脏的情形都看不见了。

我们正沿着一条陡峭的山路往上走，再往上走，便进入了光辉灿烂的丘陵地带。在那里，明亮的阳光从朦胧的竹林和一片片金黄色的油菜地中透出，水稻梯田随着我们爬上高处，在那里松树林独占鳌头，空气中弥漫着松树的清香和树林的寂静。

在童话般的魔力中，我们突然来到一座小房子前，其宽阔的阳台和大门都敞开着迎接我们。这儿就是中国内地会的一个休养所，每年夏季的几个月里，来自城市的疲惫传教士可以在此避暑和休养。据说，这对他们的健康和病情都有很大的影响。人们对于重庆七八月份的酷热都略有所知。今天才是3月16日，穿透迷雾的阳光照在身上是暖洋洋的。我们就像在夏天那样，在露天里吃了午饭。杜鹃花开了，猩红色的五角枫花也已经盛开。

由于城市建在山岩上，所以重庆的酷热要比其他许多城市更加难熬。许多街道只是岩石上的台阶，被一代又一代人的脚磨平了。在老宗的陪同下，我们在重庆的那些店铺里进行了许多次有趣的游览。花几分钱的代价来听"白鼬"讨价还价是值得的。每当我们决定购买某一商品后，我们就会去找老宗，把事情交给能干的他去处理。老宗会以淡然的口气去问价，店员非常爽快地说出了一个金额。老宗的脸上会流露出一种难以言表的蔑视。他的鄙夷之情溢于言表。他只是翘起鼻孔，露出牙齿，露出一个讽刺性的"犬齿"微笑。店员语气不那么肯定地重复了自己的话。

老宗向前跨了一步，发出愤怒的抗议声，最后提出了一个数额，大约是原价的1/4。

店员甜甜地笑着，也许还带着几分油嘴滑舌的口吻说："买不到。"

我们想要购买的是一块蓝色的棉布，有11尺长。老宗当即口算了一下每尺布的价格。店员也眯着眼仰头心算了一下价格，他笑眯眯地把价格降到所谓无以复加的低，老宗也笑眯眯地相应提高了自己的报价，旁观的人群挤在店铺门口，也纷纷提出各种建议，但老宗和店员都没有理会。

"买不到。"店员重复道，并开始收拾商品。

老宗又把价格往上提了一点。

店员也在这个基础上加了几分钱。

这时一个适当的玩笑也许就会使双方妥协。在大家的笑声中，老宗又报出一个新的价格，店员也还了一个价。他们就这样讨价还价重复了多次之后，店员突然大声说道："买得！买得！"

他的口气就像是在说："好的！好的！何必大惊小怪？"

钱按最后的定价付给了店员，付的是用绳子穿起来的铜钱。付完钱我们立即拿起商品走出了店铺，连句告辞的客套话都没有。购买这一整块蓝色棉布我们总共花了一刻多钟的时间，价钱还不到

1先令。

也许在这段时间中,那位身穿漂亮绸缎衣服的店铺老板就坐在旁边,一手拿着水烟,另一手捧着茶壶。他一句话也没说,但饶有兴致地观看着讨价还价的过程。

我们再一次为乘船旅行做准备。我们租下了一条带有编席窝棚的住家船,它将把我们送往宜昌。难能可贵的是,老宗也将跟我们一起去,另外还有包括船老大在内的8名船夫。

在重庆的传教士朋友为我们安排好了一切。我们感觉自己是在畅游扬子江,不用担忧任何问题,就连旅行费用的计算也变得简单多了。我们默默地坐在一边,饶有兴致地注视着人们计算上海银元与四川银元的差价,[①] 把重庆的银两换成重庆的银元,称银元宝的重量和计算其价值,以及数成串的、用以应急的铜钱,后者看起来就像是铜制的巨大棕色蟒蛇。老宗身上背着一串铜钱,把它像项圈那样挂在脖子上。

我们于3月17日从重庆出发,船夫们似乎认为我们并不急着赶路,而且天气也老是下雨。然而3天后,阳光穿透云雾,使江面变得银光闪闪,并给山峦分别披上了淡紫色、淡紫水晶色和乳蓝色的外衣。群山又以同样的颜色映照在江面上,只是颜色显得更

---

① 在20世纪初的中国,共有19种各地铸造的银元,它们之间的价格各有差异。——译者注

淡了一些，在由断断续续的沙滩和岩石组成的江岸上，田野里的春作物长得绿油油的，油料植物的金黄色花开得正艳。

我们来到一个村庄，村子围绕着一块巨岩而建，那巨岩就像一座巨人的城堡，高高耸立在房屋和树木之上。从山脚到山顶，有一座奇妙的寺庙，屋顶呈弧形，层层叠叠，就像粘在悬崖峭壁上一样，那块岩石本身就构成了寺庙的后墙。我们记得这就是著名的"石宝庙"，我们上次经过这儿的时候，因大雾弥漫，所以没见到它。

我们上岸之后，爬了一长段石级之后才来到那个寺庙的门前。不幸的是，我们一行人惊醒了一群正在睡觉的乞丐。这一次，那群乞丐挡住了我们的道路，一个麻风病人伸出手乞讨。我们不得不支付买路费，给了每个乞丐1文铜钱，他们才让我们通过。旅行者给乞丐的钱若超过了这个数额，那就有祸了！我们爬上了八段木阶梯之后，便来到了岩石顶部的寺庙主殿堂内。

天王殿的左右墙边发霉的万人伞下站满了镀金的神像。所有患眼疾的人都会求助的千眼观音，手里拿着一只形状狰狞的大型彩绘木眼。我们经过了佛教的十二层地狱，即一个微型的"阴曹地府"，里面有真人大小的木制判官雕像，主宰着亡灵（也是木制模型，但身材矮小）的命运，后者在阴曹地府中被可怕的复仇魔鬼折磨得言语无法形容。

在寺庙庭院的尽头，一位笑容满面的僧人请我们喝茶，并在一个写满了访客中文姓名的签名本里写下我们的姓名。他把我们带到寺院后面的一个房间里。据说，在过去的岁月里，那儿有一个神秘的洞，洞里每天都会神奇地出现大米。在一段时间里，僧人们对于神仙送来的礼物充满了感激。但后来，在一个邪恶的日子里，他们的好奇心占据了上风。他们试图挖开那个洞以查明神秘大米的秘密。结果大事不好！从那天起，神秘供应的大米再也没有出现过。

这位僧人用虔诚的口气讲完了故事，我们饶有兴致地对地板上那个深洞仔细窥探了一番。它的直径大约有一个面包盘那么大，肉眼看不出该洞究竟有多深。我们很想知道最初人们挖凿这个洞的意图究竟是什么。僧人告诉我们，很久以前，这个洞的直径要小得多！

星期天我们是在万县度过的。那天，天空特别明朗，城里错综复杂的上坡街道似乎比以往任何时候都要拥挤，房屋在狭窄的巷道中向前挤压。飘扬的卷轴、旗帜和灯笼遮住了所有的阳光和大部分天空。乞丐们满身疮痕，憔悴不堪，衣衫褴褛，肮脏不堪，像受伤的猛禽一样在周围盘旋。

在万县逗留之后，我们的船便要在激流漩涡中过险滩了。我们急切地期待着那一时刻的到来。当船冲进那口沸腾的大锅时，我们心悬一线，屏住了呼吸；当船随着滑动的激流滑下时，我们不禁倒吸了一口气；当船安全地穿过泡沫进入平静的水面时，我们兴奋不已。峡谷虽然宏伟、荒凉而令人敬畏，但它已失去了秋叶的美丽，正在雨中哭泣。天气又变得暗淡了，一天中唯一令人兴奋的时刻就是给险滩拍照。

紫禁城外两万里
一位英国女作家笔下的晚清市民生活

扬子江边的石宝庙

扬子江上的一艘住家船

然而，在著名的青滩，老宗唉声叹气地抱怨道，假如我们留在船上的话，全身都会被溅起的水花打湿。他接着就用油布盖住了箱子和床铺，而船夫们被问及前面过险滩是否有危险时，他们全部摇头否认。大家似乎一致认为，过险滩时我们应该都上岸去，只留下船夫们在船上。

我们从山顶上凝望着已成为小不点的船（在汹涌的浪涛中它看上去是那么小），并见它被湍流所吞没。它就像鸟儿一样，把头浸入水底2次，然后又一跃而起，最后像离弦之箭般冲出泡沫，被湍流推着急速往前滑行。

我们走了好几个小时，才重新回到了船上。我们的船夫都笑逐颜开，因为"大水"远不及他们所预想的那么糟糕，他们在过险滩时仅仅是衣服被打湿而已，其他都没什么。我们本来也是可以留在船上的。

星期四，我们发现自己又回到了宜昌，但那儿的一切都改变了，我们仍然在扬子江上旅行，仍然还是乘船旅行，但是船已经变成了一艘英国轮船，散发着阿斯皮纳尔珐琅漆的气味。江面上峡谷和紫水晶山峦的倒影渐渐消散，越来越多地跟泥浆融为一体。我们又回到了棕褐色的扬子江上。

船上有两个年轻人，最初我以为他们是日本人，后来才知道他们原来是中国工程师，准备去汉口或汉阳购买铁轨，用于即将开建的四川铁路。我们经常听人说起这条铁路，它肯定是中国计划中最昂贵的建设项目，目前因资金短缺悬而未决。这两位工程师很

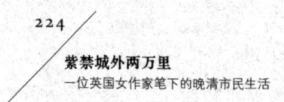

自然地对这条铁路的未来持有乐观的看法,但是我相信,清政府的钱目前只够建造数百码的铁路。

你永远的,
V.

安庆

(1908年3月)

在离开扬子江之前,让我们再来看一座中国的城市。虽然安庆要比宜昌离海岸线近数百英里,但是在我看来,当我们乘着夜色在江边一个码头上岸,进入一群兴奋的中国人中间时,我们好像一下子又回到了遥远的中国内陆。之前我们曾请求借宿在当地的中国内地会传教站,然而在租轿子一事上花了不少时间。轿子迟迟不来的原因是轿夫们怕城门在他们赶回来之前关闭,使他们回不了家。最终还是有轿夫来了,我们被抬着穿越了位于江边的郊区,进入了一个由黑暗小巷和无窗建筑构成的寂静城市,"那儿的房屋似乎都已经睡着了"。

码头上的警察用怀疑的眼光上下打量着我们。有人后来对我们解释,这儿到处都有革命党人出没。不到一年前,此地还发生过一位革命党人(安庆的学生)刺杀本省巡抚的事件。[①] 地方当局

[①] 1907年7月6日,徐锡麟在安庆刺杀安徽巡抚恩铭,率领学生军起义,攻占军械所,与清军激战4小时,失败后徐锡麟与其他两位起义者被捕,次日便慷慨就义。——译者注

对于新来者特别不放心。

那是这座城市民心最动荡的时刻。在被刺杀的那一天，巡抚正在一所政府学校里参加某项活动。作为杀手的那位学生在被捕后，对其刺杀意图供认不讳。随后，他被斩首示众，心脏被挖出来祭奠死者。按照大清律法，这颗心脏是要在罪犯被处决之前挖出来的，而非处决之后。负责安保的那个人也因疏忽受到了严厉的惩罚！一场暴动好不容易才被镇压下去。当时，子弹"嗖嗖"地从我们现在借住的传教使团驻地上空飞过，人们一时间也很难弄清究竟哪一方占据了上风。

我们在安庆度过了农历三月初六的清明节（一个祭祀亡者的节日）。在城墙顶上（通常是城里空气最清新、闻不到各种气味的地方）散步时，我们也不断地看到城外的坟墓和来扫墓的人群。在城墙的内侧发现墓穴有些出乎我们的意料。也许在有些情况下，它们只是一些临时性的坟墓，葬在墓里的亡者会在后来某个时刻迁到城外。还有一些棺材横七竖八地在露天里放着，等待下葬。这些棺材的下葬之所以被无限期地延迟，要么是因为缺钱，要么就是家庭的其他原因。

在已经长草的城墙脚下，一位正在焚香和烧纸钱的男子告诉我们，他的父母和祖先全埋葬在这块地下，尽管那儿并没有墓碑来指明确切的地点。

一个女人正跪在新翻过的草皮上，身体前后摇晃着，她那忧郁的哭声不绝于耳，引起了我们的注意。

紫禁城外两万里
一位英国女作家笔下的晚清市民生活

一个清朝官员及其随从

在清明节，人们会唱颂歌，并给亡灵送去食物，以避免他们在这一年里挨饿。为了举行这个节日特有的民俗仪式，一支庞大的游行队伍会浩浩荡荡地穿过街道。从房间的窗口，我们可以看见形状如巨大灯罩的大红色万民伞，以及在微风中飘扬的各种旌旗。华丽的红色轿子里端坐着各种神像。城隍爷被护送到了城墙之外的地方，以便让"他"看看自己管理的整片地区，是多么和谐！游行队伍中的乐师各司其职，有大约20人吹着唢呐，有约10人敲着大鼓，但都走了调。

喜剧元素在游行队伍中大行其道。一个巨人的造型就像《仲夏夜之梦》中的狮子那么原始，先把一个框架支在一位男子的肩膀上，然后再给它穿上衣服，巨人便制作出来了，看上去就像巨人的头和身体被错位地安在了一个凡人的双腿上。在衣服上的一处缝隙里，有一张男子的脸在向外面窥探，这个细节毁掉了人们所有的幻想。

我们去城外5里处的"洋人陵园"祭祀亲爱的H。我们经过了一条人声鼎沸的街道，来到了大京路。这是一条位于荒芜的菜地之间、用石板铺就的崎岖小路，约5英尺宽。在前方，大龙山在湛蓝而神秘的天空映衬下显得格外醒目，而在我们跟大龙山之间的，是一片金色的油菜花地和广袤而呈波浪状、长满青草的坟地。

最近，"洋人陵园"周围筑起了一道石墙，这引起了官员们的极大恐慌，他们试图对"胆敢"将土地卖给"洋人"的本地基督徒发泄愤怒。在这片孤寂之地上为数不多的几座坟墓中，有一座是一艘炮艇上的美国水兵的坟墓。他的洋棺材与中国人存放武器的箱子形状相似。他们相信,"洋人"正在抓住机会向这里走私枪支,并以埋葬一名美国水兵为名,将枪支存放在有围墙的陵园里。随着时间的推移,按照美国的习俗,该棺材有可能被转移到它的故乡。我们衷心希望,在这种情况下,坟墓将被允许保持不受干扰,因为这种举动只会增强中国人心中的猜疑。在这个充满不信任和动荡的时代,再小的事情都可能造成骚乱。

在安庆,我们发现,除了无知的迷信,先进的思想也在传播着。有人指着一座造币厂的巨大建筑让我们看,那里面装有发电设备。政府衙门里已经通了电,街道上不久也会通电。警察身着半西式制服,头戴德国军帽,显得十分精明强干。他们说,许多市民已经放弃了偶像崇拜,但也渐渐远离了各种信仰。

城里有三四千穆斯林,这一点对于崇尚美食的旅行者来说,感受尤其明显。在没有穆斯林的中国城市里,猪肉是唯一能买到的家畜肉类。但是在安庆,你可以买到牛肉和羊肉。

美国人一直在努力对这座"反洋"城市施加良好的影响。他们已经开办了一所招收男孩子的学校,它显然并不缺学生;他们还创办了一所现代化的医院,拥有最新式的医疗设备。上至官员,下至普通百姓,中国人都争先恐后地前来庆祝这座宫殿式建筑的落成,但在享受其带来的好处方面却进展缓慢。现在的病人只是来自最底层的人,他们要么免费接受治疗,要么由朋友支付费用。

我们本打算登上著名的安庆宝塔,但大雨倾盆——从早上到中午，从中午到晚上——整个城市都被雨水淹没了。雨水从我们朋友家的屋顶漏进来，并顺着墙壁流了下来。由于安庆港不是开放口岸，所以码头除了中国商船，没有其他船只会靠岸。要想乘坐其他船只，就必须把自己托付给一艘小船，在轮船速度减慢时在江中登船，但不能在开阔的江面上停船。在晚上10点至半夜这段时间里，轿夫们穿过夜色，用轿子径直把我们抬到了江边。由溅起的水花声和潺潺的流水声可以判断出，轿夫们显然是一路蹚着较深的洪水走完这段路程的。最后，我们和一大群同行的旅客一起被放在了一家阴郁的烟草店铺里，等待轮船到来。

我们坐在那儿等了半个多小时，身上冷得直哆嗦，望着瞌睡的店员们在火苗微弱的中式油灯旁把烟丝分成一个个小包。接着就发生了在华旅途中最令人难忘的时刻。江中心移动的灯光宣告着汽船的到来。在黑暗中跌跌撞撞地走下一个黏糊糊的泥坡后，我们踏上了一条又宽又浅的小船，船上已经挤满了中国人和他们的行李，不仅没有坐的地方，而且几乎没有呼吸的空间。我们被同船的乘客楔成了同一个整体，随着船在暴风雨肆虐的江水中跌宕起伏，我们也站在一起前后摇晃。大雨倾盆而下，在风的推动下，我们似乎不可避免地将要被行驶中的轮船所掀翻，那轮船就像一座灯火通明的小岛，在朦胧的水中摇曳。就在船夫的吆喝声达到最高潮时，我们的船向轮船船舷冲过去，却错过了正确的对接点，幸亏轮船上的船员们及时抛来了绳索，这才挽回了局面。船员们帮忙把我们拖上了甲板。一位轮船管理者宣布，在这样一个天气恶劣的夜晚，他们几乎没有想到会有中国乘客，更不用说外国乘客了；他抨击了这种愚蠢的做法，即把这些远超其负荷量的小船，无论刮风下雨都派出来，任凭其沉没或听天由命。

现在，我们即将抵达上海——有些内陆人称之为"外乡"（the outside country）的地方——并将离开"中华大地"（Flowery Land），前往"东洋国"（East Sea Kingdom）[①]。假如你能在那儿跟我们见面，那该多令人高兴啊。你说过你有可能会去日本的。（下一封信将是几个月之后。）

[①] 即日本。

芝罘

（原文中本章节未标注日期，特此说明。——译者注）

你在雨季前离开日本是多么明智！我们在这儿整整多滞留了两周的时间，自从周一开始，瓢泼大雨竟然持续了14天，当我们离开日本的时候，那大雨更加变本加厉地下个不停。我们本该经由朝鲜返回中国，我很想这样做，但黛博拉拒绝搭乘我打算搭乘的那艘船，因为——"拿出去洗的衣服还没有送回来"。

我想她还有其他理由。

无论如何，我们现在已经回到了中国。

7月的上海天气酷热，让人不断地出汗。我们抵达时天色已经很晚，当我们乘车驶过昏暗的街道时，那些敞开门面的商店里，似乎还真的走出来一大堆光着脊背、浑身散发着热气的人。有的人在休息，有的人在抽烟，人群明显地不断扩大。一种淡淡的、令人作呕的鸦片味，夹杂着捕鼠器和黑甲虫的霉味，据说这是从炒菜用的油中散发出来的，在中国的街道上从未完全消失过。

第2天，我们发现城里已经发生了巨大的变化。熙熙攘攘的苦力、挑夫、手推车、黄包车，都靠着街道的这边或那边走，而一辆电车则从街道的中间呼啸而过。这些电车刚被引入中国时，曾经发生过许多事故。据说，黄包车夫们一听到电车的铃声便戛然而止，仓皇逃窜，把车上的货物留在了铁轨上，任由电车碾压。

我们来到芝罘是为了避暑，但是这里的居民们说，他们已经有20年没碰见过这么热的天气了。从坐在阳台上为我们缝纫衣服的女工到小教堂里的英国主教，每个人都拿着一把扇子。在这个崇尚形式和礼仪的国度，似乎连一把扇子都代表着主人的社会地位。士兵的扇子，上面用镀金的字刻有箴言；商人的扇子——一种轻巧的柳叶形结构，用薄薄的黑绸制成，上面有特别细的竹篾；还有苦力和缝纫女工的棕叶扇。官员会让其扇子与官服相配，而他的官服则随着季节的变化而更换。到了特定的日子，无论天气如何，冬天的棉衣都会换成夏天的丝绸和薄纱。在夏天穿冬天的丝绸（厚重的）是完全不体面的，反之亦然。中国人认为，我们外国人把扇子扇得太快，用相反的方法能取得更好的效果。

"辫子"显然跟扇子一样意义重大。例如，一个学者绝不会因为一头糟糕的发型而降低自己在公众心目中的形象。一根纤细而蓬乱的辫子是思想高雅和生活低微的公认象征之一。相反，一位有闲暇的富人身材一定是丰满圆润的，梳着浓密的发辫。衙役们认为一条长而粗的辫子是他们行头的一部分。它代表着力量和勇气，也意味着生活优渥，不必劳心费神。一个天生的瘦人如何变胖，或者一个肥胖的学者如何变瘦，历史可不会教这些，但是，让发辫变粗却是一件轻而易举的事情。因为假发在每一个城市里都能够买到,而且可以非常逼真地跟真发掺杂在一起,使别人很难辨别它的存在。有些男人——主要是年轻人——让颈部的头发长出长长的直穗子,同时又将辫子编得松松垮垮的。这种时尚非常不伦不类,而且还意味着此人是个花花公子,属于"放荡不羁"一族。

此时正是8月中旬,按照农历,这是秋季的开始,然而天气却比任何时候都酷热。气温表在凌晨就达到了88华氏度[①],而在白天,即使是在所能找到最凉快的地方,气温也达到了96华氏度[②]。

那些"磨剪工"(scissor-grinders)[③]正享受当下,玩得不亦乐乎。在房子下面的柳树林里,柳枝上无数只知了发出尖锐的叫声,就像一百万支滑石笔在一百万块石板上写字时所发出的刺耳声音。人们几乎听不见他们自己的说话声。树下的地面上散落着裂开的、透明的棕色蝉壳,这说明那些鸣叫的金蝉最近刚刚脱壳。只有在褪去这身铠甲之后,它们的音乐才能得到彻底的发挥。中国人把这些"磨剪工"当作家养宠物来饲养。甚至有人说,在这个国家的某些地方,知了被当作看门狗来看家护院,以防小偷,这也许就是人们对知了如此重视的原因。当脚步声临近时,它们会突然陷入令人无法忽视的沉默,而不是增加音量。

---

① 31.1摄氏度。——译者注
② 35.6摄氏度。——译者注
③ "磨剪工"(scissor-grinders),即知了。

我最近一直在自娱自乐地学习写"尺牍"。我的中文老师看上去面容憔悴、饥肠辘辘,指甲有半寸多长,他一直在教我一些如何写信的奥秘。一位好的写信者,其主要目的似乎是要串联起一些冠冕堂皇的词语,而实际上这些词语是毫无意义的,最重要的是它们可以避免泄露任何内心的真实想法。如果有一些不容忽视的小事,他必须尽可能简短地提及,并将最简略的事实隐藏在空洞的溢美之词中。如果一封信是用西方国家认可的轻松自然的文体写成的,并且包含了有趣的信息,那么这封信不仅不会给人带来愉悦,反而很可能会引起反感,而且肯定会被视为写信人无知的标志。

我偶尔会收到曾经资助过的那个"童养媳"发自登州府的信。她的信是按照传统的尺牍格式来写的,一封6个月以前写来的信和昨天我刚收到的信几乎是一模一样的。信的开头部分是这样写的:"师恩浩荡,幸甚幸甚,一切安好。"在开头,以及在整封信的其他地方,竖列毛笔字边都写有两个蝇头小字,意为"女弟子"。她继续提及,承蒙"恩师费心",作为女弟子的她对于恩师的思念绵绵不绝。在学校里,她的处境平安,对学习智慧抱有希望。在向我表达了美好的祝愿之后,她签下了自己的姓名"刁荣花"(Tiao Iong Hua),并表示谦恭地在衣袖里拱手,恭恭敬敬地向我致敬。一想到我的回信在她看来是多么野蛮和粗鲁,我就不寒而栗。于是我便尝试着在那位脸色憔悴的老师(我觉得他会很乐意自己动手来写这封信)的教导下,加上一点中式尺牍的修辞手法,以润色我那些光秃秃的措辞。然而,老师因为我拒绝接受他的授课一事,非常恼怒，不再对这件事感兴趣，他用长长的指甲在墙上磨了磨，然后扇起了扇子。

"贤惠女弟子，"我写道，"览阅知悉"，结语是"书短意长""不赘""即颂近安"。

据说要经过多年的练习，才能够掌握中国的书法。用以写字的毛笔需要非常精细的操作，笔杆必须直立，从肘部开始运笔。在书写时，我觉得第一笔（或者说在西方人的书写习惯下，第一笔应该是另外一笔）似乎应该放在最后，反而应该从最后一笔开始写。我争辩说最后的结果是一样的，但老师只是摇摇头，不允许我偏离传统的写法。我请他给信封写上地址，终于让他高兴了一些。他花了一些时间才写完，当你意识到其中的复杂性时，就不会感到惊讶了。在信封的正面写有以下字样：

"罗师娘缄"（有些人或许会认为，这样写完全是多余的。）

"女弟子荣花亲启"

"于魏师娘女子学校"

"寄往登州府城内的一所外国学校"

在信封的反面写有谜语一般的以下这些词语：

"申"（第九位地支）

"戊"（第五位天干）

还有下面这些词语：

"七月二十三日"

"寄自芝罘东山"

"封"

你知道,在中国每60年是一个轮回的周期。在60年期满之前,十天干和十二地支要两者反复相配6次,前者是6次,后者是5次。[①] 所以信封背面所写的"第九位地支"和"第五位天干"就是指当前这60年中的第35个年头(戊申)。除了上述这些计算时间的方法之外,还有掌管着年岁的十二生肖,并与十二地支相对应。[②] 只要告诉一个中国人你出生那一年的生肖,他稍加思索,就能说出你目前的年龄。

我那位博学的、长着长指甲的秀才老师令我想起了之前我们在北京拜访过的另一名学究。然而他从事的行业并非教育,而是农业。中国社会被大致分为4个阶层:文人、农民、工匠,以及排在最后和地位最低的商人。下面这句话引自一位皇帝的"圣谕":

"全天下的农民是动力之源,而商人则是附属品。"[③]

我们新近认识的魏先生似乎是一个重要的人物。我们被领着穿过围绕他家的葡萄园,沿途采摘了不同种类的葡萄,有绿色的、金黄色的和紫色的。我们被带进了客厅,客厅是中西混杂式的,

---

① 中国自古便有十天干与十二地支的纪年法,简称"干支"。十天干分别为甲、乙、丙、丁、戊、己、庚、辛、壬、癸;十二地支分别为子、丑、寅、卯、辰、巳、午、未、申、酉、戌、亥。1898年的清廷变法被称作戊戌变法;1911年的武昌起义被称作辛亥革命。——译者注
② 十二生肖与十二地支的对应如下:子鼠、丑牛、寅虎、卯兔、辰龙、巳蛇、午马、未羊、申猴、酉鸡、戌狗、亥猪。——译者注
③ 此处可能是"以故农为天下之本务,而工贾皆其末也",见《清实录》五十七卷,"雍正五年五月"。——译者注

即所有装饰风格中最不吸引人的那种，但从当下中国人的角度来看却非常"体面"。客厅里的一架风琴和一辆自行车构成了屋内最显眼的"家具"。椅子全都围绕着一张圆桌放置，桌上放着水果和糕点，还有普通的英、日风格的杯碟，而非通常的中式陶瓷茶具。一个带玻璃门的大橱柜显然是令主人感到骄傲的财物。橱架上从头到尾摆满了廉价的装饰品、装在硬纸框里的外国照片和其他小玩意。我们很想知道，一个受过教育的中国人在看到英国客厅里琳琅满目的中国和日本古玩时，会不会产生与我们看到这间中国客厅内摆放的毫无价值的英国小玩意儿时同样的感觉。

魏先生的妻子（我们还没有见过她的面）是一个非常特别的女子。她在自家花园的一个角落里用自己的钱盖了一座小学校，并且每天花好几个小时来免费教十几个住在附近的小孩子。否则的话，这些孩子根本就没有机会接受教育。

中国各地都在以这样或那样的方式来响应人们对教育的呼声。在不同的地区，这种响应都以一种意想不到的形式出现。几天前，我们去参观了一所与魏师娘那所简陋的"女子小学"截然不同的学校，那就是当下最重要政客之一的袁世凯所创建并部分修建的水师学堂。在外国租界后面的山上，我们早就注意到了一幢幢一层楼高的本地建筑，这些建筑都是新刷的油漆和灰泥，明亮、洁白、闪闪发光，周围是草地，还有白墙环绕。去年它还没有建成，今年却已经住满了海军士官生。游客可以在获得允许的情况下进入学校参观。我们到达那儿时发现有人在等着我们。两名年轻精明的中国海军军官穿着合身的白色帆布制服，其黑色的长辫子与制服形成了鲜明对比。他们躬身将我们带入客厅——一个布置得像英国二流寄宿公寓的狭长房间。中间那张桌子上铺有花花绿绿的桌布，周围摆着椅子和日式黑金色屏风。茶是按中国方式沏的，而柠檬水和矿泉水则是以外国方式用玻璃杯盛装的。与此同时，用英语进行的对话气氛有点紧张。主人以中国人的方式提出了尖锐的问题，问我们从哪里来，要到哪里去，但显然很懂英语礼仪，没有询问我们的年龄或儿子的数目。最后，我们被带去参观海事学堂。目前在读的160名海军士官生来自中国的四面八方，出身官员阶层和其他社会阶层。他们必须在这儿学习4年，此后他们将作为中国海军的候补军官奔赴海洋。为了获得入学资格，他们必须通过一定的考试，并获得一位中国贵族的提名——在这一点上，我们不再感到惊讶，因为这所学院才开办几个月，就已经招满了学生——所有的教育费用等都由政府承担！

目前，中国海军几乎已不存在，尚未从1895年的中日甲午战争的损失中恢复过来。的确，中国是有一些炮艇，月初，有一艘船头画着一条黄龙和一只大眼睛的炮艇停靠在芝罘湾。不过，这160名海军士官生还要5年左右的时间才能准备就绪，在此期间，如果海事学堂能够实现其理想的话，可能会大有作为。这里有大量的油漆粉刷的建筑，但其造型给人轻飘飘和不踏实之感，仿佛预示着未来的不妙。我们透过各式各样的玻璃门，看到了一间间整齐划一的教室，穿着白色帆布制服的中国男孩坐在外国课桌前，课堂布局是外国式的，教科书也是外国的。他们在一个教室里学习英语，在另一个教室里学习代数。庭院后面还有庭院，围绕这些院子的都是单层的房屋，在一条长长的通道尽头有一个用焚香供着的神龛，这无疑是为了抵御外国游客造成恶劣影响而采取的预防手段。然而，这个地方正是为了教授我们讨人嫌的外语和西方式的沉默，房间的陈设在每个细节上都显示出西方的影响，尤其是浴室，有20多个，冷热水都有。有一座孤立的二层楼吸引了我们的注意力。

"噢，那座楼，"他们说，"是专门给外国教授住的。"

"那些外国教授究竟是谁呢？"我们好奇地问。

但是他们摇摇头，他们目前连一个外国教授都没有，但希望以后能请到几位。

"慢慢来。"这句话的含义是"以后会好起来的"。在中国，人们对于许多难以回答的问题就是这么回复的。

目前跟这个海军学堂有关系的唯一外国人是一位炮术教官，其他的教员全部是中国人。

黛博拉和我现在也不得不暂时分别。她回到了登州府，跟我们的传教士朋友安静地住在一起。而我重回内陆，明天将坐轮船去天津，接着要乘火车去获（huái）鹿县，①并继续前往山西，以便见证一下荒芜的华北乡间，那儿的人民穷得连饭都吃不饱，而且不

---

① 位于今河北省石家庄市鹿泉区，"获鹿"为旧县名，在方言中，"获"音 huái。——译者注

得不用白开水来取代茶。

几周前，庄稼遭遇干旱，一些作为反洋联盟成员的山西人为了祭祀丰收之神，焚烧了用面团做成的人偶，有些人偶以黄蜂般的腰部和其他奇怪的特征来代表令人生畏的洋人。中国人不喜欢任何形式的细腰，所以我必须给自己准备一件宽松的长外套来讨好山西人。

不久后，我会再给你写信。

你的，

V.

获鹿

(1908年9月)

昨天，我乘坐火车沿比（利时）—中（国）合建的铁路线，从天津前往石家庄，度过了一段有趣的时光，但是，我的一等车票却压根没派上用场。火车上唯一的一等车厢是一个装饰类似于豪华轿车的"双门轿厢"，内设6个座位，外层车厢专门用来放痰盂和灶台，据说这个"轿厢"是总督衙门专用的。总督的随行人员最后只剩下一个外表温顺，看上去像个姑娘的小太太和她的女仆，女仆背对着门坐着，不让任何人进门，而男仆则在另一侧的门前站岗。他们对我说，我这个"洋蛮夷"必须待在有痰盂和灶台的外厢，那儿的部分座位现已被中国士兵所占据。我对此表示反对，并要求在"双门轿厢"里面坐，那里当然有足够的空间。列车员试图找借口，他们说总督已经买下了一等车厢所有的票。但此时检票员正好走过来，并且证明前面的说法是错误的。下一个理由我很难辩驳，即总督的太太从未见过洋女人，恐怕会被"吓"死。我说，恰恰相反，她会享受其中的乐趣。然而衙役显然得到了严格的命令,拒绝让我坐在轿厢里面。最后检票员解释说,铁路局局长已经准许总督太太占据整个"双门轿厢"的座位。这当然是第3个谎言,但似乎戳穿它也没有用,再说火车上也找不到一位西方人来做评判。于是,我就在一节二等车厢里乱糟糟的蛋壳和橘子皮中安顿了下来,那儿的烹饪工作一直在进行之中。炉子点燃了,天暖和了,此外,我的心情也变得激动起来。后来,火车又加了几个车厢,并提供了新的一等车厢。

到达石家庄的时候,天已经黑了。月台上到处都是色彩鲜艳的萤火虫,它们一会儿飞到这边,一会儿飞到那边——换句话说,就像是在棍子末端晃来晃去的纸灯笼。一大群挑夫围住了车厢,有两个身体强壮的青年抓住了我的行李。

"我在等一个外国人来接我,"我说,"他来了吗?"

"有!有!"他们一边回答,一边抬起我的行李,跑着走下月台之外的高地,进入了前面那块开阔地。举目望去,任何地方都看不到一位外国人,只有一群神情亢奋的中国人,后者跟着我喊,试图把跑走的那两个人叫回来。我紧紧抓住地毯带的一端,让他们牵着我走。我们走下月台,又走回来,但没有看到任何外国人。就在我想下一步该怎么办的时候,我听到有人叫我的名字,你相信吗?我在月台下错车了——本应该在另一个没有月台的地方下车的。我的朋友们没有意识到我不习惯这些反常的方法,他们以为我失踪了——当然,在纸灯笼的昏暗光线下,要分辨出一个人和另一个人来是非常困难的。

石家庄是山西铁路线与北京铁路线交会的枢纽,由于白天只有一列客车,所以去山西的大多数旅客通常都要在这儿过夜。那儿有一座现代的中国客栈——它比其他大多数客栈都整洁,但还是按照旧式的驼队客栈(Camel inns)风格建造的。① 客房中的炕或砖床就像一个空旷的平台,占据了整个房间的一半。但我自己住的房间却更加简陋,屋里摆放着一些车轱辘,刚完工和新上漆的,等着被运送到北京。第2天早上,我们天一亮就出发去赶白天的那班客车,并及时赶到了获鹿,吃上了早饭。我在获鹿跟凯的中国内地会朋友们一起待了两天。

这是我首次亲眼见到大名鼎鼎的"黄土"(Loess soil)——长期以来,按照一位著名权威人士的说法,这都是一个"地质学未解之谜"。据说,黄土是世界上唯一不需要人工施肥就可以生长庄稼的土壤。无论从颜色,还是从质地来说,它都像是普通的尘土——卡其布颜色的尘土——此外,它的实际效果更令人失望透顶。这是无法回避的问题。城镇里那些方方正正的房子都是用晒干的黄土砖砌成的,平整的屋顶与墙壁的颜色相同,道路就像干涸的河道或宽阔的沟渠,夹在摇摇欲坠的黄土河岸之间,深达18—20英尺或更深。这种奇特的粉状土壤有一个特点,那就是它会裂成一条条裂缝,这些裂缝四通八达,延伸到土地的各个角落。在有些地方黄土形成了一系列梯田。只要有耕种的条件,土地上就

---

① 晚清时期,骆驼是中国北方主要的交通运输工具之一。——译者注

会种植高粱、小麦、小米、红薯、豆类等，但上层的田地很可能会逐年变小，因为边缘会断裂，或者土壤中突然出现的裂缝会把一部分土壤带到下面的深沟里。因此，机智的农民通常会买下层的土地，这样他最终也不会变得更穷。获鹿没有灌木丛篱笆，只有黄土的断埂，由于裂缝很深，河岸摇摇欲坠，获鹿的环境让人联想到一片建筑用地，未来房屋的地基已被挖开，然后就荒废了。约3英里外的山峦在朦胧的群山环抱下，呈现出柔和的蓝色和紫水晶色。

我目前居住的这所房子就是1900年那场悲剧的发生地之一。在一本名为《九死一生》(*In Deaths Oft*)[1]的小书中，我们在获鹿的朋友对他们在那多事之秋的经历做了简略但非常令人印象深刻的描述。他们讲述了自己如何最终被迫逃离住地，到山里去避难，先是在一个寺庙里，后又在一个洞穴中，最后是在一个农庄里。他们7次面临迫在眉睫的生命危险，又7次奇迹般地从看似必死无疑的境地里被解救出来。直到回到城里之后，他们才得知房东当时的阴谋。原来，在他们出逃前长达3个星期的时间里，有两个授命要杀死他们的人一直躲藏在邻屋的屋顶上，等着他们走出房子到街上去——这样房子本身就不会成为谋杀现场了。但这两个人终究还是错过了机会，而且再也没有机会了。这个背信弃义的房东，

---

[1] 此书作者系中国内地会的英国传教士 C. H. S. Green（汉名为青季连），其于1894年被派往获鹿。——译者注

按理说应该被处以死刑，但就是在他试图消灭的那些外国人的干预下，他最终得到了宽恕。到现在，我相信他们相互间实际上已经成了朋友。

获鹿附近的铁路穿越一片古老的明代坟场。那些家族墓地恰好位于近郊，为了修建铁路线而不得不迁坟的人，都得到了巨额补偿。这些坟墓成了如此有利可图的财产，以至于它们的数量在极短时间内大幅增加。在安葬有许多中国人的坟场里，我们穿过一片又一片长满青草的坟丘——所有这些坟丘全部一模一样，没有任何可辨认的标记——我们不禁要问，中国人为什么总能认出自己家族的坟墓，而且从来没有出过任何差错。诚然，他们对方向有着准确无误的直觉，并且在任何场合都使用北、南、东、西——或者更确切地说，东、南、西、北（中国人的习惯说法）等术语。例如，他们会说"南边的菜"或"东边的菜"，而不是"桌子尽头的菜"，或者说"他往北边去了"，而不是"他在花园的另一边"。前几天有人告诉我，有一位女士看病时抱怨自己的耳朵疼痛。

"是哪一只耳朵？"医生问道。

"就是西边那只，"她回答，"我正脸朝北。"

选择墓址往往会困难重重。风水师必须选一个青龙[1]和白虎[2]

---

[1] 代表正能量。
[2] 代表负能量。

能"和谐相处"、没有水道直接穿过的地方,因为水会带走元气;也不能选择有"煞气"(比如有一条直线状的地貌或建筑指向坟墓)的地方。"洋蛮夷"那笔直的铁轨已经一次又一次地伤害了青龙和白虎。

考虑到风水迷信深植于中国人的心底,我们不禁为铁路在中国的不断增加而感到诧异。我所乘坐的前往山西首府太原的那趟火车是由西方人来驾驶的,而且这趟火车才刚开通了几个月。

从获鹿到太原的这趟旅行共耗时 12 个小时,但路上的停靠站很多。每隔 20 分钟左右,火车就会停靠在一个孤寂的站头——玩具式建筑下的玩具式月台上站着一长排士兵,这给原本普普通通的铁路站点增添了一丝陌生感。然而我们旅途中所经过的乡间却绝非寻常之地。火车吃力地爬着坡,沿着弯弯曲曲的铁路穿越群山,进入了山西省,蜿蜒穿过广阔的黄土地带——穿过黄土悬崖上几百英尺深的狭窄通道,经过大片土黄色的梯田,登上高高的山脊,从那里可以俯瞰悬崖脚下凹陷的道路,以及崩塌的黄土深坑。房屋的墙壁主要是用黄土砖砌成的,一排排地叠加在一起,就像无形的书架上放着古老的小牛皮纸手抄本,上面覆盖着灰泥,很多处的灰泥已经脱落。由于平顶和黄土墙的颜色与周围的土壤相同,从远处几乎看不到这些城镇。到处都没有树。悬崖峭壁的表面不时地被巨大的、像隧道一样的黑色洞穴所刺破。这些黑洞原来就是窑洞,是黄土地区非常受欢迎的民居。

我的朋友 S 小姐在太原火车站迎接我。我们四肢并用地爬上

获鹿 / 251

一辆没有弹簧的有篷马车,"骨头被轮子轧到的石头震得嘎吱嘎吱响",沿着崎岖的小路向城门驶去。我们向守城门的哨兵报了我的中文名字,于是便来到了一条沿街有高墙和低矮房屋的宽阔大街上,街上点缀着一簇簇树——在贫瘠的黄土地上,看到这些景象就会让人感到愉悦。走了几百码,我们在一个带卷曲屋顶的门廊下的破旧双门前停了下来,跟着女主人穿过迷宫般的小庭院,每个庭院都在某个意想不到的拐角处向外敞开,最后我们来到了一个小花园,花园周围亮着灯的亭子(后来发现是卧室和起居室)宣布我们"到了"。

太原府令我深感兴趣。

当地居民看我们的眼光一半是惊诧,一半是轻蔑。8年多以前,他们自以为已经永远摆脱了"洋蛮夷"。

然而事情并非如此。

他们不仅又回来了,而且人数比以前更多,被夷为平地的建筑被重新建起,面积比以前大了一倍;新的"洋房"如雨后春笋般出现。在城门半里之内,出现了可怕的"铁道"和"火车";在城中还出现了一所学习西学的"山西大学堂西学专斋",有200名中国学子在此学习,由外国教授任教!此事已经得到了知府大人的赞许,在最近的一次考试中,知府大人亲自到大学"喝茶",一连一周,日复一日,并对考试过程表示支持!

太原府南城门

顺便说一句，山西大学堂西学专斋是用庚子赔款创办起来的，在1900年的义和团运动之后，新教的传教使团拒绝接受山西省政府对于杀人毁物的战争赔款，但规定这笔钱用于太原城的教育事业。① 太原的其他学校和学院都是由中国人创办的。据说太原府共有数千名学生，所以山西大学堂西学专斋的200名学生只占了很小的比例。

公立女学堂是一个新创办的学校。为了能顺利招收到学生，学校的教育是免费提供的，有些在读的女学生还能获得报酬。我朋友所办女子学校里最优秀的两个学生就是被奖学金的承诺所吸引的！有一天我们去参观了那个学校，看到学生们的年龄从五岁到五六十岁不等，我感到非常有趣！也许因为中国妇女看起来年龄偏大，后者实际上只有三四十岁。目前似乎很难找到高效率的教师。在这些高效率教师中有一两位是拥有职务和财产的太太，她们是无偿参与教学工作的。从学校的教科书来看，老师们教授的是西学课程。如果这幅凸版印刷作品与某些插图一样可笑，那么人们不禁要问，西方的思想是以何种奇怪的形式呈现在这些好学的中国人面前的。我们看到的这些教科书只是些初级课本，但许多学生，包括那些年纪大的学生，都处于刚开始接触西学的入门阶段。对于那些年纪大的学生来说，敢于接触西学就已经显示出很大勇气了！

---

① 山西大学堂创立于1902年，设中学专斋和西学专斋，由山西巡抚岑春煊和英国传教士李提摩太（Timothy Richard）共同创办，该学堂是中国最早的三所国立大学堂之一。——译者注

英语课因被认为没有希望而被放弃。考虑到这门课的教师本身都没学过多少英语，而且极不愿意别人去纠正他们的错误，这么做就不足为奇了。

一位住在学校隔壁、有时应召而来学校义务教学的太太告诉我们，在中国女子学校中对学生的惩罚通常包括用一根小竹板打学生的掌心。然而，对于一个犯了大错的小孩子来说，肇事者往往会被"判决"由她自己来执行惩罚！显然，把事情做得彻底是一种荣誉，而被打过掌心的孩子的手在接下来的日子里会淤青肿胀，惨不忍睹！

我曾在朋友的这个女子学校中代教过一两周的英语课。有一天早上，孩子们在下课时聚集在我周围，提出了一个急切的要求。她们想知道我的"门牙是否拔掉了"，当我笑着驳斥这一想法时，她们的脸色都变了，我知道我在她们心目中的地位明显降低了。

这些中国女孩娇俏可人、彬彬有礼，一双黑眼睛很有魅力，只要有人给她们一丝鼓励，她们就会开心地两眼放光。但是，中国的一切都有意外，温柔的女学生也不例外。我的女主人有一次曾计划在自己生日那天犒劳她们。她们可以自己选择想要什么样的犒劳。想象一下，那些娇滴滴的小姑娘只有一个愿望——她们想去刑场看砍头！不用说，我们还需要第二种选择。

在上一周里，我们一直在拜访太原府内的一些太太，以及其他一些社会地位较低微的女性。如果让我自己去分辨，除了少数特殊情况外，我是很难分辨出这两者之间的区别的。至于客厅，无论你走到哪里，它们之间都有很高的相似性。最主要的家具是一张靠墙摆放的桌子，就像一个祭坛，上面摆放着一组金属香炉、花瓶和烛台。两边是两把深色木头或乌木的实心椅子，这是主宾席。按照中国的习俗，假如桌上有块布的话，那块布也是挂在桌子前面，而非铺在桌面上的！

地板通常是用不太平整的石板铺设的，墙壁上的灰泥正在脱落。如果房间既是起居室，又是客厅，那么墙壁上就会挂上几幅卷轴，偶尔还会挂上一面镜子；房间的一侧是随处可见的炕，晚上这是全家人睡觉的床，白天则可作为沙发、长凳、桌子、书架，什么都可以。窗户上当然是糊窗纸的，所以室内的光线不是那么充足。

我们应邀去拜访一位太太，后者原本是住在一个衙门里的，但她想过一种清净的生活，所以便选择住到附近的"公馆"里。为了迎接我们的访问，她专门更换新衣，并梳妆打扮。一群亲戚和婢女陪同我们穿过内庭院，来到了客厅。在经过长时间的"讨价还价"之后，我作为"新来的客人"被强请到了贵客座上。会话进行得很不顺利，因为这位太太是南方人，听不懂北方官话。然而，一位面容姣好的女孩却流利地加入了谈话。结果，我们发现她是二太太，而大太太和二太太之间很容易争风吃醋，因此我们不得不把大部分注意力放在这位有些沉默寡言、无趣的女主人身上。

在这些场合，当有人端茶进来时，礼仪规定，除非特别要求，否则不得将茶杯举到嘴边。即便如此，良好的礼仪也要求人们首先向女主人提出邀请，而女主人会表示拒绝，然后她再次向客人发出邀请。拿起杯子时需要小心。为了礼貌起见，应该用两只手，而且不要揭开盖子，只需稍稍向后推，让不含茶叶的茶水渗入嘴唇。女主人还提供了一些味道怪异的枣泥饼，你千万不要拒绝食用。没有人会相信，当你吃完第一块饼后，就不想再吃第二块。那些绝非干净的手指会把更多的点心塞到你的手里，并把它们堆在你杯子旁边的桌子上。访问结束时，你拱着你的手，鞠躬致意，笑容满面。

女主人说："等你们有空时，再来坐一会儿。"

"我们会来给您请安的。"我们答道。于是我们再次全部鞠躬。

"原谅我不能远送，"她说，"慢走。"

"请留步，"我们赶紧补充道，"别出来。我们不希望受到格外礼遇。"（即"别客气"）于是我们再次鞠躬。

然而女主人并没有离去。在每一个拐弯处，上述辞别就会重复一次。有时她会一直送到大门口，而告辞的话没完没了。按照严格的礼节，必须是尊者先转身离去，但有时在涉及一个中国人、一个外国人的时候，他们的社会地位高低就很难决定了。双方都不希望在地位上比对方高，这样就会浪费很多时间。

那次我们去拜访公馆的太太，令我惊讶的是，她们坚持要支付在门口等着我们的两辆有篷马车的车费！

礼节也是有差异的，女人之间的礼节不像男人之间的礼节那么严格。假如一位太太想要打发一位待得太久的客人，她只须让仆人给客人上茶就行。知道这个信号的客人会立即起身告辞。关于行为举止的规定竟多达3000多条。我不知道是否有人了解并遵守所有这些原则,但它们或多或少地渗透到了社会的各个阶层,连一位厨师或苦力都有惊人的风度。

有一天,我被带去拜访一位年轻时认识慈禧太后的满族妇女。那时这位满族太太的社会地位要远高于后来的那位"皇太后",但时间的跷跷板把其中一位送上了天,而另一位则落了地。当慈禧太后垂帘听政、凌驾于"天子"本人之上时,那位满族太太则住在两间平房里。平房通向一个铺着路面的庭院,周围是其他家庭的简陋住所。然而,在我们被邀请进入她的内室时,却发现室内摆放着一些精美的家具和精选的瓷器——昔日辉煌的遗迹。

这位太太已经73岁了——跟慈禧太后同岁——但看上去比实际年龄更老。她的眼睛非常浑浊,背也弯曲得厉害,但她的记忆力却保持着旺盛的活力。我们稍加鼓励后,她便向我们讲述了自己年轻时的故事,那时叶赫那拉氏还是住在太原府城的一位年轻貌美的姑娘,其父亲是一名小官,他去世一两年后,其家庭陷入了非常拮据的境地。而叶赫那拉氏的母亲不顾儿子的竭力反对,又嫁了人。

叶赫那拉氏的家庭并不幸福。她弟弟对母亲感到愤怒,并竭尽全力想要破坏她的第二次婚姻。叶赫那拉氏却正好相反,她站在母亲这一边。然而,终于有一天,她在老家的生活突然结束了。按照习俗,清廷会挑选一些有姿色的满族官员女儿作为秀女,送到北京去让皇帝的母亲挑选，以决定她们中间有哪些人可以进入皇帝的后宫。首选便是来自太原府的这位俊美少女。

后来，叶赫那拉氏生了一个儿子，名字也改成了"慈禧"，而皇后却没有儿子。就这样，既有姿色又有头脑的慈禧手中便掌握了越来越大的权力，直到她最终成为皇帝的正宫皇后。接着皇帝本人也"升天"了，慈禧发现自己实际上已经掌握了皇权，她毫不留情地使用了手中这突如其来的权力。

她有着强烈的报复心理，从不原谅或忘记任何伤害，无论是真实的还是虚构的。她会追捕每一个对她死去的父亲有任何不友好举动的人，或者，她可能会以高雅的中式风格，给他们每人送上一条白绫，让他们别无选择，只好尽快结束自己的生命。至于她的母亲，在其生前，她向母亲赠送了许多华丽的礼物，但在母亲死后，她坚决不让可恨的弟弟从他母亲的财产中获利，虽然他是这些财产的合法继承人。她还下了密令，要把房子烧成灰烬，把一切都彻底毁掉！

听了老太太的回忆，想着迄今仍萦绕在太原府城头的1900年阴影，我们觉得美丽的叶赫那拉氏岂止是实现了她年轻时的诺言。据说——而且消息来自清廷高层——在临终之前，慈禧太后曾试图再次把洋人赶出中国。

与此同时，虽然有动乱的谣言，但还是看不到任何动乱的迹象。我们家最温顺的成员——厨师，曾是个义和团的拳民。他是一个笑容迷人的人，似乎对家里所有的宠物都有一种神奇的吸引力——两只没被拴住的猫和一只狗。在中国的西北部,猫都被拴了起来,而狗却能无拘无束地满地跑!

无论如何,中国猫要比英国猫显得更加珍贵。古伯察曾提及中国人把猫视为钟表:从上午9点至11点,猫眼的瞳孔既大又圆;从下午1点至3点,猫眼的瞳孔两头尖;从中午11点至下午1点,猫眼的瞳孔呈一条线;等等。

回到我们那位当过拳民的厨师。不久前,他表达了想娶一位老婆的愿望。由于娶亲的钱还不够,我的朋友慷慨地借给他40块银元,去购买聘礼。他找到了一个从各方面来看都很合适的人。我的朋友自然想知道厨师这位未婚妻的具体情况。

厨师的脸上洋溢着笑容。

"她有两只橱柜,"厨师说,"还有一张桌子!"

"是的,是的!但是她的性格究竟怎么样?"

这真是没救了。所有关于她的信息就是:

"两只橱柜和一张桌子!"

众所周知,这些中国人是很好的人,常常处在不受外界影响的坦然状态中。有时我真想带几个人回英国去。然而,我开始意识到与之相关的一些困难。

由于每个人都与其他人串通一气,要赶走一个不想走的仆人,或雇用一个其他人反对的仆人,都变得异常困难。

那位学校的厨师被要求辞职,因为他的烹调手艺达不到标准。他欣然接受了解雇,学校聘请的新厨师将于下周到任。就在新厨师应该上任的那天早上，有人送来了一张字条，说他的"妻子快死了"，因此要过些天才能来。因此，学校又联系原来的那位厨师，请他"受命"再多干几天。厨师微笑着拒绝了，称他假如在被辞退之后再去工作的话，就会"丢脸"。

于是，我朋友派出一位跑堂的服务员，让他把厨师的弟弟找来充当临时工，但"跑堂的"有一个更值得一试的计划！他很快就返回，提议说，原来的那位厨师愿意再回来重操旧业，但条件是当新的厨师到任之后，学校会给他安排另一个职位。考虑到还有新的访客要来，届时需要有人帮工，于是我朋友就答应了。

仆人们都得到了他们所想得到的东西。"快死了的妻子"神奇地康复，大家都变得笑容满面。

中国厨师从来也不会惊慌失措。外国人对中国人的知识往往不屑一顾，但中国厨师对厨房的管理会让外国女主人大吃一惊。如果有一天，有人临时邀请朋友共进晚餐并且对方也接受了邀请，厨师在得知有客人要来时，会淡淡说一句，"到这里吃"（Catchee chow this side），并不会表现出任何的不安。他只需去受邀客人的家，让对方那家的厨师做好客人平时在家吃的晚餐并交给他。

当周末结账时，两个厨师都有收益。客人家的厨师向自己的主人收取他们没有吃到的晚餐的费用，并向"借用"晚餐的厨师索要"揩油"的钱，而后者则向主人收取招待客人的费用。在这方面他们如鱼得水，当我向"跑堂的"提出想买一件满族刺绣长袍时，就为此付出了代价。

他的脸上露出了笑容。

在令人难以想象的短时间内,他给我带来了各种长袍的样品。这些长袍的主人一直没有露面。我们敏锐地猜到,是那个"跑堂的"定好了价格,目的是最大限度地"揩油"。这一次,他做得太过分了。我们觉得这些长袍的价格太贵了,所以一件也没有买。

我几乎不知道自己这么做的后果。自那以后,每当我试图购买满族长袍时,总是不成功。那个"跑堂的"似乎决定暗中作梗,好让我知道自己必须通过他才能买到满族长袍,否则就甭想买到。我在店铺里到处打听,那儿要么没有,要么就是长袍太小或不合适。我询问其他仆人,他们摇摇头,或微笑着说"是",而其实际意思是"否"。

最后,我把我所遇到的困难告诉了隔壁的一位太太,并且通过她终于成功地买到了一件我想买的长袍。这个"跑堂的"最终还是被挫败了,但他表现得比以往更加和蔼可亲。

我注意到他用耳朵做钱包,像变戏法一样从里面掏出两角钱的硬币。这似乎是中国人的另一种节俭习俗。不过,虽然他们的耳朵往往大得出奇,但它们所储存的硬币都会很快耗尽!

10月11日

我对太原府的气候充满好感,除了那些大风天。当狂风把轻薄的黄土吹成遮天蔽日的沙尘暴,房子里里外外都蒙上了一层灰尘。城市所在的平原海拔约2000英尺,空气清新,令人神清气爽。我有"山"一样的胃口和充沛的精力,但他们告诉我,过一段时间胃口就会下降,睡不着觉,头发会脱落,皮肤会干枯,骨头会因为干燥的气候而开裂,总之,中国北方的气候"让人神经紧张"。

这种说法并不适用于当地人。在中国,人们很少听到神经疾病的消息:人们听到的更多的是瘟疫、饥荒和发烧。时下瘟疫肆虐,太原府从未远离伤寒和天花。大约30年前,由于一场可怕的饥荒,该地区几乎人烟绝迹,与中国其他地区相比,现在这里仍然人烟稀少。

这座城市目前约有25000名居民,而且还有更多的土地空置着。在该城市周边的乡间,人们会被这里人烟稀少的景象所震撼。城市周围一片荒凉。有一天,有人借给我一匹马,我和几个朋友骑着马来到那两座并排矗立在高地上的棕黄色宝塔前——宝塔有三层楼高,上面贴着蓝色的瓷砖。每一个有影响力的城镇都至少拥有一座宝塔——建造它的目的是控制城镇的命运,传播良善并压制邪恶。

据了解,它们偶尔也会失灵。我读到过中国西部的一座塔,不久前，这座塔在其失灵几年后被拆掉了一部分，据说因为宝塔的重量都压在了神龙的背上，使它感觉很不舒服。神龙的恼怒阻断了文脉，7年来那个城市及周边地区竟没有一人在科举考试中获得举人的功名。然而，当宝塔的高度降低后，该市的一位考生在一次科举考试中便以优异的成绩脱颖而出。所有的相关人员心里都明白，神龙已被安抚。

我们骑着马穿过一片片平整的菜地，在高高的黄土"悬崖"之间，凹陷的小路和像干涸的河道一样的道路将菜地分割得支离破碎，伤痕累累。在宝塔旁的高地上，我们可以看到方圆数英里的大地。越过没有树木、被太阳灼伤、尘土飞扬的平原，我们看到远处的山丘——在夕阳的余晖中，这些山丘显得蔚蓝而朦胧。

至于这座城市本身，就在我们西面3英里处，就像所有的中国城市一样，它"把自己的光芒隐藏在灯罩之下"。该城市没什么可稀罕的，除了城墙——与泥土同色，因年久失修而变得黝黑。城门的关闭是在下午6点（夏季是下午7点），若无生死攸关的大事，它们便不会再打开。然而在城墙顶上瞭望，中国的城市往往看上去不像城市——像一个风景迷人的乡村，或是树荫笼罩下的村落群。可是当你从城墙上下来，穿过飞扬的尘土，踏入城门周围的道路，走进一条繁忙的街道，穿过一些狭窄的小巷，在高墙之间穿行，经过喧闹的庭院和难以言表的垃圾堆时，你会问自己，那些树都到哪儿去了？它们已经完全消失了，被关在了内庭院之中，很少有人能进到那儿。

太原府的双塔

就在南城门的外面，城墙的一角仿佛挂满了深红色的饰物，阴影中一棵老树的树干跟那片城墙一样挂满了饰物。

"那些是什么东西？"我问道，一边眯起了眼睛，想看得更清楚一点。

"噢，那就是一株树，"他们说，"狐仙的灵魂附在了这棵树上。"于是我们穿过田野，向那棵树走过去。

那些红色的挂饰原来都是些红纸，层层叠叠的红纸上都写着字，那些字句在我看来都像是个谜语，多半是生病期间写下的祈祷词和病愈后写下的一些感恩的话。

至于狐仙，因戴着面纱，所以带有神秘的气氛。在中国，传说狐狸具有某种怪异的力量。它洞察一切，聆听一切，知晓所有的秘密。它能随意改变自己的形象，而且当修炼到1000年时，会变成一只银狐或金狐，过了这一阶段，它的本事就更大了。

据说一两年之前，太原府的这只狐狸曾经消失一段时间。历史并未记载，人们是如何知道那只狐狸又回来了。然而这显然可以从城墙和树干上那层层叠叠的红纸上看出来，这些红纸贴满了一大片城墙，说明有很多人需要狐仙的帮助！

令人惊叹的是，那棵"圣"树的吉祥物竟然是狐狸，而不是老虎。后者的形象在日常生活的许多方面都能见到——在大宅院的外墙上经常有跟活着的老虎一样大，有时甚至更大的老虎画像，以抵御邪灵的侵入。老虎的形象还出现在店铺售卖的银制帽饰和填充枕头上，并被绣在婴儿鞋头，以吓退瘟神。昨天我看见一只丝绸做的老虎被缝在一个小孩上衣的背面，那老虎的尾巴卷起来，就像是一只茶壶的把柄。据说它具有抵抗传染病的力量！

明天我将坐车开始在山西省境内巡游——那是一辆没有减震弹簧的北京骡车，在华北地区，人们一般都坐这样的车旅行，只有那些骑马者除外。我忘了之前是否给你描述过这种骡车。它们就是太原府的出租车，我们每次出门都坐这样的车。车上没有座位，你只能蜷身坐在地板上。为了保持平衡，得用手扶住车的内壁——并非为了防止自己掉出车外，这种危险并不存在，而是为了防止自己撞向车内的木制内壁，因为一旦遇上一道深车辙的话，骤然的震动可能会使你的头部受到重击。至于想要悠闲地坐在车内，享受窗外的风景，这些都是不可能的。骡车的车篷就像一个餐桌罩子那样覆盖在你的头顶上，其一端稍稍向上翘起，它晃动的轨迹会显示出骡子拖动车辕的不规则运动。骡车夫通常是在车旁步行，很少会拉住缰绳。他让缰绳吊在骡子背上，只用自己的吆喝声来引导它们，他用的是中国骡子最容易听懂的一套口令。因此，尝试用西方驾驶方法的外国人会完全控制不住方向，他唯一的希望就在于掌握那一套骡车夫都熟悉的口令。我知道那套口令中最基础的几个："利、利"表示"向左转"；"吁、吁"表示"向右转"；"德尔—尔—尔"表示"停"；"得—得—得"表示"走"。吆喝声还必须合调，否则骡子根本就不会听。

经过长时间的干旱天气之后，天上开始下起了瓢泼大雨。天气的缘故，我们的旅行已经推迟了一天，而现在他们说由于大雨，道路又无法通行了。至于是否真的能够出发,还得等着瞧。我们准备带上铁锹和其他东西,一旦骡车陷入泥沼就把它挖掘出来!

  暂且告别。

你的,
V.

平遥

(10月28日)

(原文中本章节未标注年份,特此说明。——译者注)

我们已经上路 5 天，行程已达 80 英里，而我们本来只想走 2 英里的！但是，如果你先看到我们乘坐的车辆，然后再看到道路的情况，就会对我们还能上路感到惊叹！我本想租一辆我在上一封信中给你描述过的太原骡车（当地人称为"大车"），但不知什么原因，一辆也租不到，那种车才更适合长途旅行。

我怎样才能把大车描述给你听呢？轮子是大车的主要特点——硕大的椭圆形车轮上镶满了巨大的钉子。车身由几块松散的木板拼接而成，车顶则由一块左右拱起的编席组成。两匹马和一头骡子——最强壮的那匹马为辕马，其他的在旁边助力，三者用缰绳连在一起，形成了一个组合。铺盖在大车上铺开，我可以坐在上面，箱子堆积在身后，让我坐在大车上时可以背靠箱子。跟同行的其他人相比，我的待遇已经很奢侈了。在另外一辆大车上，有 10 个本地妇女和 2 个孩子，因身穿棉衣而显得臃肿，紧紧地挤在一起，但因编席车篷的遮蔽，外人看不见。在我们到达目的地之前，在平遥接待我的女主人F夫人则是另一辆大车上的第11位成年人。

在我看来，我们两个人坐在大车上的空间都很狭小。我对那10位妇女和2个孩子的安然自若感到惊叹。出了城门，路面上是1英尺多深的黏糊糊的巧克力状的泥。人们称它们为道路，但其实它们只是经过千百年岁月磨砺，经过无数车轮和脚步开辟出来的。其名称本身就很有意义，在华北，人们称路为"道"（也可指"道理、方法"）。

天色尚早，但我们一行人却突然停了下来。那辆载有10名妇女的大车深陷于一条车辙，我们费了九牛二虎之力，也没能把大车拉出来。车夫把我们这辆大车的两匹马解了下来，想用它们助力其他骡马，把那辆大车从泥沼中拉出来，但仍然不行。最终，车夫们还是靠铁锹硬把那个在泥淖里埋了半截的轮子挖了出来。

到了中午，我们停下来吃午饭。在所有恶劣天气下的狼狈场景中，要数山西的客栈最糟糕。我们不得不下车的那个院子脏得就像是一个猪圈，而房间的地板是泥地，窗纸是破的，简直就像是牛棚。

天又开始下雨，整个下午我们都在泥泞的"河流"中缓慢前行，时不时地在泥潭中翻个跟头。我们与第1天相比只前进了10英里。天色渐渐暗了下来，道路和田野似乎都变成了浑然一体——尽是一片沉闷的泥泞和积水。

我们突然停了下来，而且停得正是时候。再往前走几步，我

紫禁城外两万里
一位英国女作家笔下的晚清市民生活

山西的一个客栈

们就要掉进河里去了。河上的一座桥垮了——我们无法前行。但这不算什么——中国人从不会茫然失措；他总能找到办法。他们用一捆捆高粱秆修补桥梁，用万能的铁锹铲上石头和泥土，其聪明才智令人惊叹。

但当我们来到下一个村庄时，他们决定不再继续前行。

"村里有客栈吗？"我们问。

好吧，村里有些东西可以勉强凑成个客栈。来到一个泥泞的院子里以后，我们身上裹得严严实实地下了车，淋着瓢泼大雨。随后，人群里发生了一些争论。显然，任何地方都容不下我们。但村民们依然愿意尽力而为。

很少有客房不那么诱人的。一匹马站在马厩里啃着切碎的稻草，马厩的内半部被改成了临时卧室，房东一家为我们腾出了一间虽然温暖却散发着霉味的屋子。至于那10个女人，她们被安置在一个谷仓里，那里通风良好，无论如何都不会闷。我们在炕上铺开了晚餐的餐布，点了几碗"米汤"，即一种用小米煮成的粥，里面不时漂浮着南瓜块。顺便说一句，南瓜构成了这间卧室中的家具的一部分，层层叠叠，排列整齐。墙壁被油污熏黑，在那些交通不便的地方，人们可以在地板上的霉菌和灰尘中种出蔬菜来！雨整夜都下个不停，第2天又下了半天。当我们终于又开始出发时，整个乡间几乎都泡在了水中。大路基本上已经消失了，这不仅仅是因为大雨的缘故，而且还似乎因为每年一度的灌溉活动已经开始，由于大路陷于泥土之中，所以每当灌溉季节，大路总是被水淹没，难以通行。我们不得不走一些岔路，而岔路上往往会遇到重重困难。我们一次又一次地停下来修补垮掉的桥，这样才能穿过那些不断出现的河流。

在这种忧郁的天气下，山西平原显得更加凄凉。一眼望去，无论何处都只有庄稼稀疏的田地，不时地会出现一株树叶稀疏、棱角分明的榆树或一棵簌簌发抖的柳树，除了偶尔出现的黄泥村，没有任何东西能缓解这种单调的景象——泥墙平顶的小方屋，不仅门少，而且窗户更少，挤在泥泞的池塘周围，街道与乡间路的唯一区别就是前者的泥泞偶尔会更深一些——事实上，这泥泞深得让人不禁怀疑周围是否有人居住。然而，穿着蓝色棉衣的男人和女人从家门口探出头来，看着我们经过，就像母牛那样凝视着我们。

路上很少有其他的行人——只能见到一匹驮着重物的骡子，偶尔会有一辆有车篷的大车经过，仅此而已。但有一两次，浑厚的驼铃声盖过了骡铃那急促的叮当声，动作缓慢而沉默的骆驼，就像在梦境中一般，抬起头，目不转睛地注视着前方的一切，一长队蓬头垢面的骆驼列队从我们身边走过，巨大的脚掌在泥地上留下了深深的脚印。

我们那天只走了10英里，第2天是星期天，我们便在徐沟留下来，待了一天。星期天下午，我们应邀去某个友好的领居家吃饭。顺便说一句，吃饭的时间被定在下午3点到4点！女主人跟她的儿子、儿媳及其孩子们住在一座宽敞的大房子里，围绕着一个铺着石板的庭院，建有亭台楼阁。在喝过茶和吃过醉枣之后，我们开始坐下来吃饭。餐桌上只有四位客人，我们的女主人及其女儿只是不时地进门来看一下我们吃得怎么样。客人的全部职责似乎就是吃东西，放开肚子吃，默默地吃，除了时不时地帮忙把诱人或不诱人的菜肴从自己的碗里送到同伴的碗里，大家就只知道吃。

星期一，我们又开始向平遥进发。雨已经停了，但是泥泞程度却更加厉害了。尽管我们整天都在努力赶路，但那天总共才走了20英里。在中午吃饭的那个客栈，厨师是个基督徒，他急切地来问候"洋教士"，并请求允许他来支付午饭的费用！

那天晚上，我们又撞上了大运。我们没有住进舒适的客栈，而是受到了中国内地会负责传教分站的本地教徒的友好款待，据说他们已经盼望我们好几天了，还为我们准备了美味的炖菜和一盘馍馍（馒头），尝起来既有面团的味道，也有刷墙用的腻子的味道。

他们在炕下的炉子里烧了几捆高粱秆，烟雾弥漫了整个房间，炕也暖和了，我们可以坐在上面，之后还可以在上面睡觉。

那天晚上下了一场大霜。第2天早上，水坑上结了厚厚的冰，凛冽的风迎面吹来。但如果几周前走这条路，我们应该会遇到一支来自西藏地区的军队——十三世达赖喇嘛正带着他的大批随从——数百名喇嘛、士兵等，还有数百头骡子和骆驼前往北京。[①]在队伍行进的时候，他下令所有人在经过时都必须俯身向他致敬。

[①] 1908年，十三世达赖喇嘛土登嘉措（1876—1933）进京朝觐光绪皇帝。其于9月27日抵达北京，在不久后的10月18日、10月20日，光绪皇帝和慈禧太后先后驾崩。10月27日，十三世达赖带领堪布喇嘛等进内廷叩谒皇太后、皇帝梓宫啐经超度亡灵。——译者注

我的平遥朋友们——中国内地会的F先生夫妇——当时正从乡间旅行归来，所以正好迎面遇上了这位"西藏王"。他们自然没有试图遵从十三世达赖喇嘛的命令，藏兵看他们是"外国人"，所以没有提出抗议。十三世达赖喇嘛及其随从们在平遥城里只停留了一个晚上，但是由平遥市民支付的一个晚上所消费的账单就高达400英镑！

我在平遥停留了5天，享受着F先生夫妇的殷勤好客。他们家的房子原来是一个骆驼客栈，而且现在依然充满骆驼客栈的氛围（我在晚上能听见驼队到来时驼铃那深沉悠扬的音调）。我们位于平遥城西城门外——空旷的乡间光秃秃的，没有树木，尽头是山丘，显得空旷而荒凉——他们告诉我，在光线暗淡的时候，经常可以看到在寻找猎物的狼的影子。

从表面上看，没有人会认为平遥是以富裕而闻名的。但据说它是全山西省最富有的城市，也是一个盛产钱庄老板的地方。有句老话说："山西人爱财不惜命！"他们的财务能力得到了全中国的认可。山西的钱庄老板不仅把他们的分店开到了国内的十八行省，而且还开到了中亚。

如果一个当铺没有山西人来当老板，它是很难成功的。典当行在中国是个大行当——各阶层或多或少都光顾过它。当铺分3个等级，最高等级的当铺将高层人士视为其客户，甚至连政府偶尔也会来向它们借钱！顺便说一句，钱庄之间用鸽子来传递信息的做法颇为成功。鸽子在山西这一带是家养的宠物。普通品种的鸽子经常在尾巴上拴着哨子，当它在空中飞行时，风就会吹响哨子。

当我坐着有篷大车穿行在平遥的街道上时，根本就看不到富裕的迹象。这个城市的主要特征就是泥土。路中央是湿泥巴，路两边是干泥巴，堆积起来可达七八英尺高。当两辆大车在路上交会时——幸亏这种场景并不常见——其中的一辆就得爬上路边的干泥巴堆，以便给对方让出空间。大多数店铺都争相把自己的商品藏在柜子后面。但你可以认出城里的七八十个钱庄，其标志就是挂在屋顶上的一串串铜钱。黑布条像百叶窗一样横挂在敞开的店铺正大门的上半部分，保护着商品使它们不会太显眼。在平遥城的主要大街上有一座三层楼，宝塔顶的鼓楼，色彩绚丽，其蓝色、绿色和大红色的琉璃瓦十分刺目，还有彩绘和镀金的木制品，看起来就像农家院子里放着镶满宝石的皇帝宝座一样格格不入！城东门附近矗立着一座城隍庙，周围聚集着买卖人、理发师和算命先生，里面供奉着一尊木制彩绘神像——城隍爷。有一天，我被告知了关于神像的趣事。当一个新的神像完成之后，就被送到了它即将被供奉的那个寺庙，神像身上所有的细节都已经完成，只有一处是例外——它没有眼睛！而在眼睛被装上之前，那神像就什么也不是。眼睛一旦被装进去，那神像身上立即就有了活的灵魂。我一生中首次，也是仅有的一次，亲眼看见了一个神像的"灵魂"，即一个做成了人的内脏形状（心、肾、肺等）的微型金属吊坠。这些金属吊坠跟一只活的苍蝇混放在一个容器里，然后剧烈地摇动容器，当苍蝇"殉节"之后，它的灵魂便转移到了吊坠身上，并且成

平遥 / 277

为一个神像的灵魂。

沿着东墙再往前走，在一个植满树木的寂静庭院内，坐落着一座庄严肃穆的孔庙，与道观形成鲜明对比。有人用一把生锈的钥匙为我打开了一把生锈的锁，让我走进了这个"神圣的"区域。在昏暗的灯光下，人们只能看见在殿堂中央的祭坛上放置着孔子的神祖牌。在孔庙的这些殿堂里，由于没有塑像，也没有庸俗的象征物，会给人一种神圣感，但因缺乏维护遍布灰尘和蜘蛛网的景况，以及普遍存在的荒废感，却总是显而易见的。这些神庙的特点是，它们所代表的教义、崇高的理想和卓越的理论往往被空洞的仪式和典礼所玷污，并且，那些实行起来并不方便的清规戒律往往被忽视。正如一位著名的权威所说的那样："儒学的答案就是中国。"

我开始穿越乡间往回走，但走的路线与来时并不相同，我考虑着该怎么走，因为我现在是"孤家寡人"了，但我希望当晚能到达离这里有100里的太谷（Taiku），那里住着美国人，他们可能会可怜我，让我在那里过夜，第二天，一切顺利的话，我应该能在榆次（Ütsi）赶上当天的一班火车，回到太原。① 我这次坐的是一辆有篷骡车，由两头骡子拉，走在前面的那头骡子往往会走偏方向。有

———————
① 太谷、榆次当时均为太原府下辖县，分别位于今晋中市太谷区、榆次区。——译者注

一次，当我们穿过一个小树林时，骡子的缰绳缠住了一棵树的树干，它猛地跌倒在地，差点儿把整个大车都弄翻了。

天色渐暗，我们又来到了开阔的平原上，离太谷还很远。月光洒在我们身上，我们默默地稳步前行。为了不让他们知道我的中文词汇量太少，我没有尝试任何交谈。几个小时里，除了偶尔对骡子说"得——得——得"或"吁、吁、吁"之外，我的同伴们从来没有说过一个音节。

几个月之前，我根本想不到自己会跟几位中国车夫穿越这个因1900年发生过最残酷惨案而为西方人所知的山西省。现在我人在旅途，这儿却太平无事，可这能持续多久呢？没有人知道。但是，进步是当今的主题。目前铁路只修到了太原，但慢慢地它就会修到全省的各个角落，山西将会有一个伟大的未来。这方面的一位权威专家断言，山西省的煤炭蕴藏量将能支撑全世界1000年。也许铁矿和其他矿藏也是如此。清政府正在采取措施来探明中国的矿藏资源。至于青龙和白虎是否还会干涉探矿的过程仍有待观察。

我们于当晚抵达了太谷。

"你们来得真晚！"美国人驻地的看门人在开门的时候这样说。我们驶过了一片草地，在一栋二层洋房的外面停了下来。

接下来的场景仿佛发生了从旧世界到新世界的转变。对于那辆在寂静的古城墙外寒冷的月光下孤零零地伫立的粗糙大车而言，帷幕已经落下；等它再徐徐拉开时，我和两个美国人正在一间舒适的美式房间里欢快地吃着晚餐，房间里点着一盏灯，一个巨大的美式火炉给房间带来了暖意。

第2天晚上是一个令人悲哀的对比。我本想回到太原去的，然而最周密的计划也会"出错"，况且我也不确定自己的计划是否像想象的那么周密。我还有70华里要走，有的地方路况很差，有的地方根本没有路，并且还要赶一趟下午4点到6点的火车！

到了下午1点，我们只走完了一半的路程，在一个拥挤的客栈停下来给骡子喂草料。一位出身上层社会的年轻人帮助了我，他向车夫们解释了事情的来龙去脉，并催促他们继续赶路。我点了洗脸的热水，年轻人从口袋里拿出一条宽大的彩色手帕给我当毛巾！我对他表示了感谢，并且解释说我带来了所有我需要的东西。然而，他坚持说我应该接受一点他的礼物，并从口袋里掏出一盒外国香烟，问我是否吸烟。在这一点上也失败以后，他拿出了一把英式方糖——这种糖果在当地是很罕见的——为了满足他的要求，我接受了几块糖，然后爬回我的车上吃了起来。我觉得自己就像动物园里的动物，隔着笼子的栅栏啃着糖，而一群人站在一旁羡慕地看着我。

这位年轻人违背了所有的中国礼仪规则，扶着我上了骡车，并在车上铺了地毯，等等。显然他曾在某种场合下见过西方人和他们的行为举止，并且对此并没有表现出轻蔑，而是试图效仿。

接下来前往榆次的35华里路程是我有生以来感觉最令人兴奋的旅程。骡子在车夫的鞭打下开始快跑，我不得不用手撑住车篷的两边，以避免撞上去。就这样，我还是受到了许多猛烈的撞击和痛苦的震动。骡车被石块震得腾空而起,在拐角处与墙壁撞击时蹭下了后者的碎片,并因陷入深深的车辙和沟渠而几乎翻车。如果只靠我们自己,我们本可以如愿以偿地到达目的地,但在这条路上两车交会的交通规则是轻型车辆让位于重型车辆,我们越接近榆次,遇到的重型车辆就越多。我们不得不一次次地靠边让路,当一辆笨重的牛车像一只不情愿的猫一样慢吞吞地沿着一条一次只能容纳一辆车的道路蹒跚而行时,我们的灵魂在忍耐中受着煎熬。

至于榆次的街道,它们都被众多的骡车和独轮车堵得严严实实。请想象一下,在这种情景下,我又怎么赶得上火车呢!唉,只差了五分钟,我们错过了那班火车,我又得再等上24个小时才能赶上下一班!

除了去客栈,别无他法。我选择了一家位于城门外靠近火车站,并且看上去还不错的客栈,并要求住那儿最好的房间。他们都说那个房间对我来说太大了,但是我坚持要那个房间,说无论如何我会为它支付相应的费用。就这样,我最终得到了一个宽敞的房间,屋内有两个大炕和一张桌子。

我从客栈的厨房点了稀饭,并在一大群好奇观众的注视下吃完了晚饭。然后我关上了门,并落下了木制的门栓——在中国的这些客栈里没有门锁,至少我从未见过锁——在炕上铺好床之后,我就在院子里男人和骡子的来回走动声,以及驾驭和解驭的喧闹声中进入了梦乡。

几个小时后,我猛然惊醒,感觉到一个隐秘的脚步声像猫一样

紫禁城外两万里
一位英国女作家笔下的晚清市民生活

山西骡车

轻轻地、小心翼翼地从我身上走过。幸运的是,当我扯动床单时,没有感到反作用力,但从枕头另一侧传来的抓挠声和刮擦声中,我意识到炕上有老鼠在跟我做伴。我不敢点亮蜡烛,怕看到的老鼠数量超出我的预想。为了以防万一,我把针织披肩盖在头上和脸上,然后又睡着了。

这些老鼠真是胆大包天。第2天,我先是看到一只老鼠,然后又看到另一只,它们完全不顾我的存在,在进行晨练。我向客栈的仆人抱怨,他笑了笑。这些都只是小老鼠,他说,无关紧要。客栈里有时还会有大老鼠,其身材是我所见老鼠的两倍!

11月的第2个星期,我踏上了返回芝罘的路途。我本想再次访问北京,但在最后一刻被阻止了。那时,我们谁也不知道,可怕的死亡阴影正阴沉沉地在紫禁城的午门上方盘旋。

> 卢浮宫门前的垂老卫兵
> 不再捍卫我们的国王

11月15日,消息终于传来。

中国的光绪皇帝已经去世!清廷的黄龙旗降下了半旗,而中国人却面带微笑。他们微笑着互相传播这一消息。并不是因为他们

---

① 原文为法语"Le garde qui vieille aux barrieres du Louvre /N'en defend point nos roi",出自法国文艺复兴时期诗人弗朗索瓦·德·马雷伯(François de Malherbe,1555—1628)的诗句。——译者注

为这一消息感到欢欣鼓舞,远非如此,只是我们经常被告知:一看到棺材或一提到死亡,大多数人的脸上都会露出笑容。有人说,这只是紧张造成的后果。我不禁要问,这最初是不是他们试图欺骗神灵的一种把戏。人们装作漠不关心的样子,那些无主的灵魂便可能会与他们擦肩而过。当围观斩头时,我被告知,他们会拊掌大笑,为的是吓退邪灵。然而,令人奇怪的是,这些人中有许多人会带一块面包,在头颅被从身体上割下来时,冲上前去,把面包蘸在血里,贪婪地吃掉,以便吸收一点被处决者的勇气和胆量!

今天早上,据报道,光绪皇帝已经辞世。而今天晚上,消息又传来,慈禧太后也死了。

中国人继续面带微笑。

然而,所有外国人都在问,究竟发生了什么?

从中国人的角度看,此时发生的事件是相当自然的。据说一直遭受痢疾折磨的慈禧太后知道自己的生命即将终结,于是她给太医们下了命令,光绪皇帝必须死在她的前面。

但这个秘密被严密地保守着,死亡的寂静就在紫禁城"血红色的"双层城墙后面,一直没有被打破。

但在这两个皇家名字之后,死亡的人数迅速增加。

有小道消息说,中国权势最大的官员袁世凯遭到了暗杀;袁世凯的41名家庭成员全部被处以了死刑;此外,喀喇沁亲王率领成千上万的蒙古士兵在北京城门外安营扎寨,心存不满的士兵们在焚烧城里的房屋;光绪皇帝的侄子,刚满三岁的溥仪被已故的慈禧太后选为皇位的继承人。

与此同时，中国人还是照常工作，对于上述话题没有表现出任何兴趣。不置可否是一条金科玉律。人们认为，任何直言不讳的话语都是不吉利的，而宣布皇帝已死的事实则是最不妥当的。假如你愿意，可以说皇帝"已登上天国的龙座"，或者说"已被接纳为上天的客人"，但"死"这个字是万万不能用的。我在太原府提及我自己的一位亲戚时，曾用过"死"这个字，立即就被人指出了我的错误。我在提及一位值得尊敬的人时可以说"去世"或"过世"等其他类似用词，但决不能用"死"这个字！

然而，毋容置疑的是，光绪皇帝和慈禧太后都已经死了，全国上下开展了祭奠活动，这意味着官帽上的红色顶戴被换成了蓝色或白色顶戴，还有在百日之内，男人不能理发剃须。与此同时，清政府每月付给剃头匠3000文铜钱，以示补偿。

从北京传出的谣言慢慢地平息下来，正如篝火因缺乏燃料而逐渐熄灭那样。袁世凯及其全家并未受到伤害，但谁能说这样的局面能维持多久？儿皇帝溥仪登上了皇位，或者说是在"宣统"的名号下执掌了"神器"，并且颁布了他的第一份诏书！诏书的内容是授予荣誉给许多臣民——贵族、士兵、农民等——并给所有活到100岁的人授予七品顶戴，还有一位活到了120岁的人被授予了六品顶戴！摄政王，即宣统的父亲，据说是一位能干而开明的人。他能这样就很好，因为处于新生阵痛中的中国需要它所能得到的一切智慧。还有国内遍布的那些反朝廷党派，他们又如何呢？你也许会问。可想见的是，他们和其他人一样面带微笑，但没人知道他们在想什么。

在扬子江边的安庆，那儿的反朝廷情绪特别强烈，士兵们已经兵变。但是从那儿传出的最新消息是，叛乱已经平息，兵变首领已被砍头。

清廷从北京向山西的各个城市都派出了号称"六百里驰"的信使，后者携带了一份谕旨，要求将所有革命党人都斩首示众。这些"六百里驰"的标志是，在他们所背邮袋的显眼位置上插着一捆烧焦的羽毛。他们要一口气骑马跑完 600 里的路程。无论是白天，还是夜晚，所有城市的城门都为这些皇家信使开放，并让他们顺利通过。如果有任何人无故拖延皇家信使的行动，他们会被当场砍头。

下星期，我希望继续前往南京，以访问这个古老的明代首都和反朝廷团体的温床。但外国人说，这个国家非常安静，中国人什么也没说。

你的，

V.

南京

(1908年12月)

几个月前开通的沪宁铁路属于一家英国公司，到目前为止，它似乎已经赢得了中国人的青睐，因为它追求的是舒适度而不是速度。9个小时便可驶完从上海到南京的190英里路程，尽管这似乎算不上快，然而其服务之好却是事实，就连二等车厢也提供各种奢侈的服务。早餐、午餐、晚餐，无论是中餐，还是西餐，列车在任何时候都可以提供。一个卖报的小贩在车厢里来回走动，每隔一会儿，列车员就会给旅客们递上热气腾腾的毛巾，用来擦脸和擦手！

每隔15分钟，列车就会停靠在一个崭新的车站——具有红色屋顶和绿色百叶窗的一幢微型房屋，小小的月台上放着一只白色的水桶——就像从玩具箱里拿出的一样，然后又平稳地驶过一长段深耕细作、非常单调的平原农田。这些一望无际的田野被棕色的草皮分割成一块块，这让我想到了一张张绿色的纸，纸上画着线，而那线就是棕色的草皮。

很难意识到，这就是中国，除非在这样的时刻：巨大的黑墙遮挡了人们的视线，其后藏着一座方圆数英里的看不见的城市；或者远处的一座宝塔警示人们那儿有一条"青龙"；或者一头拖着犁的水牛，后面跟着一个穿着蓝色棉布衣服的人，给这本来荒凉的景象增添了一丝生机和色彩。

南京城有一个辉煌的过去和伟大的未来，但当下却相当可怜。在公元4世纪、5世纪、6世纪和14世纪，南京都曾是中国的首都。而且在南京生产的丝绸、绸缎、棉花和碎布——还有纸张——仍在全国范围内享有盛誉，被认为制作精良，以至于人们把质量好的商品都称为"来自南京"，尽管它们的实际产地也许离南京很远。

南京的气候没有什么可以夸耀的。它位于一片平原上，有人称之为半干的沼泽地。我们听说了一些奇怪的疾病，比如一种叫做"沙"（the sand）的疾病，[①]这是一种血液中毒的病，当地人用铜钱摩擦身体肉质最薄弱的部位，就能治愈或假装能治愈这种疾病。

我也是最近才意识到铜钱的这种药物作用的。在得霍乱病的早期阶段，持续而小心地吮吸铜钱，将会是一种可靠而有效的治疗方法！为了证明这一点，提供此秘密的人向我保证，霍乱在东方的铜匠中完全不存在！

那是一个灰暗、寒冷的冬日，我们出发去参观南京昔日辉煌的

[①] 结合后文来看，此处或为"痧"，中医对中暑、霍乱等急性病的称呼。——译者注

遗迹——明朝洪武皇帝的陵墓。洪武皇帝在位期间，南京的城墙周长共有35英里。然而，被围起来的大片区域并没有完全被修建起来，在太平天国起义时，古城的很大一部分被彻底毁坏。

我们穿行在狭窄、照不到阳光的街道上。街上的行人们蜷缩在裹得严严实实的衣服里，围着阴暗潮湿、毫无生气的店铺转来转去。我们在总督衙门的大门口逗留了片刻——这些大门是用油漆过的木头搭建的，就像是高架上的招牌——看着城楼内熙熙攘攘的人群——身着西式制服的中国士兵、穿着中式服装的西洋马车夫、身披丝绸和皮草的商人、身穿蓝色花布的苦力、忧郁的小马和"东洋轿椅"（黄包车在中国被称作"东洋轿椅"）。我们穿过由一排排整齐的灰色小房子组成、道路两旁绿树成荫的满城，来到一片荒凉之地——一个没落王朝的废墟。如今，这里只是一片残垣断壁，随处可见荒凉废墟，这是一座被岁月和风雨毁坏的"枯骨谷"，明朝皇帝的皇宫只剩下一座宏伟的古老牌坊，虽然已经破败不堪，但依然巍峨壮观，还有一座像农夫粮仓一样的坚固石头建筑，不听话的妃子们曾经被囚禁在里面，而这座建筑——哦，命运的讽刺——现在被改为火药工厂！

从这座灰暗死亡阴影笼罩下的逝去之城出来，我们来到没有人烟的草地上，向远处眺望，寻找我们想要看的东西——洪武皇帝的陵墓。

但是，除了一群驴子和它们热心的主人围着我们，并在小路上"筑"起一道坚固的"牲口路障"之外，没有任何迹象可以打破这种单调的景象。

"骑个驴子吧！"他们的喊声震耳欲聋，他们中的一支小分队以特有的执着精神一路陪伴着我们，希望最后能取得胜利。他们在适当的时候提供信息，确保了对我们行动的控制权，并试图让我们承担起他们深知迟早会履行的义务（雇他们的驴子）。

穿过宽约1.5英里的平原，我们来到了一条由石雕动物组成的神道——巨型的骆驼、大象、狮子，还有一个奇怪的动物，驴夫解释说那是海豚[①]——全都有10.5英尺高，是用实心石块雕刻而成的。它们成双成对——其中一对跪着，另一对站着——神道的终点处是碑亭里的一只巨大石龟，身上背着一块巨大的石碑。中国人称石龟为"赑屃"。"赑屃"的意思是"背负着沉重负担的生物"。

"但是陵墓在哪里？"我们问道。

驴夫们指了指我们东面荒芜的山丘。我们朝那个方向走过去，发现自己又来到了另一条神道——这次不是动物，而是身穿甲胄的巨型武士在守卫着神道，就像索多玛平原上的盐柱一样矗立着。神道的终点处又是一只石龟，不仅同样有碑亭，也同样背负着石碑。

在一段台阶的顶端，有一座荒废的寺庙，里面空空荡荡，风吹

[①] 原文即写作"dolphin"，但实际上明孝陵神道石像中并无海豚，此处可能是作者理解有误。——译者注

南京明陵神道

日晒，台子上立有一块神祖牌，这让我们觉得自己终于找到了陵墓所在地。

"皇帝的墓呢？"我们问道。

还要往前走，他们回答。走下并穿过一个铺了石板的庭院，我们发现自己来到了一个似乎是隧道的入口处。

驴夫们指着隧道，让我们进去。有一条类似地铁的隧道，通过一个陡峭的斜面，把我们引向了位于更高一层的一个建筑废墟。

"墓究竟在哪里？"我们问道。

我们同伴中最聪明的那个人威严地朝我们前面陡峭的林中小山挥了挥手，然后开始滔滔不绝地解释起来，我们只听懂了其中的几个词。

我们到了——这一点很清楚——这个谜底终于揭晓了。

出于某些奇怪的原因，约 500 年前去世的洪武皇帝墓地从未被泄露过。

我们面前这座长满了树的小山丘，由中国 18 个行省运来的土壤所堆筑——遵循传统——这么多年以来一直保守着皇陵秘密。所有参与陵墓建造和下葬仪式的人当年都被就地砍了头，为的就是不让任何人知道皇陵的确切所在地！

在后来的日子里——离现在最近的是 1901 年——关于保密本身的手段出现了另一种变化。义和团运动之后，在为了惩治罪犯而进行调查时，歹徒尽其所能地保护自己，将那些提供了控告证据的人的舌头割掉。

万佛寺位于南京城的市中心,建于20年前,与南京的古建筑废墟相比较,其建筑工艺显得较为粗糙。寺庙内有大小镀金观音像数千个,但是绝大多数是小观音像,沿着墙壁排列,从地面一直排到天花板,覆盖屋顶,有的栖息在横梁上,但更多的簇拥着,到处都有,就像是被咒语叫停的一大群镀金蝗虫。一位年轻的僧人一脸平静地守护着,并饶有兴趣地询问我们从哪里来。

"鄙国是英格兰。"我们回答。

"啊!真的吗?这些神像也是来自英格兰的!"他用赞美的语气说道。

从南京乘火车返回上海,经过两小时即可到达镇江,大运河在此汇入了扬子江。我们从镇江乘坐小汽船前往扬州城。小汽船上唯一的一等舱,形状就像是一个大蛋箱。我们和几个因穿着丝绸和绸缎棉袄而显得臃肿的中国人——两个中国女人和一个被棉衣包裹得像长枕一样的孩子——挤在一起。窗户上的小缝太高,看不清外面,舱内也没有足够的空间可以开门。其中一位当地女士不祥地咳嗽着,好像晕船了一样,这更加剧了我们的不适感。

在"蛋箱"里待了两个小时后,我们终于到达了扬州,兴奋之情溢于言表。在这些场合的规则似乎是:"人不为己,天诛地灭。"每个人都在同时呐喊,谁的呐喊声大,谁就获胜。

扬州是中国这部分地区最大的城市之一,也是退休官员和商人

南京明陵神道

最喜欢的地方，他们来此寻欢作乐，挥霍无度。人们都欠登陆台一个道歉！那是一块油腻腻的木板连接着小汽船和一段爬上陡峭泥岸的湿滑、摇摇晃晃的台阶。在台阶上，一群人号叫着试图登上小汽船；在小汽船上，一群人号叫着试图登上台阶！

为了"看管住"行李，我硬着头皮上了甲板，结果发现自己差点被两个打架的人推下船去。在楼梯下面，一场更为激烈的搏斗正在进行之中：一个男子刚把另一个男子放倒，并跳着脚，狂踩他的前胸，而这一切都只是因为一位乘客拒绝给乘务员几文钱的"酒钱"。

幸运的是，有一位仆人被派来迎接我们。我们看见他站在人群后面，手中摇动着一封英文信作为信号。于是我们便让他去解开行李，而我们自己则钻进了轿子，并被迅速抬离了岸边的骚乱。穿过寂静如金库的后街，在高墙之间蜿蜒进出，直到我们来到挂满店铺招牌——红色、黄色、黑色、翡翠绿和皇家蓝——的繁华大道。梦幻般的灯笼——大红色和金色——在身穿丝绸和皮草的庄严中国人的头顶摇曳，他们步履匆匆；急促赶路的苦力们大声喊着号子，用扁担挑着沉重的货物，脚步与号子的拉锯式声调保持一致。

我想起了前几天看到的中文诗句：

书画棋琴诗酒花，当年件件不离它。
而今七事都更变，柴米油盐酱醋茶。

扬州的五亭桥

对于最后那行诗，我还想补上——"烟管和骰子"。

在中国社会的富裕阶层中，妇女的受教育程度很低或完全没有接受过教育，而且她们也没有正当的职业。扬州显然没有表现出要跟中国其他城市竞争追求西学的欲望。扬州人继续走他们的老路，而且绝对心满意足。尽管如此，这个城市仍给人一种繁荣的印象。7英尺宽的主要街道上一片生机勃勃、色彩斑斓的景象。有经济实力的人坐轿子，其他人则光顾独轮车，他们在这些场合的尊严让我"既羡慕又绝望"。我坐在独轮车车轮边的壁架上，被无情地上下颠簸着。我的外衣一直拖在泥里，当我们在破碎的石板上摇摇晃晃，在车辙里翻来覆去时，我必须抓紧独轮车才不会掉下去。

那些较小的街道似乎还没有4英尺宽，在高高的白墙之间蜿蜒曲折，让人联想起地窖中的通道。大运河是扬州与外界联系的纽带，我想它可能已经存在了约600年，现在还是和以前一样有用。在返回镇江的路上，我独自占据了一个"蛋箱"，在陡峭的泥色河岸之间，可以看到泥色河流上的一切。在运河岸边的顶端，不时有一排纤夫出现在视线中，他们拖着一个干草堆在水上流动，等接近后仔细一看，原来是一艘装满稻草的货船。但货船本身因载满了稻草而吃水很深，所以隔开一段距离后，它们几乎看不见了。

杭 州

(1909年1月)

我们正在前往中国两个著名城市之一。中国有句老话："上有天堂，下有苏杭。"从上海到杭州的所谓"杭州拖船队"是由一些前后串连在一起的客船，以及一艘用来拖这个船队的小汽船组成的。客船上有类似鸡舍的船舱。你挣扎着穿过 3 英尺高的门进入其中，然后顺着陡峭的梯子跌入幽暗的深处。大多数船舱的两侧都有两个铺位，船舱尾端还放有一张桌子。三等舱的乘客们都在船舱顶上"栖息"。他们蜷缩在衣服里，就像栖木上的母鸡那样，羽毛蓬松，庄严地注视着我们，宛如一排母鸡，对入侵者投来怀疑的目光。

　　当拖船队在那个冬夜从苏州河平稳地驶入黄浦江时，我们得以用一种新的视角来观察上海。中世纪的小屋、镀金的店铺招牌、大红色的灯笼与粗糙而巨大的欧洲建筑并排而立；漂亮的平底帆船，以其黄褐色的风帆和华丽的彩绘木雕而著称，与色调朴实而坚固的现代炮舰和商船形成了鲜明的对比，新与旧"熏染"在一起，形成一幅绚丽的透纳①式水彩画卷：火红的夕阳，烟云缭绕，水天一色。

我们必须乘坐"杭州拖船队"24小时，其中有8个小时是在夜晚的梦乡中度过的。鸡舍式船舱要比我们预想的更加舒服，而且我们新的仆人吴马也全程都照顾得非常周到。

这是阴冷的一天，我们的拖船队已经进入了大运河，风吹过大运河河畔落叶的树木，让人不禁打了个寒战。这里的大运河景色要比扬州附近的运河段更加富有诗情画意，蜿蜒而过的河岸上尽是桑树园，有的光秃秃的，有的杂乱无章，中间还夹杂着成片的水杉和竹丛。不时地有一块灰色的大石头，如诺亚方舟般突兀地出现在岸边，结果才知道原来是一座坟墓。每隔一段距离，就会看到一个村庄。房屋鳞次栉比，沿着长长的石级向下望去，就能见到大运河的水波荡漾。这里最引人注目的地方通常是一座石桥，高高地耸立在中央，高出岸边低矮的白色灰泥建筑。"杭州拖船队"又长又笨重，时不时被桥卡住尾巴，或者在拐弯处被挂住。还没到杭州，天就黑了下来，按照吴马的说法，今夜时间太晚，进不了杭州城了。

你必须知道，杭州要比它的竞争对手苏州更胜一筹，在全中国

---

① 透纳（J.M.W.Turner, 1775—1851），英国著名画家。——译者注

启动了第一条真正的中国铁路——由中国人出资、中国人建造和中国人运营。诚然，目前它只运行了几英里，但它打算在未来大展宏图。它的运营方式是独一无二的。当列车满员时，不管时刻表上的指定时间是否已到，列车都会启动；有一次，一位热心的乘客听说当天的火车不开了，因为乘车的人太少，他感到非常困惑。据说，这家"公司"是在"鸠占鹊巢"，他们没有花大价钱购买土地，而是或多或少地征用了土地——"强买"了比他们需要的多得多的土地，并将其出售获利。

我们自娱自乐地阅读车厢里张贴的中英文告示。

"只允许携带小件物品和手提行李……肮脏、生病、疯癫或酗酒的人不得上车"等等。

拖船队让我们在城门外面下船登陆，但据报道，在不久的将来，就连城内的圣地也会受到铁路和火车的"侵略"。这证明了杭州有多么的"先进"。

如果你看到我们的居所，一定会觉得很有趣——学校由一位本地牧师负责，他和妻子及家人住在隔壁的房子里，他们在某种程度上把我们当作自己的客人。我很高兴我们没有和他们一起住。他们非常善良，但中国女主人对女性客人最礼貌的表示就是晚上和她同住一室，我想我们现在这样会更自在。我们带来了所有的必需品——床上用品、洗脸盆、炊具、外国食品和铜火熜，吴马还花了一便士左右的钱给自己买了一个用黏土做的东西，叫作风炉，他就用这个风炉给我们做饭吃。

幸运的是,我们大部分时间在外面,否则我们会觉得楼下教室里那周而复始的大声朗读声令我们的神经受不了。在我们与那些男学生之间只隔着几块有不少裂缝和疤痕的薄薄楼板。天刚蒙蒙亮,他们就开始了自己的艰巨任务——通过大声朗读,进而能够背诵一系列蒙学教科书,最初也许是从《三字经》开始,接着是《百家姓》,然后还有《千字文》《弟子规》等。请想象一下有一打或更多的男学生,每个人都在大声温习自己的课文,有人是用尖利的高音嗓子喊,有人是用雄浑的低音喉咙吼,一拨人在高声背诵"人之初,性本善",另一拨人在吟唱"人不学,不知义",而第三拨人则是在朗读"曰仁义,礼智信,此五常,不容紊"[①]。

我们猜测这些男孩子有时候会停下来吃饭,然而这种简短的间歇几乎很难被觉察到。

以一代又一代诗人笔下所描述的美景著称的杭州是一个白墙黑瓦的城市,鳞次栉比的房屋围绕着位于钱塘江边的玉皇山而建。山上林木繁茂,郁郁葱葱,山顶上还有一座古老的寺庙。从玉皇山上俯瞰杭州城,平地上的房屋密密麻麻,不禁让人联想到巨大的蘑菇床,在白墙黑瓦的背景中,白是当仁不让的主色。向西放眼瞭望,秀美的西湖(据说周长有 12 英里)沉睡于幽暗的蓝色山峦之间。而在我们前方,几乎不到 1 英里远的地方,一片开阔的天

[①] 上面所提及的都是普通中国学校里使用的课本,对于杭州的小学生来说,西学也许在学校课程中会占有一定的比例。

紫禁城外两万里
一位英国女作家笔下的晚清市民生活

杭州西湖

空和阴霾预示着星辰大海。

我们的"蘑菇床"现在变成了嘈杂的街道，我们乘坐轿子穿行于街道之中，而我们的轿夫们不断地吆喝着，让街上的行人让出路来。在这些忙碌的中国大街上并无车轮的咕噜声和马蹄声，只有人们兴奋的嘈杂声、咚咚的鼓声、锵锵的锣声和响板的嘎嘎声不绝于耳。大多数街上小贩手里拿着一个好听或不好听的响器，如铃铛、小锣、拨浪鼓等，用于招揽顾客。

在街上所有的行人中间，有一位泪流满面的妇女跑着穿过人群，腋下夹着孩子的衣服，一面痛苦地叫喊着："回家吧，回家吧！"她一遍又一遍地尖声叫喊着这些可怜的词语。人们告诉我，她的孩子一定是病得很厉害，也许已经陷入了昏迷状态，而她认为自己孩子的灵魂已经脱离身体，所以她要走遍全城把它找回来，急切地召唤那灵魂回到孩子的身躯中去。她腋下夹着的衣服是招魂的用具！

来到西湖边，我们上了一艘金色的游船，游船平稳地滑行在平静的湖面上——湖水清澈见底，水深不过 2 英尺，而围绕着西湖岸边的青翠群山庄严肃穆，在如镜的湖面上留下了它们的倩影。在一年中的某些季节，樟树的翠绿与乌桕的紫叶以及"生命之树"的深色叶子交相辉映，为这片内陆湖增添了绚丽的色彩。

在西湖边一个绿树成荫的岬角上，雷峰塔仍像 1000 多年之前——当美丽的白素贞被囚禁在它沉重的塔身之下时——那样巍然屹立。它高 120 英尺，几乎是一整块坚固的砖石结构，随着时

紫禁城外两万里
一位英国女作家笔下的晚清市民生活

杭州雷峰塔

间的推移，有一些碎裂和崩塌，但在未来的许多年里仍然会完好无损。风水先生说，幸好如此。在山脚下孤寂的峡谷中，一座寂静的寺庙守护着不计其数的坟墓，在一排排白墙停棺屋里，棺材随着岁月的流逝而逐渐腐烂。我们的船从逝去故人的湖岸漂过银色的湖水，来到一座开满荷花的小岛。在荷塘的上方，有一座石刻的九曲桥蜿蜒起伏，其所占面积也许达到了 0.5 平方英里。开满荷花的小瀛洲岛上有一座文庙和一座著名的花园，花园中的小径隐匿在假山之中，令人难以捉摸；湖边的水面上有 3 座年代久远的灰色石塔，杭州城内的官员在农历八月十五中秋节这一天都会在此祭拜这些石塔。

大约 600 多年以前，杭州曾经是中国南宋王朝的首都。旧皇宫的血红色宫墙依然倒映在西湖的湖水之中，但是，在控制着这座城市文学影响的保俶塔下面的神圣湖畔，与宝塔并肩而立的是西式洋房，毫无疑问，在他们那个时代，这些洋房曾在青龙和白虎之间制造过不和谐。但现在新旧两股力量能够和谐相处，杭州已位于进步力量的前沿。保俶塔旁边的那个疗养院和宝石山脚下的麻风病院是一位英国医生[①]20 多年前创立的，刚开始时，他以小规模的方式展开医疗工作。现在，由于他的不懈努力和惊人的能力，原

---

① 即英国圣公会传教医师梅藤更（David Duncan Main, 1856—1934）。——译者注

来的一栋小房子已经发展成了数个建筑群：一所男科医院、一所妇科医院、一所培训本地医生的医学校、一所疗养院等等。

目前，在杭州这座城市里，那些受过西方医院培训的合格医护人员正在自己的同胞中行医。据说中国人特别适合做外科医师，那些受过国外医学院训练的医生炙手可热。但是偏见难消。如果情况不妙，病人往往会坚持请土郎中，作为最后的手段，而这通常是一切的终结。

在西方人听来，本土治疗方法很可笑，但在某些疾病上，土法治疗却有着奇效。至于药店，它们的名字数不胜数，其中有些药品效果非常出色。我将给你推荐，用在油里浸泡过的蜈蚣来治疗烧伤；而作为补药，可以将大象的皮刨成细条。① 此外，还有一种老鼠制剂，据说在医治头发脱落时最有疗效。捣碎的骨头和动物的牙齿都很有用，更不用说用犰狳鳞片来医治瘙痒了。在本土的中药方子中，有些无疑是具有重大价值的。而对于一个精通汉语的化学学生来说，广泛的研究领域将会对他开放。

在中国，人的灵魂被认为驻扎于肝脏之内，情绪发自胃的底部，思想则来自肺部。脑子似乎并不能发挥任何重要的作用，而右肾则被称作"生命之门"。本土的郎中不得不主要依靠号脉来诊治疾病，在遇到女病人的情况下，还有一张竹帘挡住郎中的视线。

---

① 象皮，中药材，据称有止血敛疮的功效，《中华本草》《中药大辞典》等均有记载。——译者注

病人首先要伸出左手腕，然后伸出右手腕，让郎中号脉。每个人的脉上都有3个点位，各自代表不同的含义。轻微的搭脉可以显示出胃的状态，而在搭脉时加大压力的话，就可以探知脾脏的情况。以此类推，郎中可以通过号脉来探知不同内脏器官的情况。

我听说，慈禧太后最后几年是由一位法国医生给她看病的，然而他从来就没有面对面地见过她，而都是隔着竹帘给她搭脉的。

对于尸体的解剖在中国基本上是不可能的，中国人对于以身体残缺的状态进入来世的概念怀有难以言表的恐惧。就连这儿的牙医也会把拔出来的牙齿还给它原来的主人，而且那位主人会仔细地保管这个牙齿，以备将来下葬时随葬。谈及牙齿一事我想起了兰溪的一位女牙医，我会在后面讲到她。

我们乘船溯钱塘江而上去了兰溪，钱塘江离杭州城只有1英里的距离。"你们不会喜欢坐船的，"人们都那么说，"这趟船是中国最差的，在目前这个季节，当刮大风的时候，你们也需要好几天才能到达兰溪。"

但是这些预言家都说错了。

天上确实刮着大风，可刮的是顺风，反而推着我们往前走；至于那些船，船上都装有严严实实的船篷，有点像扬子江上的"乌篷船"，只是船篷前后两头都是开放的，这就为风开辟了一条通道，也造成了船上主要的不适之处。这正如黛博拉在船上吃第一顿饭时所敏锐指出的那样，"我们就像是在通风隧道里坐下来吃饭一样"。目前这个季节所刮的正是凌厉寒风。为了保暖和隐私，只有用一个四面帘把床铺像帐篷般包起来。幸好我们随身带来了四面帘。

当我们再也忍受不了"隧道"里的凌厉寒风时，就躲进了各自的小帐篷里，像阿拉伯公主那样盘腿坐在丝质长榻上，由仔细周到的吴马来照顾我们：将美味佳肴端上临时搭起的小桌，打来热水给我们洗脸，为我们的铜火熜添上闪亮的焦炭。偶尔，我们会钻出船篷，欣赏一下外面的风景。我们被风推着走，沿着一条蜿蜒曲折的灰绿色的江，在林木繁茂的山峦之间前行，羽毛状的竹林被成片的松树遮蔽，船来到了一片朦胧的土地边，蓝色薄纱中的山峰渐渐消失在云雾中。船夫们升起了风帆，停住了手中的划桨，开始休息，除非众多的水流声向他们警示一个险滩的来临。然后，他们向空中发出魔鬼般的吼叫，用身体将船桨向前顶，因为这样做可能比用他们的手更有效，他们几乎双倍地弯腰用力，然后突然，就像被施了魔法一样，喊叫声和溅起的浪花在寂静中结束了，船老大微笑着拿出烟斗，没有人说话，但人们感觉到有一种解脱的感觉笼罩着船上所有的人。

受大风的影响，我们的行程创下了一个纪录，3天走完了360里路。兰溪那些白墙黛瓦的房屋就像一群受惊的羊群拥挤在水边一样展现在我们的面前。一条长长的黏糊糊的木制台阶沿着岸边陡峭的泥岸向上延伸，矗立在第二条木制台阶顶端的城门仿佛刚刚及时向后退了一步，才没有坠入下面的江水之中。

我们在兰溪的朋友，吴马称她为巴教士，从木阶梯上下来迎接我们。她是当时兰溪城里唯一的西方人。而她是如此广为人知、备受推崇，以至于有了她为我们做向导，我们顿时觉得那些在街上挤来挤去围观我们的人对"洋蛮夷"的蔑视比平时少多了。通往城门的台阶上有1英寸或更厚的淤泥，狭窄的拱廊式街道被淤泥的涓涓细流所淹没。天空几乎不存在，取而代之的是罂粟红的喜庆灯笼、华丽的店铺招牌，招牌有黑色、金色和皇家蓝色，上面刻着镀金字样，远远望去，色彩斑斓。在服装店里，紫色、紫水晶色、蓝色和帝王黄色的锦缎长袍就像一面面鲜艳的旗帜悬挂在衣架上；铜器熠熠生辉；庄重的药铺，其门面最为精美，除了几个漂亮的精致瓷器外，没有任何明显的存货——所有这些都在这奇妙的色彩组合中发挥了作用。有一两次，围观的人群在我们后面跟得太紧了。"你父母恐怕去世太早了"，这句温和的话以礼貌的口吻说出来，立刻驱散了几个过分围观者！他们在围观人群的笑声中感觉局促不安，因为他们自认为是在众人面前丢了脸。我们在路上看到一位身穿灰色长袍，经过剃度的佛教僧人，后者每隔几分钟就在黑色的泥泞中跪下身来，匍匐在地，以此动作为来世积德。而在稍微往前的一个街角，站着一位女牙医，她在等待顾客的到来。她在头发上插了一根筷子，这是她作为牙医的职业标志。她用筷子巧妙地夹住一颗蛀牙，从那儿取出一条像蛆一样的小虫子。这时，患者的痛苦得到了缓解，便欢天喜地地离开了。那条蛆虫是如何取出来的，恐怕谁也不知道。我想这同一条蛆虫将会出现在每一次表演中。然而远比对蛆虫的处理更为奇特的是，附近的一位本土牙医所使用的一种粉末状特殊药物。他将它涂抹在蛀牙的牙龈上，蛀牙就会松动，几乎会自动脱落。

没有人知道这种药物究竟还会有什么效用，据说使用这种药物会对牙齿的其他部分产生有害的影响。

离开了城里的那些街道之后，我们来到了城外的坟场。在一些长满青草的坟丘上，那些行善积德的人放了一把白石灰，以祈求福报，并在那些穷人墓前祭拜。在这里，我们不时遇到一具未埋葬的棺材，但棺材里部分填充的石灰和木炭避免了任何不卫生的气味。

我们爬上山坡，山坡上后来开满了杜鹃花和百合花，我们还采摘了几朵紫罗兰，俯瞰着周围的景色——兰溪城就在我们脚下，城墙上的白色斑块让人联想到某个巨大的洗衣场，白色的床单就铺在洗衣场上晾晒。在兰溪城的外面，钱塘江①冰冷而灰暗，在城镇的西南方分出一条支流，蜿蜒于山脚下宽阔的沙岸之间。

沿着被世世代代的脚步磨得像冰一样光滑的台阶往下走，我们看到了东岳庙，这是一个沉闷、荒废的地方，木雕像、门和柱子上的油漆都蒙上了灰尘。在东岳庙的犄角旮旯里尽是奇形怪状的幽暗鬼影，它们都是阎罗王在地狱的喽啰小鬼。目前正在开展一项计划，准备募集5000元来翻新这所凄凉的幽灵住所。然而地方当局尚未就此事达成一致意见。因为有人希望将募集的钱交给巴教士，以创建一个戒除鸦片瘾的戒烟所。是否改建的问题还有待做

---

① 兰溪地处钱塘江上游，此段流域的实际名字为兰江。——译者注

出最后决定，但是巴教士认为东岳庙一定会翻新的。

我们这位女主人的医学知识为她在兰溪的每一个角落都赢得了名声。她带我去她一位病人的家里，那是一位官员的妻子。以前跟中国富人打交道的经验告诉我，期望值越大，也许结果会越失落。从黑泥铺就的狭窄街道和密密麻麻的房屋间，我们穿过一个宫殿式的大门，来到一个肮脏的外院，那里摆着一个橘子摊。我们从那儿又进入一个又一个的内庭院，内庭院要比外庭院更加干净，零星可见的盆花和残存的假山说明那儿曾经是一个花园。围绕庭院的都是些单层的建筑，它们构成了主人6个儿子和儿媳的起居室，无疑那儿还住着许多其他亲戚。

我们应邀去小太太，即第6个儿媳的卧室，巴教士这次来访，就是专门来看她的。

这是个狭窄的房间，看上去就像是个长长的过道，房间里挤满了女人。这些人中间究竟有多少人是太太，有多少人是随从，一时间很难弄清楚。

我发现巴教士的那位病人是个身材矮小的女子，脸上涂着厚厚的白粉，头发梳得一丝不苟，坐在靠墙的桌子边，正用筷子尽情享用盛在各种小碗碟里的美味佳肴，对于一位病人来说，她的胃口好得有点不同寻常。

我听说中国人羡慕西方人的事物当中有一件事就是参加家庭聚会的人都能够一起坐下来，和谐地分享同样的食物。

在一个中国家庭里，每一个成员都有自己偏爱的蔬菜、酱菜和调味汁等，每个人都要求吃一些跟别人不一样的东西。他们说，我们这些西方人在餐桌上有更多的陶器盘碗，而他们中国人则有更多的菜肴。

那位手持筷子的病人看上去有点没精打采，不太爱交谈，在我看来，似乎女仆们说的话要比女主人更多，而且令我吃惊的是，没有人问我贵庚几何，膝下有几个儿子。所有人的兴趣都集中在我身上穿的衣服上了，当然，我得解释，那些衣服只不过是"卑贱的洋货"，来自"鄙国英格兰"。那位太太在论及衣服时，表情立即就活跃起来，尤其是当巴教士诊断她的病情并不严重时，更是变得笑逐颜开。她们连声向她表示感谢，并在她告辞时抓住她的手依依惜别，甚至把她们的感激之情扩展到了我的身上。"慢走。"她们说。"慢坐。"我们答道，并且作为尊贵的客人离她们而去。因此，在我们离开的时候，看到女主人家里的祭坛被蜡烛和香火烧得通红，而且事后被告知这样做是出于自卫，是为了消除我们可能留下的任何邪恶影响时，我感到非常震惊。

当我们穿过城市，来到一个被房屋墙壁围起来的坐落在一个偏僻角落里的小湖边时，感觉这儿安静祥和，但这种平静是一种死亡的寂静。

天色渐渐暗了下来，就在我们从阴影中走过时，一个蹲着的身影紧贴着墙壁向前挪动了一下，当她看到自己并不孤单时就又溜走了。

据说人们来到这个寂静的水池边，是为了抛弃那些死去的可怜的女婴。有时它只是一次单纯的水葬，但在其他情况下——让人人联想到维克多·雨果在《悲惨世界》中所描写的那样：

他们全都死了吗？
他们说没有。

还是让我们转向更乐观的话题吧。

我们一直在一位优秀的兰溪裁缝那儿定做中式衣服。他会上门服务，除了食宿之外，他还收取每天5便士的工钱。一位敏锐的观察家说，中国人似乎能在几乎一无所有的基础上做成任何事情。我向那位裁缝提供的只是一小匹丝绸，他上门时带来了他的糨糊壶、熨斗、针线和"灰鼠"——一个老鼠大小的小口袋，里面盛有裁剪衣料用的粉笔和弹线等。中国裁缝的习惯与西方裁缝相反，用粉笔在桌子上画线，而不是用粉笔在衣料上画线，然后把衣料放在画好的分格里。他们通过准确的计算，大大节省了衣料，这种方法值得西方的许多裁缝效仿。最后，经过3天的工作，一件完整的中式衣服便带着它的所有细节出现在我们的面前——纽扣、绳索、编织饰边等等，所有这些都是由一小匹丝绸、糨糊壶和熨斗及中国人的聪明才智演变而来的。

当我们回到停泊在城门外木制台阶底下竹排中间的那条船上时，一位长相儒雅的男子叫住了巴教士，问了她一个跟她身边那两位陌生外国女子有关的问题。

我们的船停泊在钱塘江（兰江）上

一位裁缝在巴教士的家里

"她们帽子上插着的羽毛（其实是鹅毛）是否表示官衔等级？"他问道，"哪种颜色表示最高的等级，是蓝色还是白色？"

说到底，在中国这样一个国家问这样的问题并不显得荒唐，因为清朝官帽上不同颜色的顶戴代表着戴帽者官衔的高低，如果官帽上再插一根孔雀羽毛的话，则表示最高的荣誉。

在靠近登陆平台的地方，刚刚搭建了一座小木屋，用来安放巴教士一位邻居的尸体。他是一家生意兴隆的糕点铺的老板，在从杭州驶来的船上突然去世。这意味着失去亲人的家庭要付出巨大的代价。首先他们必须偿付船老大一大笔补偿金，因为今年整年他都接不到旅客的生意；其次是他们不得不临时建造这个棺材屋，因为把尸体带进屋里是一件最不吉利的事情，而且没有一个城市会允许尸体被运入它的城门。

当我们沿江漂流而下时，我们投向兰溪的最后一眼所看到的就是糕点铺老板的棺材屋，以及站在木制台阶顶端向我们挥手告别的巴教士，而厨师、中文老师和书童则像庄严的狮身人面像一样站着，目送着离去的客人。艳阳高照，银光闪闪的河水从樟树遮蔽的青山间倾泻而下，山顶却白雪皑皑。

上海

(1909年2月)

1月23日，即春节那天，我们回到了上海。上海老城就像是一个被扰乱的蚁穴。最近一次的降雪使得大家都很高兴，因为在这个季节下雪被认为是来年丰收的预兆。在城隍庙里，那些有钱人正在竭尽全力地烧香拜神，祈求获得神秘力量的眷顾。他们带来了长串的银钱和成捆的红烛，就连彩绘大门上的秦叔宝和尉迟恭这两位门神也有人烧香祭拜。人们用锡箔纸做的"银钱"在两位门神面前燃起了篝火，崇拜者们一个接一个地匆匆走上前去，往篝火里扔几串冥钱。当火苗因新燃料的投入而重新蹿起时，他们这才如释重负，转身离去。一位崇拜者不仅祭祀了城隍爷，而且还带着随从去了阎王殿，这样做无疑对他已故亲人的亡灵会有所帮助，也许还能把他们从阎罗鬼差那无情的手中解救出来。

通常黑暗冷清的城隍庙殿堂内此时烛光通明，空气中弥漫着浓郁的香火气息。人群来回涌动，几乎没有站立的空间。在灯火辉煌的祭坛前，因身着华丽皮草和锦缎衣服而显得身材臃肿的市民们接连不断地磕头,可能是在祈求子嗣、财富、长寿和荣誉,他们一个接一个地摇晃着装满木签的竹筒,直到有一根木签从竹筒里跳出来。于是这根木签便会被送到一位僧人面前,该僧人就坐在旁边阴影中的一个小柜台后面。作为交换,他会递回一张黄色字条,上面用神秘的语言写着来年的吉凶。当我们走近时,一位身着华丽丝绸服装的年轻人刚刚尝试了解了他的命运。他读完了字条上的文字之后,脸就沉了下来。

"好不好?"我们问道。

"不好。"他回答说,并且再次拿起面前的那个竹筒,又一次尝试了自己的运气。

殿堂外面的寺庙庭院里人越聚越多,在每个犄角旮旯里都有某种形式的赌博活动正在进行中。一个随身带着一只鸟的算命先生生意兴隆。我们饶有兴致地注视着他们。一只纤细的小金丝雀歪着头,睿智地盯着主人的客户,然后跳下桌子,从包里啄出一张字条,得到了一粒种子的奖励,而纸上写着的谜一样的句子则被当作神的声音来倾听。

一个虔诚的中国人有时会记下一本"道德账簿"。有一本书名为《功过准则》,书中列出了做每一件事的价值。例如:为父亲付清债务可以折算善行 10 分,去他的下葬地扫墓可算 50 分。埋葬一只鸟或出借一把伞可算 1 分。而另一方面,爱妻子胜过爱父母则会减去 100 分,在冬天挖出一条冬眠的蠕虫,就得抹去因埋葬鸟而得到的那 1 分。

在春节那一天，中国人都会穿上新衣服，去亲朋好友家"拜年"。我相信，每个家庭也会留下一些人，以接待前来拜年的人。家庭中的女眷们在大多数情况下都要等到农历正月初四和初五，才会出门去拜访亲朋好友。我去凯的房间帮她为客人沏茶和分糖果，发现每一张椅子和沙发上都坐满了安静而穿着体面的中国人，他们神情严肃，风度翩翩。在我看来，其中有些中国人的面孔似曾相识。他们坐在那儿品茶，时不时从容不迫地加入谈话。最后，有一个人站起身来，深深地鞠躬，他们一个接一个地说了很多客套话，然后友好地告别。当天早上，我又遇见了他们中间的一些人，但是他们已经脱去了身上的丝绸衣服，干起了日常的家务活。当然，早上我们接待的贵宾其实就是我们的家仆，他们一直在做正确的事情，即穿着最好的衣服来给我们拜年，有些可能是租来或借来的！

几天后，作为回礼，户主举办了一场相当于"佃户舞会"（tenants' ball）的中国新年宴会，邀请了53人参加。宴会上每个人邀请邻座动筷子的"请！请！请！"总是使我联想到家禽饲养场，那些家禽吃饭前也会发出"咯咯"声。而一旦开始吃饭，随之而来的寂静也会让人联想起我们那些有羽毛的朋友。

然而，这个比喻对于我们的那些贵宾来说并不公平，因为他们总是想把最鲜美的食物让给邻座先吃，所以才在动筷子之前对邻座说"请！请！请！"。

恐怕这是我吃的最后一顿中国饭。这并不是说我已经习惯了压扁的瓢虫和捕鼠器的味道，而是我对人本身的兴趣越来越浓。我想我是中了那种磁性的魔咒，这种魔咒影响了许多在中国居住的外国居民，无论他们是愿意还是不愿意。

培根说过："如果不能刻意将事情往好的方向推进，那么它只会自发地往更坏的方向恶化。"

终于有迹象表明，中国的情况正在朝着更好的方向发展。就在几年前，西方国家还围着他们匍匐在地的东方邻居，谈论着后者即将到来的末日。"中国的腐朽""中国的分崩离析""北京的末日"，类似这样的标题在全世界流行。就像童谣中的哈伯德老妈：

> 他们出去是为他买棺材，
> 而当他们回来时，
> 却发现他在捧腹大笑。

而现在，他们把声调定在了一个完全不同的音调上，专写中国的"振奋"和"觉醒"。在此我将引用50年前一位高瞻远瞩的作者的话，其在比较中国人和埃及人时指出，埃及人衰落了，波斯人衰落了，希腊人衰落了，罗马人也衰落了，然而中国人依然健在，

"他们就像最年轻的国家一样充满着青春和活力"[①]。

我一直在回顾自己在这个国家的旅行,并思考着那些将成为"未来三个幸存国家"之一的材料:那些在扬子江上游水域航行了许多世纪的人的不懈努力和技能,他们没有被困难和危险所吓倒;使他们能够在任何气候条件下,"违反最严格的卫生法"生存和发展的身体活力;在岩石嶙峋的河岸上那些淘金者的耐心和毅力;新式政府学校中 40 岁以上的学生们的勇气和热情,他们立志要掌握西方知识;苦力们的欢快性格,尽管他们一生都在不停地奔跑,被重担压得喘不过气来;还有如赫德爵士所认为的那样,中国人拥有丰富的"常识",他们的智力和财力,他们的节俭和节约甚至超过了犹太人,"其勤劳之天赋遍及社会的各个阶层"。

但现在,不和谐的声音出现了。中国主要的政治家们说,"中国需要陆军、海军、兵工厂;再加上西方人提供的货币、铁路和科学教育",然而这个问题其实还有更深刻的另一面。我还要在此引用《中国的特色》一书作者明恩溥的话:"中国人需要的东西并不多,那就是品格和良知;不,它们合二为一,因为品格就是良知。"

但我不能再将其"道德化"了。

我们今天要乘轮船离开中国,一位车夫带着他的独轮车,正等

[①] 这句话出自英国汉学家、外交官密迪乐(Thomas Taylor Meadows,1815—1868)的著作《中国人及其叛乱》(*The Chinese and Their Rebellions*),本书记录了太平天国运动初期的大量历史事件,他本人于 1843 年来华,曾在广州、香港、上海等多地英国领事馆工作。——译者注

待着给我们运行李。

在荣花寄来的最新信件里,最后一句话是"别话再议"。在本书的结尾,我想在中国的海岸上,用中国的毛笔最后一次签下我的中文名字。

羅安逸